www.tredition.de

AF204344

Konrad Schmid

Pseudo

Kriminalsatire

www.tredition.de

Verlag: tredition GmbH, Hamburg

ISBN
Paperback: 978-3-7345-0048-0
Hardcover: 978-3-7345-0049-7
e-Book: 978-3-7345-0050-3

Printed in Germany

Die Akteure der Kriminalsatire

BERNHARD BOGNER

investigativer Journalist der Linzer Tageszeitung „Morgenpost"; weiß über das Kriminalkommissariat Urfahr mehr, als die leitenden Beamten ahnen; verschwindet spurlos und wartet in seinem Versteck auf den idealen Zeitpunkt für die Abrechnung mit Max Feiler

MAX FEILER

skrupelloser Leiter der Abteilung „Leib und Leben"; benützt seine berufliche Position für den persönlichen Vorteil und hofft, dass sein Widersacher Bogner nie wieder auftaucht

URSULA GUTLEYB

die männerkritische Assistentin Feilers gilt als die attraktivste Kriminalbeamtin Österreichs; ihr einziges Verlangen zielt auf eine berufliche Karriere

SEBASTIAN LANGSTEININGER

stolzer Innviertler; wird von Gutleyb in der „Großstadt" Linz/Urfahr als Kriminalpolizist ausgebildet

GABI FEILER

kinderlose Kindergärtnerin; war vor ihrer Ehe Bogners Geliebte und verdächtigt ihren Ehemann eines Verhältnisses mit Gutleyb

ADELA KUCERA

tschechische Sportartikelverkäuferin in Linz; die eingefleischte Vegetarierin hält sich für Bogners Verlobte

SANDRA BÖHM

junge Journalistin der „Morgenpost"; profitiert von Bogners Verschwinden und gerät unter Verdacht

AMINI STURVEST

verwitwete Geschäftspartnerin Bogners in San Pedro (Belize); großer Fan von Seifenopern und dicken Zigarren

LEONA HERRERO

unbemannte Autovermieterin, hauptsächlich eine leidenschaftliche Hobbyarchäologin in Belize

LAURA-LYNN

Texanerin auf Urlaub in San Pedro; besitzt einen Luxuskörper und keine Hemmungen, weshalb ihr Familienname geheim bleibt

Und er ward nicht mehr gesehen

Ursula Gutleyb hing an ihrem Morgenritual.

Ob Raubmord, Kindesentführung oder ein Wutausbruch ihres Chefs, sie fühlte sich den Herausforderungen des Tages gewachsen – vorausgesetzt, ihr Dienst begann nach Wunsch. Mit einem ungestörten Kaffeegenuss. Schwarz und stark, mit wenig Zucker, Fairtrade aus Äthiopien, ein Duft wie Parfum.

Während der Computer hochfuhr, erklang in ihrem Büro „Das Leben ist jeden Tag neu, ich lebe jetzt und hier". Jeden Morgen lud sich die Kriminalpolizistin mit Kaffee und Helene Fischer auf. Dreieinhalb Minuten lang. So viel Zeit musste sein. Dann war sie bereit.

Als sie am 27. September beim ersten Schluck ein schüchternes Klopfen vernahm, ahnte sie verärgert, dass kein gewöhnlicher Arbeitstag bevorstand.

„Wer stört?" war das Freundlichste, was ihr in dieser Situation über die Lippen kam. Die Tür zu ihrem Büro öffnete sich langsam und gab den Blick auf einen unbekannten Mann unbekannter Herkunft frei.

„Also, was wollen Sie?", herrschte die Polizistin ihn mit schneidender Stimme an.

„Guten Morgen, Frau Polizei! Ich trage die Morgenpost."

Uschi, wie sie von ihrem Vorgesetzten, dem Leiter der Abteilung „Leib und Leben", ausschließlich auf dem Betriebsurlaub zu späterer Stunde genannt werden durfte, musste sich, ihrem anspruchsvollen Berufsethos folgend, Gewissheit über die kryptische Äußerung des Eindringlings verschaffen und meinte deshalb: „Sie sind Zeitungsausträger?"

„Ja", flüsterte der Mann untertänig.

„Und was ist passiert, dass mein Kaffee kalt wird?"

„Insc⁊allah nix passiert, hoffe so."

„Aha'"

Im rächsten Moment war ihre Stimme schärfer als ein Sushi-Messer: „Sie stören mich bei der Arbeit und sagen ganz ungeniert: Hoffe nix passiert. Wer schickt Sie überhaupt zu mir?"

„Allah."

Ihr Lachen fiel so grimmig aus, dass der Mann seinen Kopf einzog und vor Schreck mit dem Oberkörper zurückwich. Mit einem Schlag wusste er das Wichtigste über die Polizistin: unbeherrscht, ungläubig und obendrein unanständig bekleidet, ungefähr so, wie er sich die Huren in einem marokkanischen Hafen vorstellte.

Mit neuem Mut holte er tief Luft und sprach besänftigend: „Bitte nicht schimpfen, Frau Polizei! Allah weiß alles."

„Verdammt noch mal, jetzt reden Sie endlich, wenn Allah schon nicht anruft! Warum sind Sie zu mir gekommen?"

„Heute fünfte Morgenpost zu Bogner getragen. Vier noch vor der Tür. Hab geglockt, er nicht da. Verschwunden."

„Wollen Sie ihn als vermisst melden?"

„Ja, Frau Polizei!"

„Jetzt hör`n S` auf mit Frau Polizei. Ich heiße Gutleyb."

„Entschuldige, Frau Gutleb."

„Na also, mit der Zeit machen wir Fortschritte. So Leid es mir persönlich tut, Sie können jetzt einmal Platz nehmen. Mein Kaffee ist sowieso schon kalt, also kann ich auch Ihren Fall aufnehmen."

Sie richtete sich in ihrem Drehsessel zu einer dienstlichen Größe auf und tippte auf ihrer Tastatur, während sich der Mann auf der Kante eines Holzsessels aus den 60er Jahren vorsichtig niederließ.

„Zuerst brauche ich Angaben zu Ihrer Person. Wie lautet Ihr Name?"

„Hassan Moulay."

„Oje", meinte sie nach dem siebenten Anschlag auf der Tastatur, „wie schreibt man den zweiten Namen?"

Der Mann artikulierte fünf Buchstaben und stockte vor dem letzten. Sein Mund blieb tonlos offen stehen, während die Polizistin sehnsüchtig auf den nächsten Laut wartete.

Es kam aber nichts mehr.

„Was kommt nach dem a?", fragte sie ungehalten.

„Weiß nicht mehr."

„Haben Sie einen Ausweis mit?"

„Ja."

„Dann her damit!"

Er reichte seinen Pass über den Schreibtisch.

„Jössas!", entfuhr es ihr. „Wer soll denn das lesen können? Ich bin doch keine arabische Schriftgelehrte", knurrte sie ihr Gegenüber an. „Sie müssen wissen, ich bin für mein flottes Arbeiten bekannt und deshalb schreibe ich Moulai mit einem kurzen i am Schluss. Falls es Ihnen nicht recht ist, können Sie ja später Einspruch erheben."

„Alles gut", meinte der Zeitungsausträger mit einem längeren Blick auf ihre Oberweite.

„Wo wohnen Sie?"

„Schwarzstraße 26."

„Wo befindet sich die Schwarzstraße?"

„Linz"

„Wie alt?"

„33."

Genauso alt wie ich, der Typ, dachte sie sich.

„Woher kommen Sie?"

„Meknes. Berühmte Stadt in Marokko. Hat wunderschöne Medina."

„Kann schon sein, Herr Moulai."

„Ist sicher so, Frau Gutleb", beeilte er sich hinzuzufügen.

„Egal jetzt. Ich hab`s nicht so mit Afrika. Was wollen Sie melden?"

„Mann verschwunden, seit fünf Tagen."

„Wie heißt diese Person?"

„Bogner."

„Vorname?"

„Weiß nicht."

„Seine Wohnadresse?"

„Dornacher Straße 57b."

„Kennen Sie zufällig seinen Beruf?"

„Ja, Journalist bei Morgenpost."

„Oha", zuckte Gutleyb jetzt sichtbar zusammen. Da muss ich einigermaßen ordentlich und genau arbeiten, sonst haben wir wieder einmal eine schlechte Presse. Vom explodierenden Siegerpodest habe ich erst unlängst wieder träumen müssen, schoss es ihr durch den Kopf.

„Wissen die Nachbarn des Herrn Bogner etwas über sein Verbleiben?"

„Kenne nicht. Fünf Uhr alle im Bett."

„Ist klar. Dann hätten wir einmal das Wichtigste für eine interne Meldung an meine Kollegen. Sie können jetzt gehen, Herr Moulai."

Er erhob sich vom Sessel und streckte der Polizistin seine Hand entgegen. Wenn wir einmal ihre Oberweite besser kennen, verstehen wir auch, warum der Marokkaner seinen letzten Blick auf Gutleybs Bluse heftete. Sie ließ ihre unberingte Rechte auf der Tastatur ruhen und murmelte „Auf Wiedersehen" über den Schreibtisch hinweg.

„Dank für den Zeit!" waren seine letzten Worte, bevor er sich aus dem Raum schlich wie ein verirrter Wüstenfuchs. Sein „Alhamdulillah" hörte sie nicht mehr. Gottseidank.

Nur keine vorschnelle Aktion! Nur keine Blamage! Beim nächsten Cappuccino fällt mir schon ein, wie ich die Ermittlungen am besten anlege, war Gutleyb guten Mutes. Ich muss mir nur etwas Zeit lassen, bis das Koffein mich so richtig aufputscht.

Eine halbe Stunde später suchte sie im Fahndungscomputer nach Bogner – ohne Erfolg. Im Melderegister entdeckte sie die fehlenden Daten: Vorname Bernhard, geboren am 15. Mai 1969. In ihrem Tätigkeitsflow wurde sie von einer einigermaßen simplen Idee überrumpelt: In der Redaktion anrufen! Dort wird man wohl wissen, ob Bogner auf Urlaub ist, im Krankenhaus liegt oder sonst wo. Und sie sparte sich einen Gang außer Haus.

Von Chefredakteur Fuchs wollte sie sachdienliche Hinweise über den Aufenthalt des angeblich Verschwundenen erhalten, zur Antwort bekam sie: „Ich kann mich nicht erinnern, wann ich Bogner zum letzten Mal gesehen habe. Habe zuletzt einige Außentermine wahrnehmen müssen. Aber ich verbinde Sie weiter, Frau Gutleyb." Anschließend verriet eine junge weibliche Stimme der Polizistin äußerst unwillig, Bogner sei vor einigen Tagen in den Kosovo gereist. Er sei mit der Aufdeckung eines internationalen Skandals beschäftigt. Mehr habe er ihr nicht verraten. Und selbst diese Mitteilung sei streng vertraulich zu behandeln. Für die Polizei mache man ja immer eine Ausnahme, fügte sie hinzu.

Das wird glatt was Größeres, flüsterte Uschis Bauchgefühl und schon war sie auf dem Weg zu ihrem Chef. Neben dem unauffälligen Türschild „Max Feiler" war in fetten Großbuchstaben „BÜRO FÜR AUSGEFEILTE ERMITTLUNGEN" zu lesen. Als Türgriff diente der Knauf einer Pistole, der vielen Besuchern gehörigen Respekt abverlangte. Dass sich Kollegen in schier respektloser Weise darüber amüsierten, war so selbstverständlich wie Gutleybs Morgenritual. Seine Ehefrau wagte es noch immer nicht, die an sich ungefährliche Klinke in die Hand zu nehmen. Sie wartete stets vor der Tür, bis ihr Mann sie von innen öffnete, einen solchen Eindruck machte das uralte Ding auf sie. Bevor Gutleyb anklopfte, zog sie ihre Bluse straff. Sie wollte einen tadellosen Anblick abgeben.

„Guten Morgen, Herr Feiler, haben Sie einen Augenblick für mich Zeit?", flötete sie lächelnd in sein Büro hinein.

„Aber selbstverständlich! Ich freue mich doch fast jedes Mal, wenn Sie zu mir kommen. Eine chice Bluse, die Sie heute anhaben. Sie wissen halt, wie sich eine junge Dame am besten kleidet. Kommen S` und nehmen S` Platz!"

Sie setzte sich an seinen Schreibtisch ihm gegenüber und legte auf sein freundliches Nicken hin gleich los. Feiler ließ sich die wenigen Fakten erzählen und schien kaum interessiert, bis er den Namen Bogner hörte. Da machte er plötzlich ein Gesicht, als würde er zu denken beginnen. Sein Blick schwenkte von ihrem für Polizistinnen unglaublich gewagten Ausschnitt zur kahlen Wand dahinter, exakt zu der Stelle, von wo ihm früher die Bundespräsidenten bei seiner Arbeit zuschauten. Das Bild des neuen war einem Sparerlass zum Opfer gefallen, geblieben war ein winziges Loch, wo früher ein Nagel eingeschlagen war. Als Gutleybs Bericht zu Ende war, zog Feiler die Luft durch sein Gebiss mit einem leisen Zischen ein und meinte: „Höchste Priorität, Frau Kollegin! Wir ermitteln auf allen Linien, schließlich könnte dieser Journalist gar nicht in den Kosovo gefahren sein. Vielleicht liegt er bloß tot in seiner Wohnung oder ist in einem anderen Land einem Verbrechen zum Opfer gefallen. Alles möglich, alles gut möglich! Er hätte doch die Zustellung der Zeitung unterbrechen lassen, wenn er eine geplante Reise angetreten hätte. Immer vorausgesetzt, er ist ein ordentlicher Mensch, soll ja auch in seinen Kreisen vorkommen. Also, ich schlage vor, Sie schauen sich die Wohnung genauer an, von innen selbstverständlich! Vielleicht finden Sie dort Hinweise auf seinen Aufenthaltsort oder sogar den Gesuchten selbst – ermordet oder Suizid. Alles gut möglich! Und noch was Wichtiges: Ich möchte über jeden Ihrer weiteren Schritte unterrichtet werden. Die Morgenpost ist ja nicht irgendeine Gratiszeitung, nicht wahr. Und jetzt flott an die Arbeit, Frau Kollegin! Ermitteln, ermitteln! Wie ich immer sage."

Zurück in ihrem Zimmer führte Gutleyb ein vertieftes Selbstgespräch mit Blick auf ihren gekrümmten Gummibaum, der mit seiner geneigten Haltung ein tadelloses Vorbild für jeden Beamten dar-stellte. Was ist heute mit dem Feiler los? Sowas von dienstlich, so-was von seriös, und das schon am frühen Vormittag. Und wie er auf den Namen reagiert hat! Der Feiler kennt den, jede Wette! Das hat er vor mir nicht verbergen können. Das kann mir keiner mehr aus-reden. Frage nicht, wie er reagiert, wenn ich die Wohnung öffnen lasse und dort verwest der Bogner schon eine gute Woche lang. Dann haben wir Ausnahmezustand, was sonst? Ein Vormittag ist das, so richtig zum Vergessen – wie man blöderweise so sagt. Ab sofort Dienst nach Vorschrift und alles nur wegen dem Hassan. Wär besser gewesen, wenn ich ihn wieder weggeschickt hätte. Und am besten wär`s sowieso, wenn er in seiner Heimat geblieben wäre. Wo ich`s sowieso nicht versteh`, dass diese Leute in unser Schlechtwetterland kommen, obwohl zu Hause den ganzen Tag die Sonne scheint, für Reiche und Arme. Ohne jeden Unterschied. Und Steuern müssen`s in Marokko sicher auch keine zahlen. Aber nein, sie wollen partout zu uns, weil sie halt nicht wissen, wie schwer das Leben bei uns ist. Was einem so alles einfällt, wenn man kurz ins Nachdenken kommt. Aber jetzt ruft die Pflicht. Wie der Gummibaum ausschaut! 100 Prozent Bürostaub. Nur heute wieder keine Zeit, die Blätter abzuwischen.

Noch vor der Mittagspause betrat Gutleyb mit ihrem Kollegen von der so genannten Abteilung „Bruch und Raub" das Haus Dornacher Straße 57b. Herbert, von allen Kollegen wegen seines Werkzeugs immer Dieter gerufen, zog sein schepperndes Besteck mit Dietri-chen und anderen Türöffnern aus seinem Technikkoffer und nahm sich Bogners Wohnungstür vor. Während Uschi ihre Tatort-Handschuhe überstreifte, machte es klick und Dietrich-Dieter ein heiteres Gesicht.

„Super, wie blitzartig du das hingekriegt hast!", bedankte sie sich. „Ich verschaffe mir einen ersten Überblick, dann entscheiden wir über die nächsten Schritte."

Die auf das abscheulichste Verbrechen gefasste Polizistin unter-suchte die Dreizimmerwohnung und meldete hierauf mit hörbarer Erleichterung dem im Stiegenhaus Wartenden: „Keine Person an-wesend, offensichtlich ein Single-Haushalt. Dieter, ich brauche dich nicht mehr, das ist definitiv kein Tatort." Sie schloss die Wohnungstür und begann mit der genauen Durchsuchung. Die Küchenzeile dürfte Bogner geschont haben, dachte sie sich. Das französische Bett sah einigermaßen mitgenommen aus. Wer weiß, was die Matratze schon alles erlebt hat. Aber auch hier gilt zunächst die Unschuldsvermutung, bremste sie ihre Phantasie ein. Im Arbeitszimmer fand Gutleyb keinen Computer, doch in einer Lade lag zu ihrer Freude ein Smartphone. Ein galaktisches noch dazu. „Wow!", war ihre erste Reaktion. Wenn das jetzt noch eingeschaltet ist, dann bin ich ihm schon auf den Fersen. Wieder „Wow!" Sie wischte sich jubelnd durch das ungesicherte Mobiltelefon, ohne sich zu fragen, warum es in der Wohnung lag. Quasi ein offenes Buch lag in ihrer zarten Hand, sein Titel lautete Bernhard Bogner. Viele Dateien und Downloads über den illegalen Organhandel auf dem Balkan fand sie, den Kauf eines Tickets für eine Bahnfahrt nach Skopje, Fotos von hübschen Damen und mehrere dieser unvermeidbaren Selbsties mit ihnen gemeinsam, alle hochanständig und jugendfrei, die geheimen Praktiken der Gemüseindustrie Andalusiens und – da blieb Gutleyb ungewöhnlich lang der Atem weg – ungelöste Fälle des Polizeikommissariats Urfahr.

„Ein Wahnsinn! Echt krass! Hat der Typ von der Morgenpost glatt unsere als unlösbar aufgegebenen Cold Cases gesammelt, die in einem dicken Ordner eine dauernde Bleibe gefunden haben", entsetzte sie sich, dennoch froh, dass niemand sonst davon erfahren hatte. Ihre Brust hob und senkte sich nach diesem Fund wie ein Blasebalg, dann entschied sie: Nur nicht weiter beachten, denn sonst hört die Arbeit nie mehr auf!

Eines muss man an dieser Stelle schon erwähnen – selbstverständlich hinter vorgehaltener Hand – in der gesamten Polizeistation war niemand als Workaholic verschrien. Wär auch noch das Schönste, wenn Polizisten so unmäßig arbeiten, dass sie gar nicht mehr loslassen können. Wo doch jeder das Recht hat, als gesunder Beamter in Pension zu gehen. Sie ließ das Smartphone in einen Plastiksack gleiten, horchte an der Wohnungstür auf Geräusche im Stiegenhaus, dann war sie auch schon draußen. Die ungelesenen Exemplare der Morgenpost blieben vor dem Eingang liegen. Hassan würde dort am nächsten Tag die aktuelle Ausgabe deponieren. In ihrer

Euphorie war es ihr egal, wenn er am nächsten Vormittag wieder zu ihr käme. Hochkant hinaus, entschied sie schon jetzt.

Erfolgreich und irgendwie überlegen, so fühlte sich Gutleyb, als sie mit der Straßenbahn das Kommissariat in der Gerstnerstraße im Linzer Stadtteil Urfahr ansteuerte. Sie stürmte dienstbeflissen zur Tür Feilers, klopfte an und drückte im selben Moment den Pistolengriff hinunter. Feiler schaute sie erschrocken an, wie wenn er bei einer diskreten Aktion ertappt worden wäre. Unverzüglich klappte er seinen Laptop zu.

„Ist was passiert?", fragte er den weiblichen Eindringling.

„Woher soll ich das wissen?", entgegnete sie wahrheitsgemäß und setzte sofort nach: „Ich soll Sie doch über den Stand der Ermittlungen informieren, haben Sie am Vormittag gesagt. Gilt die Anweisung noch?"

„Ah ja, Sie meinen den angeblich verschwundenen Morgenpostler."

„Genau den."

„Hätten S` das nicht gleich sagen können? Also beim nächsten Mal nehmen Sie sich Zeit für ein telefonisches Aviso. So einen Schreck möchte ich nicht mehr so schnell erleben."

„Kein Problem", gab sie sich verständnisvoll. „Also, ganz zufällig habe ich sein Smartphone gefunden."

Sie sprach jetzt wie ein Wasserfall, um unangenehme Nachfragen abzublocken.

„Ich brauche sicher den ganzen Tag, um mir einen Überblick zu verschaffen. Erste Indizien deuten darauf hin, dass er ein Bahnticket nach Skopje gekauft hat, um über das Geschäft mit dem illegalen Organhandel zu recherchieren."

„Soso", sinnierte Feiler halblaut.

„Außerdem sind mehrere Fotos drauf, die ihn mit weiblicher Begleitung zeigen. Ich muss ganz nebenbei bemerken, so einen feschen Kerl haben wir bei der Polizei nicht. Ein Wahnsinn, wie gut der Bogner ausschaut!", schwärmte sie mit heller Begeisterung.

„Frau Kollegin, bleiben Sie ganz einfach sachlich, auch wenn`s Ihnen manchmal schwerfällt. Sie sollen ermitteln und nicht bewundern! Können Sie denn nicht vergessen, dass Sie im Dienst keine Frau sind!", brummte er ihr grantig ins verdutzte Gesicht.

„Entschuldigung, ist mir so rausgerutscht, Herr Chef!"

„Schon gut. Nun, der Bogner ist also im Kosovo."

Feilers Gesicht hellte sich auf wie bei Dienstschluss, dann fand er er tspannt: „Warum sollen wir den Mann überhaupt weiter suchen? Der geht doch bisher nur dem Zeitungsausträger ab, einem Zuwanderer aus Afrika, der eine Untat zu wittern glaubt. Wer weiß, was die beiden für ein Verhältnis gehabt haben. Aber genauer betrachtet wollen wir das gar nicht wissen. Kurz und gut, meine neue Anweisung lautet: Ermittlungen einstellen, Frau Kollegin. Der Mann wird doch nicht einmal von seiner Redaktion vermisst, also werden wir wegen des Marokkaners keine leeren Kilometer fahren. Wir blamieren uns fürchterlich, wenn Bogner in Skopje über die Kindheit der Mutter Teresa recherchiert. Sonst noch was?"

„Nein, das war das Wichtigste in Kürze."

Womit sich Gutleyb einen bequemen Abgang verschaffte und Feiler mit seiner Vergangenheit allein ließ.

Bogner stört

Was am Vormittag wie ein schwaches Hämmern in seinem Kopf begonnen hatte, wurde zu einem unablässigen Rumoren, kaum dass die Polizistin draußen war. Wieder einmal dieser Bogner, der ihm auf die Nerven ging. Also genau genommen, dachte Feiler, wär`s eine elegante Lösung, wenn ihm dort unten was passiert ist. Die Kurzformel Exitus als der Bequemlichkeit letzter Schluss. Jedes Mal, wenn er mit Kollegen aus dem Kommissariat über diesen Journalisten sprach, verständigten sie sich unisono auf das Ergebnis „Bogner stört". Für den Chefermittler war der angeblich Verschwundene ein regelrechter Doppelschlag. Bogner störte ihn nicht nur beruflich, sondern auch privat. Er war lästig wie eine Laus.

Nicht schlecht, dachte er sich, es besteht jetzt die Hoffnung, dass Bogner nicht mehr stören wird. Aus für die Laus.

Fast zehn Jahre führte Feiler mit seiner Gabi ein ruhiges Eheleben und hatte beinahe vergessen, wie turbulent es vorher zugegangen war. Es gab einen erbitterten Kampf um die Gabi damals, der Bogner hat`s immer wieder bei ihr probiert. Sie war, ohne größere Übertreibung gesprochen, die frescheste Friseurin zwischen Urfahr und Bad Goisern, aber ein saublöder Zufall brachte es mit sich, dass die beiden Männer Kunden im angesagten Salon „Weltfrisur" waren, wo Gabi gearbeitet hat. Zugegeben, erinnerte sich Feiler ungern, der Bogner hat damals sehr gut ausgesehen und reden konnte er auch besser als ich. Aber irgendwie hat ihr meine Arbeit bei der Polizei mehr imponiert, schließlich war ich immer an der vordersten Front. Die lebensgefährliche Geschichte von meiner Narbe am Kinn glaubt sie mir bis heute; in Wirklichkeit bin ich im Finstern in einen Bauschacht gestürzt, weil ich den Druck in der Blase nicht mehr ausgehalten hab. Es kann kein Zufall sein, dass mein Sternzeichen der Löwe ist, denk ich mir immer, wenn es hart auf hart kommt. Die Gabi, ein wunderschönes Bild von einer jungen Frau, hab ich zu unserem ersten gemeinsamen Urlaub eingeladen. Eine Woche haben wir am Gardasee geturtelt, trotz Adriatief ein Urlaub in Hochst mmung – vor allem seelisch gemeint.

Aber ein paar Wochen danach erfahr ich, dass der Bogner noch immer hinter ihr her ist. Der Ferdl vom vornehmsten Würstelstand in ganz Urfahr und Umgebung hat eine eindeutige Andeutung gemacht, wie ich an seiner Theke gegen meinen Heißhunger durchgegriffen hab. „Zum Magentröster" nennt sich diese kulinarische Einrichtung, ganz in der Nähe vom Mühlkreisbahnhof, eine Ladestation für Körper und Seele. Urgemütliche Typen machen dort Halt an diesem Umschlagplatz für Gerüchte und Geschichten aller Art. Ich hab noch nie eine extrascharfe Burenwurst so schnell verputzt wie damals, aus lauter Wut auf den Bogner. Da hat`s mir ein für alle Mal gereicht und ich hab ein bisserl ungewöhnlich nachgeholfen. Du Schatzi, hab ich ihr bei unserem nächsten Rendezvous geflüstert, ich muss dir ganz im Vertrauen sagen, was ich zufällig in den Polizeiakten über diesen Schreiberling gefunden hab. Das wird jetzt hart für dich, aber ich sag`s dir zu deinem Schutz – schließlich will ich nur dein Bestes, Gabilein. Gegen den Bogner ist einmal wegen sexueller Nötigung ermittelt worden. Überleg dir gut, ob du mit so einem Typen noch was zu tun haben willst! Ganz fürchterlich erschrocken ist sie, kein Wort hat sie rausgebracht. Und dann war endgültig Ruhe. Nicht einmal zum Haareschneiden hat sie ihn noch drangenommen, diesen Hallodri von der Morgenpost. Naja, bei der Gabi hat man damals immer ein bisserl nachhelfen müssen. Wenn ich manchmal auf der anderen Straßenseite auf sie gewartet hab, bis der Friseursalon zugesperrt hat, und sie hat mich gesucht und geschaut, wo ich steh`, hab ich mir ein paar Mal schon gedacht, so was von orientierungslos, die verirrt sich glatt auf einem Zebrastreifen. Aber sie war wahnsinnig süß, da red` ich noch gar nicht von ihrer Figur. Einfach alles in der richtigen Größe am richtigen Platz. Im Parkbad haben sie die Männer, die einen kundigen Blick gehabt haben, mindestens für ein Fotomodell gehalten. Damals waren das noch wohlgeformte Schönheiten und ihr Anblick eine runde Sache, nicht solche Hopfenstangen wie die jetzigen Models, die man nur als unglückliche Kandidatinnen für eine Zwangsernährung einstufen kann. Aber so ändern sich die Zeiten und manche Ideale. Wenn ich so überlege, wo werden heute überhaupt noch gut gewachsene

Frauen abgebildet? Da fallen mir auf Anhieb nur die großen Kalender von den Reifenfirmen ein. Wundert mich auch gar nicht, schließlich ist nur ein voll aufgepumpter Reifen ein erhebender Anblick für Ästheten. Wenn die Gabi ein Lokal betreten hat, hat sie sofort die Blicke der anderen Gäste angezogen, so attraktiv war sie in jungen Jahren. Immer ein perfektes Makeup, von Natur aus lange Wimpern und eine extravagante Frisur, die sie oft gewechselt hat. Wenn ich jetzt sag`, ich bin neben einer Blondine eingeschlafen und neben einer Mahagonibraunen aufgewacht, dann ist das schon übertrieben, aber es ist auch ein Funken von der Wahrheit dabei.

Und weil ich schon so im Sinnieren über die gute alte Zeit bin: Die Polizeiarbeit war früher absolut stressfrei, manchmal sogar ein bescheidenes Vergnügen. Kein Schnickschnack wie diese DNA-Spuren in der Haarbürste! Ein frischer, ergiebiger Blutfleck, deutlich hingeschmierte Fingerabdrücke auf einem Glas oder ein verlorener Ausweis haben genügt und ein paar Tage später war er verhaftet, der Missetäter. Wenn so ein Schlot geleugnet hat, haben wir hier im Schatten des Pöstlingbergs zu unseren traditionellen Verhörmethoden greifen müssen – ungern, äußerst ungern, wie ich niemals müde geworden bin zu betonen. Eine vorläufige Festnahme hat so lange gedauert, bis die blauen Flecken verschwunden sind. So viel Rücksicht haben wir immer geübt, denn mit einem Schämatom haben wir damals keinen auf die Straße gelassen oder gar nach Hause geschickt. Wenn man heute einem kleinen Gauner zu fest die Hand drückt, schreit er schon nach einem Anwalt, aber so ist halt der Lauf der Dinge. Bin schon neugierig, wem der Bogner wirklich als Erstem abgeht: der Redaktion, seinen Verwandten, einem Nachbarn oder einer Verhältnisfrau. Der Uschi werd` ich dann die Ermittlungen aus den zarten Händen nehmen, sonst veranlasst sie noch eine Suche im Ausland, wo er doch am besten bleiben soll, unter uns gesagt. Ich trau ihr sogar einen Aufruf bei der Sendung XY zu. Nicht auszudenken, was für ein Drama die Gabi erst draus macht, wenn sie davon erfährt. Und ich bin mir sicher, das Verschwinden von dem Journalisten der Morgenpost ist eine so heikle Sache, die könnte für die junge Kollegin eine Nummer zu groß sein. Aber sonst eine außergewöhnliche Erscheinung, diese Gutleyb. Ich sag mir immer, wenn ich ihr begegne: Wie gut, dass es noch schöne Menschen gibt. Sowas von tugendhaft & sexy, eine extrem seltene Kombination. Verwirrt einen richtigen Mann schon ein bisserl, wenn man länger hinschaut. Angeblich hat sie Oberweite 98 – will man galant sein, verfügt sie also über einen Meterbusen. Immer eine tadellose Frisur, genauso wie diese deutsche Schlagersängerin, diese Fischer, die sie jeden Morgen hört. Führt man mit ihr ein eher harmloses Privatgespräch, ich meine so von Mann zu Frau, kommt man irgendwie über den Klimawandel ins Grübeln, der die meisten Gletscher schmelzen lässt. Nur der Eisblock Gutleyb fangt nicht und nicht zum Schmelzen an. Nicht dass ich es auf sie abgesehen hätte, aber die Kolleginnen sind doch auch Mitmenschen, für die man sich interessieren darf. Viele Frauen schätzen diese Art von Aufmerksamkeit, aber die Uschi ist eine Ausnahme. Schade! Wie froh bin ich da, dass ich so ein Goldstück wie die Gabi zu Hause hab. Feiler beendete auf dieses Stichwort hin abrupt den außergewöhnlichen Arbeitstag.

Bad Guy Feiler

Dass die Frau Eiberger so spät noch Schnitzel kocht, kommt selten vor. Wenn man sie im Lift so anschaut, weiß man, welche Kraft sie dem Fleischklopfer im freien Fall mitgibt, sagte sich Uschi Gutleyb am Abend in ihrer Garconniere. Ist halt schwierig, wenn man am Abend in einem sozialen Wohnbau hochkonzentriert arbeiten will. Auf der linken Seite plärrt ein Fernseher, oben kocht die Eiberger für ihre Familie ein deftiges Abendessen und zu meiner Rechten wohnen ein Bursch und seine Tattoo-Tussi. Wär` nicht so unangenehm, wenn unsere Badezimmer nicht aneinandergrenzen würden. Ist halt leider so. Was die zwei für Geräusche machen, wenn beide im Bad sind, das könnte man einem Minderjährigen überhaupt nicht zumuten. Da wird um Mitternacht geduscht mit einer schamlosen Begleitmusik, so ein improvisiertes Duett für zwei Stimmen und vier Hände. Auf die anfänglichen "Ah!" und „Oh!" folgen irgendwann unzählige „Ja!". Also ich würd` mich genieren, so laut zu sein. Warum treiben`s die zwei nicht unter der Bettdecke? Aber was soll man machen, der soziale Wohnbau will nun einmal die Nachbarn am vielfältigen Leben teilhaben lassen. Da wohnen keine Unbekannten Tür an Tür wie in einem Villenviertel am Pöstlingberg.

Gutleyb legte eine CD von Helene Fischer ein und nahm das galaktische Smartphone Bogners aus ihrer Handtasche. Als sie es in seiner Wohnung beschlagnahmt hatte, stellte sie es sofort auf „Lautlos", um keine unangenehme Aufmerksamkeit im Büro zu riskieren. Jetzt konnte sie ungestört das Gerät näher untersuchen. Sie nahm sich zuerst eine Kosovo-Datei vor, in der sie Notizen über den illegalen internationalen Organhandel fand. Arme vom Balkan oder aus der Türkei würden sich für 12000 Euro eine Niere entfernen lassen, die um 80000 nach Israel gehe, wo die meisten Nutznießer des Schwarzmarkts zu Hause seien. Irgendwie makaber, dachte sie sich, wenn ein Israeli mit einem muslimischen Organ weiterlebt. Ob da ein spezielles Medikament gegen die Abstoßung einer türkischen Niere verabreicht wird? Das Zentrum für die Entnahme sei eine Klinik in Pristina. Aha, vermutete sie, diese Klinik ist wahrscheinlich nicht weit weg von Skopje, wo Bogner mit der Bahn hingefahren sein könnte. Für das Herz eines in China Hingerichteten würden 130000 Euro verlangt, für eine Lunge bis zu 130000. Der Preis für eine Leber variiere sehr stark, wahrscheinlich vom Zustand des Organs und der Gesundheit des Empfängers abhängig. Naja, fand sie, mit der Leber eines abgelebten pakistanischen Antialkoholikers wird ein israelischer Säufer wohl seine wahre Freude haben. Für das Gemüse aus Spanien interessierte sie sich nur oberflächlich, aber die Datei „G.F." schaute sie sich genauer an, weil der Name geheimnisvoll auf die Polizistin wirkte. Da ging es um eine Gabi, am 17. Mai 1976 in Linz geboren, Beruf: Friseurin, verheiratet mit einem Beamten der Exekutive, Mädchenname: Täschner. Reine Privatsache, absolut bedeutungslos, fand Gutleyb und schloss die Datei, als plötzlich ein Geistesblitz zündete.

„Gewaltig! Wow! Echt steil!", entfuhr es ihr.

„G.F.!!"

„Da bin ich mir sicher, das ist die Frau vom Chef. Todsicher, dass sie Gabi heißt, hat er doch schon ein paar Mal gesagt, wie toll sein Gabilein ist."

Woher kennt der Bogner diese Frau, fragte sie sich. Er wird doch nicht ihr Seelentröster sein? Nicht auszudenken, was es für eine Mörder-Aufregung gibt, wenn das in unserem Kommissariat bekannt wird. Wir suchen fieberhaft nach einem Vermissten, der vielleicht ein Verhältnis mit der Frau eines Abteilungsleiters der Polizei in Urfahr hat. Der Verehrer ist spurlos verschwunden und mein Chef lässt die Ermittlungen einstellen. Das stinkt doch zum Himmel!

Aber Uschi, sag` ich mir, das wird mit äußerster Diskretion behandelt. Vielleicht kann ich dieses Wissen einmal gut verwenden, sein Posten wär` doch ein annehmbarer Job für mich. Das Mindeste an Konsequenzen in so einem Fall dürfte eine Strafversetzung sein. Wie sagt der Dieter immer: Bad Guys kommen nach Bad Ischl. Feiler zur Strafe in der Kaiserstadt, das wär doch was. Aber ich brauche bis dahin noch viel Geduld. Es wird noch länger dauern, bis die Panne mit der Bombenexplosion vergessen ist.

Unter uns gesagt, ich hab damals nicht den besten Tag meiner Karriere gehabt, aber ein Ausrutscher kann jedem einmal passieren. Obwohl, genau genommen, ist niemandem etwas passiert. Mein Noch-Chef hat mir damals ein Fax in die Hand gedrückt und gesagt: „Veranlassen Sie alles Notwendige, wenn Sie die Drohung überprüft haben, Frau Kollegin!" Ich entnehme dem Schreiben, dass ein Attentat auf die Alpenradtour in Linz geplant ist. Also sag` ich mir, nur keine vorschnelle Panik! Ich rufe in der Sportredaktion der Morgenpost an und was erfahre ich? Diese Radlfahrer kommen gar nicht nach Linz. Mein Fazit: Ein Gestörter hat sich einen grottenblöden Scherz erlaubt. Also ad acta mit dem Wisch. Ich kann mich noch gut erinnern, wie erleichtert ich war, dass das Fax im Ablagekorb gelandet ist. Wie ich zwei Tage danach zum Frühstück die Morgenpost aufschlag`, springt mir eine gesalzene Schlagzeile in die halbwachen Augen: „Terroranschlag auf die Alpenradtour" steht auf der Titelseite. Während der Ehrung für den Etappensieger ist das Siegespodest gesprengt worden. Wegen eines Wolkenbruchs wurde die Zeremonie in ein Festzelt verlegt, sodass durch die Explosion niemand verletzt wurde. Herumfliegende Trümmer haben die Zeltwand und mehrere Begleitfahrzeuge beschädigt. Über die Hintergründe wird heftig spekuliert, schrieb damals die Morgenpost.

„Bist du fertig!" stammelte Ursula in ihrem schockartigen Zustand wiederholt. Sie ließ das Frühstück stehen, war nicht einmal in der Lage, ihre Wimpern zu tuschen, so zitterten ihre Hände, und eilte Hals über Kopf, wie man lustigerweise sagt, ins Kommissariat. Hoffentlich findet das Fax niemand in meinem Ablagekorb, dachte sie unaufhörlich. Sonst bin ich erledigt. Atemlos las sie im Büro die Drohung noch einmal und entdeckte mit einer Mörder-Bestürzung, dass sie einen kleinen Buchstaben übersehen hatte: Nicht in Linz, sondern in Lienz kommt`s zum Attentat. Irgendwie dumm gelaufen, fiel ihr zum Trost ein. Beim Zurücklegen bemerkte sie, dass das Fax am Vortag unter einer anderen Meldung im Korb gelegen ist. Da war irgendwer an meinem Schreibtisch, schoss es ihr durch den Kopf. Der Chef, eine neugierige Putzfrau oder haben wir gar einen Maulwurf in unseren Reihen?

Seither war Uschi Gutleyb doppelt vorsichtig, jedes Vertrauen hatte sie sich abgeschminkt. Wie wenn sie es geahnt hätte, wurde die Sache am nächsten Tag erst so richtig hässlich.

„Gab es Drohungen vor dem Lienzer Anschlag?"

„Wusste die Polizei wirklich nichts von der Bombe?"

So lauteten noch die harmlosesten Schlagzeilen. Da brauchte Max Feiler nur mehr eins und eins zusammenzählen, um seiner Kollegin die Hölle vorzuheizen.

„Was haben Sie sich eigentlich dabei gedacht? Warum haben Sie die Drohung nicht ernst genommen? Müssen wir morgen vielleicht von einer Spur nach Urfahr lesen?"

So richtig aufbrausend wurde er, eine Serie von giftigen Blicken in ihre verzagten Augen, kein einziger auf ihre Bluse.

„Wenn das auffliegt, lasse ich Sie versetzen, Frau Gutleyb, das schwöre ich Ihnen."

Er redete sich so richtig in Rage und sie musste erleben, was ein Personalvertreter einmal gemeint hat: „Wenn dem Feiler etwas nicht passt, dann kommuniziert der Herr Abteilungsleiter quasi über einen Blitzableiter. Da kann man nur den Kopf einziehen und warten, bis sich das Gewitter entladen hat."

Zum Glück für die Beamten in Urfahr haben die Polizisten in Osttirol erfolgreich ermittelt und die Bombenleger ausgeforscht. Irgendwelche Sturschädel, die sich Tiroler Wutbürger nannten, sind gefasst worden, militante Landschaftsschützer, die gegen die geplante Umfahrung von Lienz gewaltsam protestiert haben. Aber auch das kein Wunder: Die Tiroler Männer halten den Andreas Hofer noch immer für ihren größten Helden. Und so nebenbei bemerkt wieder kein Wunder, dass der Siegeszug des Alpen-Aldi in Tirol begonnen haben soll. Schließlich klingt dort der Name Hofer narrisch sympathisch und ist leicht zu merken.

Als das Lied „Wolkenträumer" erklang, legte Ursula das Smartphone weg und ließ sich von der Musik berieseln.

Flüchtlinge

Die Hurrikan-Saison war zu Ende, als er vom mexikanischen Chetumal mit einem Wasser-Taxi nach San Pedro gelangte. Kaputte Dächer waren repariert, zertrümmertes Mobiliar wartete auf die Müllabfuhr, entwurzelte Palmen lagen gestapelt am Strand. Das Meer erweckte einen harmlosen Eindruck, als müsste es eine Nebenrolle in einer langweiligen Karibik-Idylle spielen. Würden da nicht an die Küste geworfene Boote und anderes Strandgut von dem einen oder anderen stürmischen Kapitel erzählen, von Zerstörung, Tod und Untergang. Unter dem tropischen Himmel lag eine klare Luft, vor ihm ein Aufenthalt von unbestimmter Dauer. Er hatte noch zu Hause für sein geregeltes Auskommen gesorgt, indem er die Summe einer Lebensversicherung bei einer diskreten Privatbank anlegte. Von seiner Bank würde er monatliche Zahlungen auf sein neues Konto in San Pedro überweisen lassen. Der Staat Belize bot so genannten Rentnern, die nur älter als 45 sein mussten, ein verlockendes Einwanderungsprogramm. Voraussetzungen waren Kenntnisse der englischen Sprache und ein monatliches Einkommen von mindestens 2000 US-Dollar, das in Belize nicht versteuert wurde. Die Summe genügte, um als „qualifizierte Person" für das „Rentner Bonus Programm" anerkannt zu werden. Die Umrechnung in die Landeswährung war denkbar einfach, zwei Belize Dollar entsprachen einem US-Dollar. In San Pedro fühlte er sich sicher, da hier viele Gringos ihren Urlaub verbrachten und die Polizei sich für Ausländer nicht interessierte. Sie war hauptsächlich mit dem eigenen Wohlbefinden beschäftigt und hatte in der sinnlos gewordenen Bekämpfung der Eigentumsdelikte resigniert. Neighborhood Watch-Gruppen kümmerten sich um die Sicherheit in einem Wohnviertel, indem sie des Nachts auf Streife gingen. Verkehrsprobleme waren auf der Insel Ambergris Caye unbekannt, weil hauptsächlich Golf-Buggys und Fahrräder unterwegs waren. Er hielt es für ausgeschlossen, unter den über zwölftausend San Pedranos und hunderten Touristen erkannt zu werden, ja er wusste nicht einmal, ob er international gesucht würde. Sollte er rechtzeitig Wind davon bekommen, stünde ein kurzer Fluchtweg über das Meer nach Yucatan offen oder eine Tagesreise würde ihn bis zur Grenze Guatemalas bringen. Er hielt diese Situation jedoch für ausgeschlossen, schließlich hatte er kein Verbrechen begangen. Er war lediglich aus Österreich verschwunden, in einer Pseudo-Flucht. Spurlos, wie er hoffte.

Die kleine Stadt hatte kein unverwechselbares Gesicht, die höchsten Gebäude wurden von Kokospalmen überragt. In einem monotonen Gittermuster verliefen die wenigen Straßen, denen ein ernst zu nehmender Verkehr fehlte. Bei einiger Nachsicht konnten die Lichter der Nacht dem Besucher einen urbanen Charakter vortäuschen.

Als Bogner nach seiner Ankunft den Barrier Reef Drive entlangschlenderte, gewann er den Eindruck, eine unsichtbare Macht würde hektische Geschäftigkeit oder ernsthaftes Arbeiten von der schläfrigen Stadt fernhalten. In dieser Stimmung einer endlosen Siesta erklang aus einem Lokal der Song „La Isla Bonita", mit dem die selbst ernannte Madonna sich an die Insel und an San Pedro erinnerte. „Tropical the island breeze, all of nature, wild and free, this is where I long to be: la isla bonita."

Je mehr Latinos und Kreolen er sah, desto größer wurde seine Gewissheit, auf der Insel keinen Österreicher anzutreffen. Wer sollte in seiner Heimat überhaupt Belize kennen? So mancher hielt Belize eher für einen unmodern gewordenen Cocktail oder einen neuen Modeschmuck aus Bangladesh. Bogner nahm sich das unbekümmerte Leben eines Aussteigers vor in diesem Land mit etwas mehr als 300.000 Einwohnern, für die keine einzige Tageszeitung gedruckt wurde, wo die Uhren nicht anders gingen, sondern bloß keine Beachtung fanden. Die Einheimischen verstanden Englisch, sprachen untereinander Spanisch und genossen ihr ruhiges Leben fern von der Route der Kreuzfahrtschiffe und weit weg von internationalen Flughäfen. Zwischen der Küste und dem schützenden Riff bot das Meer ausreichend Beschäftigung durch Fischen und Tauchen, zur Erholung davon döste man in einem säuselnden Tropenschlaf in einer Hängematte.

Für den Anfang hatte sich Bogner ein Zimmer in einem Hotel am Pescador Drive genommen, wo er den prüfenden Blick der Rezeptionistin auf sein Bordcase mit der simplen Erklärung zufriedenstellte, das große Gepäck wäre auf seinem Flug nach Mexico City fehlgeleitet worden. Als er wenige Tage vorher in Linz einen Zug bestiegen hatte, waren das Notwendigste für eine Woche und sein Notebook im Bordcase verstaut. Alles andere blieb zu Hause, auch sein Smartphone. Es sollte schließlich gefunden werden.

Da er seine Reiseroute geheim halten wollte, fuhr er mit der Bahn über Paris und Madrid bis nach Algeciras, wo er eine Fähre nach Afrika bestieg, die ihn nach Ceuta brachte. Er befand sich zum ersten Mal in Afrika, wo ihm die Stadt einen sanften Einstieg in den Kontinent verschaffte. Die spanische Exklave hieß bei den Marokkanern noch immer Sebta und erinnerte damit an seine maurische Vergangenheit, die aus dem Stadtbild zur Gänze verschwunden ist. Wo sieben Jahrhunderte lang der Islam das Leben und das Aussehen der Siedlung prägte, wurde seit dem 18. Jahrhundert Maria als Bürgermeisterin verehrt. Die Heilige Jungfrau rettete einst Ceuta, indem sie eine Pestepidemie so schlagartig wie wundersam beendete. Eine unbestimmbare Ahnung von der brisanten Gegenwart bekam Bogner durch eine Touristenbroschüre, die ihm bei der Ankunft im Hafen überreicht wurde. 711 setzte Tarik Ibn Ziad von dort mit seiner Armee zum Felsen von Gibraltar über und eroberte Südspanien für die nächsten Jahrhunderte. Ceuta, das Prestigeobjekt des modernen Spanien, stieg damals zu einer bedeutenden Stadt des Maghreb auf. Nach einem Rundgang mit Besuch eines Kaffeehauses verließ Bogner die Stadt, deren Festungscharakter ihm erst an ihrer Grenze auffiel. Er passierte einen doppelten Wall, gesichert durch rasiermesserscharfen Nato-Draht, der sich mehrere Meter in die Höhe reckte. Als einziger Tourist überquerte er die hermetisch abgeriegelte Grenze nach Marokko, wo er ein Sammeltaxi nach Fnideq bestieg. Bei seiner Ankunft am späten Nachmittag fand er dort nichts Ungewöhnliches vor, bis zur Weiterfahrt nach Tetouan blieben ihm drei Stunden Wartezeit, die er am Busbahnhof begann. Bei Einbruch der Dämmerung tauchten zwei Männer dunkler Hautfarbe auf, die sich mit größter Vorsicht bewegten. Sie traten an Bogner heran und bettelten ihn um Essen an, das er ihnen nicht bieten konnte. Einer der beiden begann unaufgefordert und offensichtlich aus Enttäuschung von einer langen Flucht quer durch Westafrika in dürftigem Englisch zu erzählen. Er warte schon länger als ein Jahr in der Nähe des Grenzwalls auf eine Chance, nach Ceuta zu gelangen. Tausende, fast ausschließlich Männer, würden unter Plastikdächern hausen in ständiger Angst, die marokkanische Polizei würde sie festnehmen und abschieben. Was hätten sie verbrochen? Was sei falsch an ihnen, dass sie keinen sicheren Platz zum Leben fänden?

Sie hätten kein Geld, um die marokkanischen Grenzpolizisten zu bestechen, die Tag für Tag die reichen Flüchtlinge aus dem Orient auf die spanische Seite ließen. Für mehr als tausend Euro pro Kopf, erzählte der Afrikaner, könnten diese Glücklichen ihren Fuß auf den Boden Europas setzen. Niemand dürfe ihnen hier Arbeit geben, sie seien gezwungen im Untergrund zu leben. Hin und wieder würden sich einzelne Bäcker und Gemüsehändler erbarmen, die den muslimischen Flüchtlingen zu essen geben, was sie nicht mehr verkaufen konnten. Wer ernsthaft erkranke, müsse ohne medizinische Hilfe auf den Tod warten.

Bogner schickte die Männer, die einen beißenden Körpergeruch verbreiteten, mit einer Geldspende weg und bedauerte gleichzeitig, welche journalistische Chance sich ihm zufällig eröffnet hatte. Er wäre ihnen am liebsten in die Nacht gefolgt, um eine Reportage über diese Flüchtlinge zu beginnen. Er spürte, dass er eine afrikanische Hölle betreten könne, wusste jedoch keine Verwendung für seine Recherchen. Ihm fehlte jede Vorstellung, wann er aus seiner Deckung kommen würde und ob er überhaupt noch einmal für die Morgenpost arbeiten würde. Seit der Begegnung mit den beiden Schwarzen war sein Interesse für Fnideq schlagartig erwacht. Mit seinem Bordcase im Schlepptau marschierte er einem Verirrten gleich bis zur Küste, wo das weiß-blaue Minarett der Mezquita de Castillejos an der Uferpromenade wie eine Standarte aufragte. Er fand zweisprachige Werbetafeln für Hotels und Ferienwohnungen aller Kategorien, ein Casino versprach den Besuchern anregende Zerstreuung am Abend. Hier lebten über 50.000 Menschen ihr bescheidenes geregeltes Leben, während außerhalb der Stadt Tausende Flüchtlinge auf die Chance ihres Lebens warteten. Getrieben von der Hoffnung, den doppelten Grenzwall mit Leitern oder das Mittelmeer in einem Boot nach Europa überqueren zu können. Und dabei ständig gezwungen, unsichtbar zu bleiben. Für Bogner war

Fnideq zur Stadt mit doppeltem Boden geworden. Er fand in seiner journalistischen Tätigkeit schon immer einen schnellen Zugang für Storys aus dem Untergrund, für Verstecke und Versteckte. Ihm war, als müsse er hinschauen statt wegzufahren. Hier gaben Verzweifelte ihr letztes Geld her, um dem Elend Afrikas zu entfliehen. „Fluchthelfer" als Name für ein österreichisches Reisebüro, welches seine Kunden gegen gute Bezahlung ins Vergnügen beförderte, kam ihm als blanker Zynismus vor.

Ratlose Betroffenheit lastete auf ihm, als er in den Bus nach Tetouan stieg. Dort verbrachte er eine unruhige Nacht, die der knarrende Lautsprecher eines Muezzins zu einer Tortur für seine Nerven machte. Im Fernbus nach Casablanca schlief er mehrere Stunden, den Aufenthalt in Rabat nützte er für ein Cassecroute, das wie ein Sandwich auf einer Tafel abgebildet war und seinen knurrenden Magen angenehm füllte. Den köstlichen Tee mit frischen Pfefferminzblättern vermisste er in Belize immer wieder. Zu Beginn der Nacht erreichte er den Flughafen Mohammed V, wo er mit ziemlicher Erleichterung Marokko den Rücken zukehrte. Vielleicht ein Land für Menschen, die das Abenteuer suchen, ganz sicher für solche, die Französisch sprechen, dachte er sich beim Einchecken für den Flug nach Mexico City. Ein anschließender Inlandsflug brachte ihn am übernächsten Tag nach Chetumal, direkt an der Grenze zu Belize. Sein Aussehen entsprach seiner Verweildauer auf Flughäfen und in drei verschiedenen Maschinen. Im Norden Marokkos hatte er sich zum letzten Mal in einem Bett ausgestreckt und geschlafen. Während der kurzweiligen Flugstrecke über den Atlantik malte er sich aus, einem schnarchenden Passagier hinter ihm die Luftröhre vertikal zu durchschneiden, woran ihn allerdings das Verbot, Messer mit an Bord zu nehmen, hinderte. Neben ihm war eine überforderte Mutter mit ihrem plärrenden Baby untergebracht, das sämtliche Beruhigungsmittel aus einem Sortiment an befüllten Tupperware-Behältern erfolgreich verweigerte.

Der ungewohnte Schlafentzug setzte ihm in ungeahnter Heftigkeit zu und mit einer Stinkwut im Bauch fragte er sich, warum andere Passagiere ihm ungestraft auf die Nerven gehen durften.

Dem sporadisch auftauchenden Lächeln der Stewardessen hätte er am liebsten seinen Mittelfinger entgegengereckt, er fühlte sich hilflos ausgeliefert und von ihnen mehr aus- als angelacht. Ein unbedacht geöffnetes Fach der Gepäckablage schräg vor ihm gab einer riesigen Kameratasche die spontane Gelegenheit, auf dem provencalischen Hühnergeschnetzelten einer arglos dinierenden Passagierin eine Bruchlandung mit Streuwirkung hinzuklatschen. Der schrille Schrei der Geschädigten ließ manchen Passagier in die Höhe schießen und weitere Tabletts mit Essen abstürzen. Als er sich irgendwo über dem nachtschwarzen Meer in die Warteschlange vor dem WC einreihte, wuchs seine Vermutung, die Unbequemlichkeit vor und in einem Jet-Klosett könne nur eine Strafe sein, verhängt für den persönlichen Anteil am CO_2-Ausstoß der Maschine. In der Notdurft-Kapsel kam ihm zu Bewusstsein, dass er Recycling-Luft aus einem Potpourri aus internationalen Furzgasen einatmete.

Für den Heimweg, fand er in seiner Bedrängnis, würde er sich um Komfort bemühen, auf die Economy-Zumutung würde er sich nicht mehr einlassen. Als er auf das Aussteigen in Chetumal wartete, erschien ihm ein Satz von Tante Heike zutreffend. Der in der Bogner-schen Familie viel belächelten Frau aus einem Kuhdorf im niedersächsischen Landkreis Cloppenburg wurde stets Unrecht getan, so seine späte Einsicht, wenn die Sprache auf den einzigen Flug ihres Lebens kam. Sie hatte als fünftausendste Käuferin einer Komfort-Heizdecke einen Flug nach Grönland gewonnen und nahm auf gutes Zureden ihres Mannes hin auch daran teil. Als sie über dem Atlantik einen längeren Blick aus dem Fenster riskierte und nicht den kleinsten Zipfel Land entdeckte, verfiel die leidenschaftliche Nichtschwimmerin in eine ausgiebige Kreisch-Hysterie, die bis ins Cockpit drang. Sobald die allmählich stimmlos Gewordene in Grönland wieder festen Boden unter ihren zitternden Füßen spürte, gab sie durch eindeutige Handzeichen und das Zerreißen ihres Tickets zu erkennen, dass sie auf den Rückflug verzichten werde, was die Vertreterin der Fluglinie mit riesiger Erleichterung registrierte. Sie wurde auf Kosten der Airline in den nächsten Hafen gebracht, wo sie nach tagelangem Warten als Küchenhilfe auf einem Expeditionsschiff anheuerte. Ihre anspruchslose Tätigkeit an Bord soll sie häufig mit dem Satz „Fliegen is keen Vergniegen" begleitet haben. Zwei Monate später ging sie in Kiel von Bord und raunte jedem, der ihr begegnete, bedeutungsvoll ins Ohr: „Ich bin der Hölle entronnen." Onkel Herbert, den eine Laune des Zufalls in die Küche und das Bett Heikes geführt haben soll, kümmerte sich fürsorglich um die aus der Bahn geworfene Heimkehrerin, die von Nachbarn lange Zeit für bekloppt gehalten wurde. Das Rückgaberecht der originalverpackten Heizdecke war in der Zwischenzeit erloschen. Sie sollte später in einem Pflegeheim gute Dienste leisten.

Auf dem stickigen WC des Flughafens von Chetumal blickte ihn ein ramponierter und ungepflegter Mann an, der jedem Grenzbeamten verdächtig vorkommen musste. Also duschte er, rasierte sich und zog die getragene Kleidung mit Widerwillen an. Ich beginne meinen neuen Lebensabschnitt in tadellosem Outfit, nahm er sich vor und ließ sich von einem Taxi in einem blauen VW-Käfer zu einem Bekleidungsgeschäft bringen. Beim Einkaufen wurde ihm deutlich, wo er sich befand. Chetumal war keine internationale Stadt, hier lebten großteils noch immer stolze Maya, die sich weigerten, Spanisch zu sprechen. Ihr Englisch war ziemlich holprig, sodass Bogner auf ihre Äußerungen am besten „Yucatan" gesagt hätte, was in der Mayasprache „Ich verstehe dich nicht" bedeutet. Mit vielen Gesten und noch mehr Geduld kam er zu frischen Hemden, einer Jeans und bedruckten Unterhosen „Made in Honduras". Seinen Hunger stillte er in einer Burgerbraterei, der er mehr vertraute als einer mexikanischen Feuerküche mit ihren unberechenbaren Tortillas. Während des Kauvorgangs musste er an seine Mutter und ihre unvergesslichen Kochkünste denken. Er hielt es für angebracht, seinen Eltern einen Luftpostbrief zu schicken. Schließlich hatten sie das Recht zu erfahren, was passiert sei.

Liebe Eltern!

Macht euch keine Sorgen, weil ich spurlos verschwunden bin. Mir geht es gut, ich bin weder entführt noch von übereifrigen Polizisten inhaftiert worden. Ich werde mich längere Zeit in einem fernen Land aufhalten und zurückkommen, wenn die Zeit für eine Revanche an einem privaten Widersacher zu Hause reif ist. Bis dahin ersuche ich euch dringend, keine Auskünfte über diesen Brief zu geben – an niemanden, schon gar nicht an Polizeibeamte, falls sie euch einmal befragen sollten. Tut einfach so, als sei ich wie vom Erdboden verschwunden, und glaubt niemandem, dass ich im Kosovo beruflich recherchiere.

Ich umarme euch!

Euer Bernhard.

In guter Laune und neugierig auf das in einem Reiseführer gefundene San Pedro reiste er in Belize ein, wo die Aufenthaltsformalitäten ihn nach drei Stunden in denselben Zustand versetzten, in dem ihn der Flieger in Chetumal ausgespuckt hatte. Immer wieder mahnte er sich zu Geduld, immer wieder sagte er sich den Satz vor: Ich habe es überhaupt nicht eilig. Vor ihm würde schließlich ein Aufenthalt von schier endloser Dauer liegen. Als er seinen gestempelten Fass zurückbekam und ein Beamter salutierend „Welcome in Belize, Mista Bona" vermeldete, war er zu erschöpft, um ein freundliches Gesicht zu zeigen. Der Pseudo-Aussteiger war endgültig angekommen und total k.o.

Auf der Suche nach einem Restaurant fiel ihm am nächsten Tag das Miradora auf, vom dem aus sich ein kitschiger Ausblick auf weißen Sandstrand, Anlegestege mit Yachten und türkisblaues Meer eröffrete. Die Sonne strahlte wie damals im Paradies vor dem kolportierten Sündenfall und zum ersten Mal erlebte er eine ihm unverfälscht vorkommende Karibik. Er bereute es nicht, Belize für seinen Rückzug gewählt zu haben. Hier schien ihm tatsächlich der angenehmste Ort zu sein, um auf die weitere Entwicklung der Dinge zu warten, mochte es auch mehr als ein Jahr dauern. Nach dem Essen ging er auf einen Steg, wo mehrere Motoryachten vertäut waren, die er sich genauer anschaute. Das in Dunkelblau und Gold lackierte Schiff interessierte ihn wegen seines Namens „Nobody". Eine nicht mehr vollschlanke Frau mit langen blauschwarzen Haaren, wahrscheinlich eine Einheimische, die gerade das Deck reinigte, grüßte ihn lebhaft und lud ihn in bestem Englisch ein, an Bord zu kommen. Bogner wollte nicht mehr als die Geschichte des Namens erfahren, aber sie unterbrach bereitwillig ihre Arbeit und holte weiter aus.

Amini Sturvest, deren Alter er bei näherer Betrachtung im amorphen Bereich zwischen 45 und 60 ansiedelte, hieß die Besitzerin der Yacht, die ihr Gatte Mitch damals gekauft habe, als er aus den Vereinigten Staaten nach San Pedro gekommen sei. Den Namen habe er ausgewählt, weil er einmal von den Abenteuern eines Odysseus gelesen habe, der eigentlich Niemand geheißen habe. Amini sei in Belize zur Welt gekommen, wo und wann würde einen Gringo wohl kaum etwas angehen. Sie habe Mitch in San Pedro kennen gelernt und habe damals eine nette Figur gehabt, ihr ausladendes Hinterteil sei erst in den letzten Jahren dazugekommen, behauptete sie selbstironisch. Seit letztem Jahr sei sie Witwe, seither wisse sie nicht so recht, was sie mit der Yacht machen solle.

„Ist schon schlimm, wenn einem der Mann wegstirbt, und dann hat man nichts davon", fand sie ohne jede Sentimentalität.

„Geblieben sind mir das Schiff und viele leere Flaschen."

„Was hat Mitch mit der Yacht gemacht?", fragte Bogner.

„Er hat sich von Touristen anheuern lassen für Tagesausflüge, vor allem von Schnorchlern, für Tauchgänge oder zum Fischen. Die Nobody ist 13 Meter lang, wie man sieht, und hat einen sehr starken Motor. Wenn Sie wollen, können wir einmal eine Tour unternehmen."

„Ja gerne. Wo finde ich Sie, Amini?"

„Fragen Sie einfach José, der kennt hier alle."

„Wer ist José?"

„Dem gehört das Miradora", deutete sie mit ihrem Kopf dorthin, wo Bogner zuvor Carne Machacada, ein gegrilltes Rindfleisch mit Zwiebeln, gegessen hatte. Hatte ihm überraschend gut geschmeckt.

„Aha! So einfach ist das hier. Übrigens, Sie können Bernhard zu mir sagen."

„Burnheart? Klingt lustig, ist mir aber zu schwierig. Ich nenne dich Burnie, ob du willst oder nicht."

„Okay. Ich habe sowieso keine Wahl."

„Wo kommst du her?"

„Aus Österreich, falls du das kennst."

„Ich war noch nie im Ausland, habe nur gehört, dass ein Krimineller aus deinem Land bei uns untergetaucht sein soll."

„Weißt du mehr darüber?"

„Vielleicht José. Aber du musst zuerst sein Vertrauen gewinnen."

„Macht nichts. Ist nicht wichtig, wer der Landsmann ist, ich arbeite doch nicht für die Polizei."

Nach einer kurzen Pause setzte Bogner fort: "Verrätst du mir deine Adresse oder muss ich mich wirklich an José wenden?"

„Na gut. Du findest mich, wenn ich nicht in der Kirche oder auf der Nobody bin, in einer Querstraße zum Barrier Reef Drive. Du gehst einfach vom Miradora 300 Meter weiter und vor einem Tauchshop nach rechts in eine Querstraße. Das zweistöckige Haus mit den hellgrünen Balkonen gehört mir. Ich wohne im 2. Stock."

„Wunderbar, wir sehen uns dann morgen, Amini."

„Alles klar, Burnie! Aber such mich nicht in der Kirche!", fügte sie grinsend hinzu.

Auf dem Weg zum Hotel nahm er sich vor, am nächsten Morgen der Caye Bank International einen Besuch abzustatten und Belize Dollar für die kommenden Tage abzuheben. An der Hotelrezeption erkundigte er sich nach Aminis Reputation, schließlich wollte er auf hoher See keine böse Überraschung erleben. Könnte ja sein, dass sie noch jemanden an Bord gebracht hat, jemanden mit kriminellen Absichten. Bevor er in eine solche Situation käme, nahm er sich vor, lieber an Land zu bleiben. Besser eine Sandburg bauen als über den Fischen mit dem Rücken nach oben treiben, fand er. Soll auch Riffhaie hier geben, hatte er auf einer Warntafel gelesen.

Am Coconut Drive wurde Bogner von der Abteilungsleiterin für internationale Geschäfte zuvorkommend als neuer Kunde empfangen. Trina De Merida war eine elegante dunkelhäutige Dame, die ein souveränes Auftreten hatte. Ihr Alter konnte er höchstens mit Glück erraten, so gepflegt sah die Bankerin aus, die als Geschäftsführerin in ein Luxus-Resort gepasst hätte. Sollte das Geld in diesem Land irgendwie unangenehm riechen, so hätte es gegen ihr Parfum nicht die geringste Chance, fand er und holte tief Luft. Auf ihre Frage, wie lange er in San Pedro bleiben wolle, antwortete er, er sei erst angekommen und habe noch keine Entscheidung getroffen. Aber wahrscheinlich länger als ein Jahr. Sie bot ihm die Dienste der Caye Bank in allen Geldangelegenheiten und bei der Suche nach Immobilien auf Ambergris Caye, der größten Koralleninsel des Landes, an. Er zeigte sich beeindruckt und beschränkte sich vorläufig auf die Ausstellung einer Bank-Card und einen Zugang zum Internet-Banking.

Im Hotel zog er sich rasch für die Bootsfahrt um und steuerte die Nobody an, die er verwaist vorfand. Im leeren Miradora suchte er José, der Amini noch zu Hause vermutete. „Vor halbelf hab ich die Alte noch nie am Steg gesehen. Nur Geduld, sie wird schon kommen. Einen gut aussehenden Gringo hat sie noch nie vergessen. Einen Kaffee?", fragte er mit der ausgeleierten Stimme eines Eisverkäufers.

„Gerne, José."

„Und wie heißt du?"

„Sag Bernie zu mir, Burnie nehm ich auch hin."

„Okay, Benny!"

Bogner amüsierte sich über den nächsten neuen Namen und war guter Dinge, bis er den ersten Schluck Kaffee nahm. Er zuckte innerlich zusammen: Oh Gott, ist ja schrecklich! Eine süße, dünne Erühe ist das, aber kein Kaffee. Existiert hier ein Importverbot für guten Kaffee? Die Bohnen aus dem Nachbarland Guatemala sind in der ganzen Welt begehrt und José serviert dieses hellbraune Heißgetränk als Kaffee. Eine kulinarische Katastrophe! Wahrscheinlich noch eine Folge der langen britischen Herrschaft, die die Einheimischen zu Teetrinkern missioniert hat. Bogner hielt sich nicht zurück und konfrontierte José mit seinem Problem. „Ist das der beste Kaffee von San Pedro?"

„Die Amerikaner wollen ihn so, Benny."

„Zur Hölle mit den Amerikanern! Man müsste ihnen beibringen, wie guter Kaffee schmeckt."

„Falls sie es überhaupt wollen, Benny", war seine blitzschnelle Antwort.

José schwenkte seinen fleischigen Kopf ständig hin und her, als wolle er keinen Wunsch eines Gastes übersehen. Er hatte die nervösen Augen einer Brieftaube und buschige Koteletten in der Form eines Küchenbeils. Im weiteren Gesprächsverlauf erkannte der Zugereiste, dass José vom Kaffee so viel verstand wie eine Mühlviertler Kuh vom Segelfliegen. Sollte er irgendwann ein Betätigungsfeld brauchen, nahm sich Bogner vor, erstklassigem Importkaffee den hiesigen Markt zu erschließen. Er versicherte José, für sein Essen müsse er sich keinesfalls in der Küche verstecken.

„Ich komme garantiert wieder", rief er ihm beim Weggehen zu.

Sein zweiter Versuch am Steg war erfolgreich. Schon von weitem fiel ihm die Rückenansicht Aminis auf, die sich auf der Nobody zu schaffen machte.

„Hi, Burnie! Wir können bald ablegen. Wie war deine Nacht im Hotel?"

„Ohne Störung und mit viel Schlaf", antwortete er.

„Falls du einmal eine kleine Wohnung brauchst, wende dich vertrauensvoll an mich! Kennst du dich mit Motorbooten aus?"

„Klar. Ich habe zu Hause einen Schein gemacht. Aber ich bin noch nie auf dem Meer unterwegs gewesen."

„Warum nicht?"

„Österreich hat keines."

„Oh Gott, dann kommst du aus einem armen Land."

„In der Hinsicht hast du vollkommen Recht. Kommt davon, wenn man einen Krieg beginnt und verliert."

„Scheiß Kriege ohne Ende! Mitch hat schon gewusst, warum er weg ist. Er wollte nicht nach Vietnam geschickt werden. Dafür hat ihn der Rum gekillt." Nach einer Pause schaute sie ihn ernsthaft an: "Kannst du mir sagen, warum ihr Männer unbedingt einen Feind braucht?"

„Vielleicht geht`s uns immer um alles. Um ein Stück Land, um eine Firma oder um eine schöne Frau."

„Du musst es ja wissen."

Gleich darauf startete sie den Motor, der sie mit einem lauten, knatternden Brummen aufs offene Meer beförderte. Sie fixierte das Steuerruder und band ein hellrotes Tuch um ihren Kopf, sodass ihre schwarzen Haare nur im Nackenansatz zu sehen waren. Als sie ihren Gast betrachtete, leuchteten ihre dunklen Augen belustigt auf.

„Burnie, ist dir schon aufgefallen, dass die Sonne scheint?"

Er schaute sie wort- und verständnislos an.

„Die Haut von uns Mestizos kennt die Sonne seit Geburt, sie kann ihr nicht schaden. Die Haut der Gringos ist aber empfindlich wie ein Babypopo, hat Mitch immer gesagt. Also solltest du dich schützen."

„Ich habe nichts mit, Amini."

„Hätte mich auch überrascht. Mitch hat für den Notfall irgendwo ein paar Kappen versteckt. Ich denke, ich werde sie unter Deck finden."

Augenblicke später trug Bogner eine schwarze Schirmkappe, die von altem Fett glänzte, und roch nach ranzigem Kokosöl, das er widerwillig auf seiner Haut verteilt hatte. So, war er der felsenfesten

Überzeugung, sei er gegen die Launen der Tropen gewappnet und selbst vor Nachstellungen durch Frauen oder Seeungeheuer sicher. Amini wendete die Nobody, als der Inselstreifen von Ambergris Caye noch gut erkennbar war, und stoppte den Motor.

„Burnie, du siehst am Horizont einen winzigen Teil eines Korallenriffs, das sich fast 300 Kilometer in die Länge zieht. Ein einzigartiges Naturparadies unter Wasser, auf das die Taucher aus aller Welt so richtig abfahren. Du begegnest zwischen den bunten Korallenstöcken riesigen Adlerrochen, Papageifischen oder Barracudas. Den Muränen schwimmst du am besten aus dem Weg, denn wenn sie zubeißen, hat deine letzte Minute geschlagen. In einer Tagestour ist das weltberühmte Blue Hole zu erreichen, das von einem Meeresbiologen aus Frankreich einmal gefilmt wurde."

„Was ist das für ein Loch?", fragte er.

„Eines der schönsten Atolle der Welt, über 100 Meter tief, ein dunkelblauer Kreis mit einem Durchmesser von 300 Metern. Nicht wenige zahlen dir an die 300 US-Dollar, um in diesem Paradies zu tauchen. Insider kennen dort auch den Zugang zu einem Unterwasserhöhlensystem."

Amini bemühte sich, ihn für den Zauber unter dem Meeresspiegel zu begeistern, von dem er sich als Landratte nicht das Geringste vorstellen konnte. Ihre anschließende Frage ließ ihn jedoch aufhorchen.

„Burnie, kannst du dir vorstellen, Geld mit der Nobody zu verdienen?"

Er machte ein neugieriges Gesicht und vermutete: „Wassertaxi?"

„So ähnlich. Du könntest das Geschäft von Mitch weiterführen und wir teilen uns die Einnahmen. In der Anfangszeit bin ich mit an Bord. Du musst dich mit Sauerstoffflaschen auskennen und wissen, wo die schönsten Tauchreviere sind. Später kommst du allein zurecht, so schwierig ist der Job auch wieder nicht. Was meinst du zu meinem Angebot?"

„Bin ziemlich überrascht. Aber vielleicht tut mir eine Beschäftigung gut."

„Das glaub ich auch. Mitch hat mit dem Trinken nur begonnen, weil in der Regenzeit kaum Touristen gekommen sind. Vielleicht wird`s einmal besser, zum Tauchen und Schnorcheln braucht man ja keinen Sonnenschein. Und warm ist es trotzdem."

„Na gut, Amini, wir versuchen es – aber nur, wenn du eine kleine Wohnung für mich kennst."

„Du kannst bei mir unterkommen, Burnie."

„Wie bitte?" reagierte er entgeistert.

„Nein, ich wollte sagen, in meinem Haus. Die Wohnung unter mir ist frei."

„Was verlangst du?"

„300 US-Dollar für drei Zimmer."

„Das muss ich mir anschauen, billig ist die Miete nicht. Ich brauche unbedingt einen Internetanschluss."

„Ist vorhanden, hat Mitch einleiten lassen."

„Komm bei Gelegenheit vorbei, du weißt ja, wo ich zu Hause bin."

Sie machte ein zufriedenes Gesicht, weil sich mit einem Schlag ihre trostlose finanzielle Situation zu verbessern schien. Dann startete sie den Mercury-Motor und zeigte Bogner das Hol Chan Marine Reserve und das Tauchgebiet Mexican Rocks. Am späten Nachmittag legten sie wieder in San Pedro an und er stank noch immer nach ranzigem Fett. Wenn er in diesem Zustand nicht ins Hotel gelassen würde, überlegte er, müsste er sogleich bei Amini Zuflucht nehmen. Irgendwie merkwürdig, dachte er während der ausgiebigen Dusche, seit ich in San Pedro bin, beeinflussen andere meine Entscheidungen.

Duell in zwei Sprachen

„Holst du mir bitte die Zeitung, Max?", ersuchte Gabi Feiler ihren Mann vor dem Frühstück. Als er sich im Stiegenhaus zur Morgenpost hinunterbückte, durchfuhr ihn ein heftiger Stich von der Halsschlagader bis in die Magengrube.

„Journalist spurlos verschwunden" lautete der Aufmacher der aktuellen Zeitung. „Verdammte Scheiße!" war der harmloseste Fluch, der sich im Stiegenhaus verbreitete. „Weg damit, nichts wie weg damit!", sagte er zu sich und steckte die Zeitung tief in den Schirmständer hinein. Er holte ausgiebig Luft und setzte sich zu Gabi, die mit einem erstaunten Blick nach der Morgenpost zu fragen schien.

„Ich weiß nicht, warum, Gabi, aber wir haben heute keine Zeitung bekommen."

„Schade. Vielleicht wird sie mit der Post zugestellt."

„Kann sein."

Mehr brachte der abwesend wirkende Ehemann nicht heraus. Er verschüttete seinen Kaffee und schluckte irrtümlich die doppelte Dosis des Medikaments, das seinen Blutdruck senken sollte. Gabi beobachtete ihn verwundert, weil sie von keiner Zeitungslektüre abgelenkt war, sagte jedoch nichts.

„Ich muss ins Büro, meine Liebe. Bis heute Abend!", brachte er gedämpft hervor und erhob sich fluchtartig.

„Ich wünsch dir einen schönen Tag, Max!", rief sie ihm nach, während er schon ahnte, was für ein Tag bevorstehen sollte. Er fischte die Zeitung aus dem Schirmständer und entfernte sich wie ein Spielsüchtiger, der sein letztes Geld verloren hatte. Wenn die Gabi erfährt, dass der Bogner verschwunden ist, geht garantiert das Theater wieder los. Jede Wette! Seine Gedanken überschlugen sich und er lehnte sich an sein regennasses Auto, um den Artikel auf Seite 1 zu lesen. Bernhard Bogner, der langjährige Redakteur der Morgenpost, sei seit sieben Tagen nicht erreichbar. Sein Mobiltelefon sei eingeschaltet, aber er gehe nicht ran. Seiner Mitarbeiterin Sandra Böhm habe er vor längerer Zeit gesagt, er recherchiere über einen internationalen Skandal und werde deshalb auch in den Kosovo reisen. Weder Chefredakteur Fuchs noch Bogners Eltern seien in der Lage, brauchbare Hinweise zu geben. Ein Foto von Bogner befand sich mitten im Artikel.

„Jetzt beginnt der wahre Mörder-Stress", fluchte Feiler beim Einsteigen vor sich hin. Aber vielleicht entwickelt sich die Sache so günstig, dass er nie wieder auftaucht und für verschollen erklärt wird, machte er sich im nächsten Moment Hoffnung. Ist doch das Mindeste, was ich verdient hätte. Und es wäre das Beste für Gabi. Mal sehen, was sich machen lässt. Hab mich leider getäuscht, bemitleidete er sich, während ihn ein Stau auf der Nibelungenbrücke festhielt. Wäre so schön gewesen, wo sich doch niemand aus der Familie bei uns gemeldet hat. Hab mir sogar gedacht, sie wollen von diesem Typen nichts mehr wissen und haben sein Verschwinden noch gar nicht bemerkt. Auf die Nachbarn kann man sich in so einem Fall ohnedies nicht verlassen. Sie rühren sich höchstens, wenn Tag und Nacht ein Hund in einer Wohnung bellt, weil sie nicht schlafen können. So ist das einmal.

Einen Paternoster muss ein Genie erfunden haben, dachte sich Feiler oft, wenn er die altehrwürdige Eingangshalle des Kommissariats in Urfahr betrat. So schön, malte er sich aus, sollte für ihn jeder Arbeitstag beginnen: Seine Kollegin, die wir schon etwas näher kennen, schwingt sich in eine unbesetzte Kabine und der interessierte Vorgesetzte hat knapp vier Sekunden Zeit, durch die gemächliche Hinaufbeförderung ihres Körpers eine Demonstration in Sachen Kurvenästhetik zu erhalten. Der verstohlene Blick folgt zunächst ihrem gewinnenden Oberkörper und wenn dieser dem Blickfeld entschwunden ist, präsentiert sich ein schwarz glänzender Kurzrock, dem als Finale zwei wohlgeformte Beine nachgereicht werden. Begleitet wird der Aufstieg vom Knacksen des Kabinenholzes und dem Knirschen der Ketten, die dem Aufzug das Gepräge der guten, alten Zeit verleihen. Völlig zu Recht hatte eine feinfühlige Kommission schon vor Jahrzehnten den Paternoster dieses ehrenwerten Hauses unter Denkmalschutz gestellt. Der heimliche Klaustrophobiker, der er war, würde sich nur unter größtem Zwang die

geschlossene Kabine eines modernen Personenlifts für eine Allein-
fahrt zumuten. Obzwar, im Beisein der attraktiven Uschi schien ihm
eine Liftfahrt ganz reizvoll, fände er doch Ablenkung von den widri-
gen Umständen der Beförderung. Für erwiesen hielt er schon lange,
dass er vor 49 Jahren mit einem Freudenschrei ans Licht der weiten
Welt gekommen sein muss, nachdem er monatelang im engen Mut-
terleib eingesperrt war. Wird schon seinen guten Grund haben, fol-
gerte er, dass ein so gemütlicher, offener Aufzug nicht Maternostra
heißt. Wird mir im Paternoster nie passieren, fand Feiler, dass ich
eine Lifttür öffne und zu dem Typen von der Sitte treten muss, um
den viele am liebsten einen Bogner machen. Einen Bogner! Jetzt bin
ich schon einigermaßen durcheinander. Vielleicht ist es besser, ich
gehe heute über die Stiege in den 2. Stock. Treppensteigen soll
auch fürs Hirn gesund sein. Aber in einem gemütlichen Tempo, wie
es für Beamte meines Dienstalters zumutbar ist.

In der Abteilung für Leib und Leben wurde Ursula Gutleyb von zwei
Frauen abgefangen und als Feiler dazukam, hörte er schon wieder
den Namen, um den er am liebsten einen Bogen geschlagen hätte.

„Gut, dass Sie da sind, Herr Chef“, begrüßte sie ihn. „Die beiden
Damen sind in der Causa Bogner hier.“

„Bogner?“, stellte sich Feiler ahnungslos.

„Na, Sie wissen schon, das ist der verschwundene Journalist.“

„Natürlich, ich erinnere mich wieder. Und worum geht`s, meine
Damen? Haben Sie ihn tot aufgefunden?“

„Wie bitte?“, entrüsteten sich beide wie ein Duo.

„Unerhört, Ihre letzte Frage. Was sind denn Sie für ein Polizeibeam-
ter? Darf ich Ihren Namen erfahren?“, insistierte die Jüngere mit
bemühter Zurückhaltung.

„Gerne! Abteilungsleiter Max Feiler. Und wer sind Sie?“

„Sandra Böhm von der Morgenpost“, lautete ihre Antwort, die er am
liebsten nie gehört hätte. Was bin ich für ein Idiot, hielt sich Feiler
vor und seine innere Stimme sehnte sich einen Zauberkünstler her-

bei, der ihn unsichtbar machen und zur Erholung auf eine Karibikinsel transferieren könnte.

"Frau Böhm, Sie wenden sich in dieser Sache am besten an meine erfahrene Kollegin Gutleyb, die schon länger mit diesem mysteriösen Fall zu tun hat. Mich entschuldigen Sie bitte, ich habe gleich eine wichtige Besprechung in der Direktion. Frau Gutleyb, bitte kümmern Sie sich um die Anliegen der beiden Damen! Ich wünsche Ihnen noch einen angenehmen Tag."

Die Journalistin hatte Max Feiler aufmerksam zugehört und sich jedes seiner Worte gemerkt, während die andere, kaum ältere Frau mit dunkelblonden Haaren noch immer vollkommen perplex war. Ihr Gesicht bestand vorwiegend aus zwei vergrößerten Augäpfeln, sie war in eine beeindruckende Schockstarre verfallen und brachte kein Wort heraus. Gutleyb war in diesem Moment überzeugt, dass sich alle vier Personen inzwischen wünschten, am Morgen ihr Bett nicht verlassen zu haben. Sie wusste, dass Feiler keine Besprechung mit dem Direktor haben konnte, weil dieser ins Ministerium beordert worden war, wie seine Sekretärin so herrlich süffisant am Vortag auf dem WC verraten hatte. Gutleyb kannte Feilers souveränen Gesichtsausdruck zur Genüge, wenn er eine unangenehme Sache delegierte. Da schaut er immer so scheinheilig wie ein Politiker im Wahlkampf, schwirrte ihr durch den Kopf, und in Wirklichkeit drückt er einem eine abgegriffene Arschkarte in die Hand. Das stinkt doch diesmal zum Himmel und bestätigt nur meinen Verdacht, dass es um Feilers Ehefrieden geht. Aber was soll`s? Mit den zwei Weibern mach ich sowieso kurzen Prozess.

„Also, meine Damen, ich widme mich jetzt ganz Ihrem Anliegen. Mein Name ist Ursula Gutleyb und ich bin für effizientes Arbeiten in der gesamten Polizei Oberösterreichs bekannt. Deshalb kommen Sie bitte gemeinsam mit in mein Büro, das erleichtert die Sache sicherlich."

Sie schloss die Tür auf und forderte die beiden auf, vor dem Schreibtisch Platz zu nehmen. Die Polizistin postierte sich in dienstlicher Haltung hinter dem Tisch, nahm in Eile einen Notizblock aus einer Schublade und begann zackig mit ihrer Befragung.

„Frau Böhm, ich beginne mit Ihnen. Ihr Vorname?"

„Sandra."

„Wohnadresse?"

„Gruberstraße 29 in Linz."

„In welchem Verhältnis stehen Sie zu Herrn Bogner?"

„Ich habe kein Verhältnis mit ihm. Ich arbeite so wie er für die Morgenpost."

„Wann haben Sie ihn zum letzten Mal gesehen oder mit ihm telefoniert, Frau Böhm?"

„Das war vor acht Tagen in der Redaktion."

„Hat er Andeutungen gemacht, was er in den letzten Tagen, also nach seinem Verschwinden vorhatte?"

„Er wollte in den Kosovo wegen einer Story. Mehr hat er nicht erzählt. Seit zwei Tagen wähle ich jede Stunde seine Handynummer, aber er meldet sich nicht. Ich mache mir schon Sorgen, dass ihm was passiert sein könnte."

„Ist es schon einmal vorgekommen, dass er für längere Zeit abgetaucht ist, wenn ich einmal diese Möglichkeit ins Spiel bringe?"

„Ich weiß nicht, ich arbeite erst zwei Jahre für die Morgenpost."

„Aha. Vielleicht ergeben sich später noch Fragen. Jetzt zu Ihnen. Wie heißen Sie?"

„Adela Kucera."

„Woher kommen Sie?"

„Budweis, wie man hier muss sagen", antwortete sie mit einer unverkennbar tschechischen Färbung.

„Wo wohnen Sie, Frau Kucera?"

„Hirschgasse 26 in Linz."

„Ihr Beruf?"

„Verkeiferin in einem Sportgeschäft."

„In welchem Verhältnis stehen Sie zu Herrn Bogner?"

„Ich bin die unglickliche Verlobte."

Beim letzten Satz begann Böhm auf dem Sessel hin und her zu wetzen und eisige Blicke auf die Tschechin zu werfen, was aber nur der Beamtin auffiel.

„Wissen Sie, warum Bogner verschwunden sein könnte?"

„Bernie hat immer viel von Arbeit erzählt. So mecht ich verraten, es geht um illegalen Handel mit Spendeorganen. Sie wissen schon, extrem gefährliches Thema. Niemandem kann man in der Redaktion anvertrauen. Iberhaupt nicht unerfahrener Nachwuchskraft."

Bevor Gutleyb fortsetzen konnte, schaltete sich Sandra Böhm ein.

„Also, das ist die Höhe, was diese Frau von sich gibt. Spielt sich auf, wie wenn sie alles wüsste, und qualifiziert mich zu einem Lehrmädchen ab. Frau Inspektor, ich lege jetzt meine angeborene Zurückhaltung ab und sage Ihnen, was der Bernhard über sie so erzählt hat."

„Sind Sie sicher, dass es mir in der Sache weiterhilft?", wollte Gutleyb wissen.

„Natürlich, damit Sie die Aussagen dieser Ver-keiferin, wie sie angibt, richtig einschätzen können. Er hat mir mehrmals geklagt, dass sie ihm ziemlich auf die Nerven geht. Sie löchert ihn jede Woche mit der Frage: Wann heiraten wir endlich? Vielleicht verrate ich der Frau Kucera jetzt eine Neuigkeit, warum der Bernhard nicht im Entferntesten an eine Hochzeit mit ihr denkt", sie warf gleichzeitig einen vernichtenden Blick auf Kucera, „sie ist überzeugte Vegetarierin und das ist für Bernhard ein Ehehindernis ersten Ranges."

„Eine glatte Lige!", konterte Kucera so laut, dass der Polizistin der Kugelschreiber beinahe aus der Hand fiel. Der Auftakt für ein vitales Schreiduell war geglückt, die Kontrahentinnen schossen von ihrem Sessel in die Höhe und drehten sich einander zu. Aus ihrer Gebärdensprache hätte ein aufmerksamer Beobachter unter Umständen vermuten können, welcher politischen Orientierung die beiden zuzurechnen seien, fuchtelte doch Kucera häufiger mit der Linken vor dem Gesicht von Böhm, während diese den rechten Zeigefinger warnend erhob und sich einmal dazu hinreißen ließ, den rechten Mittelfinger gegen die Frau aus Böhmen zu recken. Gutleyb hörte gebannt zu, weil sie das Repertoire ihrer Schimpfwörter immer wieder gerne erweiterte. Doch von der „g`rupften Tschechenschnepfe" abgesehen brachte ihr der verbale Schlagabtausch nichts Neues, weil Kucera sehr bald zu eindrucksvollen Zischlauten ihrer Muttersprache griff und offensichtlich mehrere schmissige Kraftausdrücke aus Böhmens Dorf und Vorstadt ins hitzige Treffen führte. In dieser Phase verspürte Gutleyb ein spontanes Verlangen nach einem Cappuccino und machte dem Amateurkampf ein abruptes Ende. Sie stieß einen kurzen, spitzen Schrei aus, eine gelungene Mischung aus Empörung und Verachtung, in der Lautstärke ähnlich dem warnenden Pfiff einer heranbrausenden Lokomotive älteren Baujahrs einzustufen. Sogleich holte sie ihren Pfefferspray aus der Handtasche und stellte ihn wie eine Drohung auf den Tisch. Genau in die geographische Mitte zwischen der Oberösterreicherin und der Tschechin. Verdutzt schauten beide auf die Dosenwaffe und hielten wie auf Kommando ihren schäumenden Mund. Gutleyb machte ihnen mit ihrer eisigsten Stimme ein wirkungsvolles Angebot, wobei sie extrem langsam sprach und jedes Wort betonte: „Wer sich von euch Furien noch einmal in meiner Anwesenheit danebenbenimmt, lernt meinen kleinen Beschützer kennen. Ich schwöre euch, wenn ich eine ansprühe, kriegt sie ein dermaßen verheultes und puterrotes Gesicht, dass sie sich einen blickdichten Schleier wünscht. Alles klar? Na gut, dann hinsetzen!"

Böhm und Kucera gaben nach diesem Klangerlebnis klein bei und nach einer raschen Abkühlphase, in der die Polizistin ihre Notizen überflog, blieben weitere verwertbare Angaben der Streithennen aus. Gutleyb schickte die beiden weg und holte sich endlich ihren wohlverdienten Cappuccino. Sie hatte nichts Brauchbares erfahren, was ihr neu gewesen wäre. Aber die Wirkung des Pfeffersprays stellte ein bleibendes Erlebnis für sie dar. Vielleicht war das schon das Highlight des Tages, wenn nicht der Feiler seine Blamage von vorhin toppt. Zuzutrauen wär`s ihm, fand sie.

Sie benachrichtigte ihren Chef am frühen Nachmittag in einem Kurztext, dass die Befragung der Journalistin und der Tschechin keine neuen sachdienlichen Hinweise gebracht habe.

Wie sie den Abend verbringen würde, war ihr bereits nach dem Auftauchen der beiden Kontrahentinnen klar. Bevor der Akku von Bogners Handy leer ist, würde sie die Dateien „G.F." und „Die ungelösten Fälle" an ihr privates Mobiltelefon senden. Die beiden brisanten Dateien würde sie anschließend in seinem Handy löschen, denn, so Gutleybs Vermutung, die Stunde rückt näher, in der Feiler das Smartphone des Verschwundenen an sich nehmen will. Dann kann ich nicht gut sagen, ich hab`s verlegt. Und meine zwei Trümpfe werde ich mir näher anschauen, besonders „Die ungelösten Fälle", nahm sie sich vor.

Sie fand unter ihnen einen makabren Vorfall, der als begehrtes Fotomotiv ein unauslöschliches Leben im Internet erhielt. Journalisten vermuteten damals eine Protestaktion gegen die zügellose künstliche Vermehrung von Kreisverkehren landauf- und landabwärts, während feinsinnige Zeitgenossinnen und Zeitgenossen die Überzeugung vertraten, es handle sich um ein originelles Statement, mit dem eine satirische Kunstaktion für ihre prinzipielle Freiheit demonstriere. In der Mitte eines neu errichteten und stark frequentierten Kreisverkehrs saßen eines Morgens mehrere Puppen in Kindergröße, die in unverkennbar treffender Weise die Köpfe von renommierten Landes- und Gemeindepolitikern trugen. Autofahrer zeigten sich verwundert oder belustigt, einige ärgerten sich saumäßig, wenn sie einen Auffahrunfall durch zu lange Seitenblicke verursachten. Die lebenden Vorbilder der Puppen sollen sich insgeheim gefreut haben, weil ihnen im tobenden Wahlkampf jedes Mittel zur Popularitätssteigerung recht war. Zu einer offiziellen Äußerung war kein Betroffener bereit. Ihre Freude durfte jedoch nur zwei Tage währen, denn als sich die Öffentlichkeit schon an die Politmuppet-Insel gewöhnt hatte, hingen die Puppen am Morgen des dritten Tages an hölzernen Galgen und baumelten in Wind und Abgasen. Unübersehbare Tafeln waren unter den Galgen angebracht mit dem schutzflehenden Stoßgebet „Oh Nothelfer Sankt Oliver, bewahr uns vor dem Kreisverkehr!" Ein Live-Bericht eines regionalen Fernsehsenders zeigte den erstaunten Zusehern mehrere unschöne Bilder vom schönen neuen Kreisverkehr und seinen bunten Blumenteppichen. Von einer Ausgeburt der Respektlosigkeit sprach die gefasste Reporterin und lockte damit Heerscharen von Neugierigen an, die sich nicht einmal durch den rundum anwachsenden Verkehrsstau von einer intensiven persönlichen Betrachtung abhalten ließen. Die Polizei ermittelte am Tatort, wo kurzzeitiger Regen und herumtrampelnde Fotografen eventuelle Spuren vernichteten. Es wurde vergeblich auf ein Bekennerschreiben gewartet, die betroffenen Politiker hofften im Kampf um Wählerstimmen auf den Mitleidseffekt und nachdem die aus ganz Mitteleuropa angereisten Medienvertreter ihre Arbeit erledigt hatten, brachten Arbeiter der Straßenverwaltung die aufgeknüpften Politikerpuppen in ein geheimes Depot, wo sie auf die angedachte Landesschau „Kunst und Politik" noch immer warten sollen. Da weder Personen- noch Sachschaden entstanden war, wurde die Einstellung der Suche nach den Tätern veranlasst und der ganze Vorfall unter einen frei verfügbaren Teppich gekehrt. Die Bonsaibäume, die sich an der Größe der Politikerpuppen orientierten, standen danach unbeachtet im Mittelpunkt der Verkehrsinsel, deren Ruf bald verblasste.

Gutleyb überflog weitere ungelöste Fälle und stellte erleichtert fest, dass sie namentlich nicht erwähnt wurde. Die mysteriöse Sache mit dem Toten, der mit einem Loch im Hinterkopf auf einer Wiese gefunden worden war, ließ sie unbeachtet. Schließlich dachte sie nicht im Schlaf daran, ihre wohlverdiente Nachtruhe zu gefährden.

Riveras Nackte

Bogner wusste den Service und die Diskretion seines Hotels zu schätzen – die Frage nach dem fehlgeleiteten Gepäck blieb ihm ein zweites Mal erspart -, aber irgendetwas Unbestimmtes, das sich oft mit der Bezeichnung „Bauchgefühl" zufriedengeben muss, zog ihn zu dieser geschickten Amini. José hatte ihm bei Abendessen zugeraten, in ihr Haus zu ziehen, er hielt sie für vertrauenswürdig und seriös. „Ihr Mitch ist eines natürlichen Todes gestorben, da gibt`s keinen Zweifel", betonte er und meinte noch, er bekäme einen ruhigen Platz in ihrer Nähe.

Die kleine Querstraße wurde von Holzhäusern gesäumt, an denen weißgestrichene Balkone hingen. Nur Aminis Haus hatte welche in Hellgrün, die Außentreppe war in derselben Farbe gehalten. Bogner ging die Straße, die vom Barrier Reef Drive im rechten Winkel abzweigte, bis zu ihrem Ende, um die Gegend etwas kennen zu lernen, und fand viele bunte Wohnhäuser vor, die ihm Vertrauen einflößten. Autos oder Golf-Buggys fehlten, ein paar Fahrräder warteten angelehnt auf die nächste Ausfahrt. Er drehte um und nahm die hellgrüne Holztreppe, die seinen Weg in den zweiten Stock mit einem sonoren Knarren begleitete. Der Name Sturvest an der Tür ließ ihn anklopfen. Augenblicke später füllte Amini die Türbreite und schnarrte grinsend: „Der Gringo ist schon da. Schlecht geschlafen im Hotel?"

„Hi, Amini! Nein, gut geschlafen. Aber bevor du es dir anders überlegst, dachte ich, warte ich nicht länger. Kann ich die Wohnung unten sehen?"

„Klar. Hab ich doch versprochen, Burnie. Ich hole die Schlüssel."

Sie drehte sich um und Bogners Blick blieb an ihrem mächtigen Indiosteiß hängen, der ihn in seiner Formengebung an den höckerartigen Kofferraum eines Automobils vergangener Zeiten erinnerte. Er ließ Amini die Treppe als Erste nehmen und stutzte einigermaßen, als sie eine doppelt gesicherte Tür aufsperrte. Bei passender

Gelegenheit wollte er sie oder José fragen, wie sicher San Pedro sei. Amini ging voraus und führte ihn durch die kleine Wohnung, die schon lange nicht mehr gelüftet worden war. Im Schlafzimmer bestand die Matratze den Liege-Test, an der Küche interessierte ihn nur der Kühlschrank, im Wohnzimmer wusste er, dass er das Richtige gefunden hatte. Er entdeckte einen Anschluss an das Internet, freute sich über den Holzbalkon mit Aussicht auf die Straße und wurde von einem Kunstdruck, der ungerahmt an der Wand hing, gefesselt. Er kannte sich in der Malerei überhaupt nicht aus und verlor sich zur Verwunderung Aminis ganz in die Betrachtung der Frau, die einen riesigen Blumenstrauß mit ihren Armen umfasste.

„Wenn dir das Bild nicht gefällt, kannst du es abnehmen. Diego Rivera, ein Mexikaner, hat das Original gemalt, hat Mitch einmal erwähnt."

„Es soll bleiben, Amini. Unbedingt!", meinte er entschieden, ohne seinen Blick davon zu lösen.

„Heißt das, du nimmst die Wohnung?"

„Ja, ich ziehe noch heute hier ein."

„Für 300 Bucks im Monat?"

„300 sind okay, wenn die Handtücher und die Bettwäsche von dir kommen."

„Einverstanden, Burnie. Ich freue mich, dass ich wieder einen Mann im Haus hab, der mich beschützt."

„Ist das eine gefährliche Gegend?"

„So wie im ganzen Land. Bei Nacht kann schon was passieren. Aber keine Angst, du kriegst den Baseballschläger von Mitch, sein Springmesser behalte ich."

„Dann sind wir ja unschlagbar, Amini!"

„Glaub ich auch", quittierte sie lachend.

Im Hotel packte er seinen kleinen Koffer und ersuchte die Rezeption, Touristen auf sein Angebot für Tauchfahrten aufmerksam zu machen; eine schriftliche Information werde demnächst folgen. Er kaufte einige Utensilien für die Wohnung und Getränke ein, dann bezog er sein neues Zuhause. Die Stille des Hotelzimmers war ihm gefolgt, so nahm er sich vor, nach einem Musikgerät Ausschau zu halten. Mehrmals stand er vor dem Bild im Wohnzimmer, dann setzte er sich mehr seiner Gewohnheit und weniger einem Hungergefühl folgend ins Miradora. Am frühen Abend war das Lokal erst halbvoll und bei José bestellte er, was dieser für ihn auswählte. Er saß gedankenverloren an seinem Tisch, schaute auf den allmählich dunkler werdenden Streifen am Horizont und hörte keine Bewegungen oder Gespräche vom Nebentisch zur Rechten. Beim Abservieren erlaubte sich José die Frage, ob er bemerkt habe, was auf dem Teller gewesen sei.

„Nein, tut mir Leid, ich hab heute meinen Kopf woanders. Ich wohne seit heute bei Amini.“

„Find ich gut. Und auch wenn du es nicht wissen willst, Benny, es war ein Picadillo.“

„Was meinst du?“

„Dios mio! Du hast ein Gericht aus Faschiertem, Gemüse, Mandeln und Chili gegessen, nach der Tradition des Miradora zubereitet.“

„Aha, okay, war gut. Kannst mir wieder einmal kochen. Und sag bitte deinen Gästen, ab morgen mache ich Ausfahrten mit der Nobody!“

José wandte sich anderen Gästen zu, mit Bogner war sowieso nichts mehr anzufangen.

Es war wie üblich rasch dunkel geworden und er betrat die Wohnung mit dem Gefühl, als sei seine nächste Zukunft im Ungewissen versteckt. Seine Tage in Belize waren alles andere als Alltag, sie würden es vielleicht nie werden. Das Licht im Wohnzimmer leuchtete das Bild nur schwach aus, dennoch blieb seine Wirkung auf ihn gleich stark. Eine nackte, schlanke, junge Frau zeigte dem Betrachter ihre Rückseite, sie war in die Knie gegangen und saß in aufrechter Haltung auf ihren Unterschenkeln, ihre straffe Haut war in orangefarbenen Tönen gehalten. Der Scheitel auf dem Hinterkopf teilte das sehr kurze, dunkelbraune Haar und fand seine Fortsetzung in der Linienführung des Rückgrats. Vor ihr stand ein breiter, geflochtener Korb mit einem Riesenstrauß Kallablumen, die bis über ihren Kopf reichten. Sie breitete ihre Arme zur Seite hin aus und umfasste so den Strauß. Bogner versuchte das Bild zu verstehen, das ihn so gewaltig in den Bann zog. War die entblößte Schönheit nackt, weil der Maler die Blüte ihrer Jugend feiern wollte? Fiele sie bekleidet vor dem Meer an weißen Blüten zu wenig auf? Er fixierte die Linienführung vom Nacken bis zum Gesäß und plötzlich war ihm klar: Die Rückenansicht der Unbekannten glich jener von Gabi, wie sie damals ausgesehen hatte. So hatte er sie in Erinnerung, auch wenn sie ihr Haar lang getragen hatte. Zwei Dutzend von den Kallas hielten ihren Blütentrichter weit geöffnet, sie schienen ihm das abgewandte Geschlechtsorgan der Frau zu symbolisieren. Warum sie auf einer Bastmatte kniete und die Blumenpracht umarmte, konnte er sich nicht beantworten. In seinem Sinnentaumel verlieh er ihr das Gesicht Gabis und komplettierte so sein Bild von der schönen Unbekannten, die als abgewandte Gabi sein Wohnzimmer zu einem vertrauten Platz machte. Bogner befand sich in angenehmster Stimmung und setzte sich mit einer Flasche Wein auf den Balkon. Die Hitze das Tages hatte sich verbraucht, in den Häusern gegenüber brannte dort und da gedämpftes Licht. Die unscheinbare Straße lag verlassen und ruhig unter ihm, von weitem drangen Geräuschwellen aus den Lokalen der Hauptstraße zu ihm, ohne dass er sich gestört fühlte. Er vergaß, dass er zum ersten Mal seit seinem Verschwinden per Internet eruieren könnte, was die heimischen Medien daraus machten. Zufrieden saß er in einem ächzenden Schaukelstuhl und fühlte, er sei angekommen. Und nicht mehr ganz allein.

Lautlose Mosquitos vertrieben ihn später, er schloss die Balkontür und entdeckte einen hellgrauen Gecko, der regungslos wie ein Bild an der Wand hing. Er freute sich über den Klettermax, weil er die Insekten in seiner Wohnung fressen sollte. Mit Blick auf die beiden belebten Bilder setzte er sich und wartete auf eine Bewegung an der Wand. Als vom Wein nicht mehr viel übrig war, löste der Gecko seine starre Haltung und kletterte in flinken Wendungen auf das Gemälde, wo er auf einer Kalla kurz innehielt. Während er über die linke Schulter hinweg zur Rückenmitte krabbelte, kam es Bogner vor, er höre ein leises Kichern. „Iih – niiicht – das kitzelt!" Er wusste noch gut, wie empfindlich Gabi dort bei der leisesten Berührung war. Ihre Stimme klang wie damals. So geriet er in Versuchung, auf ihr Lachen zu antworten, doch der Gecko krabbelte weiter und Gabi verstummte.

Dumm gelaufen

„Hast du einen anstrengenden Tag gehabt, Max?", fragte seine Frau mit einer Stimme, die beunruhigt klang.

„War nicht viel los, ein längeres Gespräch in der Direktion und sonst der übliche Schreibkram. Und du?"

„Der Vormittag im Kindergarten war eine Kopie des Vortags: Aufgeregte Kleine wegen der Ankündigung, dass wir morgen mit der Grottenbahn fahren, und Erbrochenes auf der großen Turnmatte, weil der gestörte Lukas gleich nach der Jause einen Purzelbaum versuchen muss. Was ihm bisher perfekt gelingt, ist das Kotzen."

„Ach du liebe Zeit!"

„Das war eine gute Überleitung zu meinem Nachmittag, mein Lieber. Ich hab mir nämlich am Heimweg die Morgenpost gekauft."

Er fixierte Gabi mit einem Blick, der sich für eine peinliche Frage genauso rüstete wie für einen Gefühlsausbruch. Wenn sie wie jetzt ihren Blick anhob und im Abstand einer Pfeilspitze über seinen Kopf hinwegschaute, wusste er: Alarmstimmung!

„Ist dir bekannt, Herr Abteilungsleiter, dass ein Journalist der Morgenpost verschwunden ist?", fragte sie mit einer Stimmschärfe, um die sie mancher Stadionsprecher beneidet hätte.

„Natürlich. Es ist der Bogner, der angeblich verschwunden ist, meine Liebe. Ich betone: angeblich!"

„Was soll das heißen?"

„Es kann sein, dass er untergetaucht ist, um irgendwelche Recherchen anzustellen oder um einen lustvollen Urlaub mit einer verheirateten Frau im Ausland zu verbringen. Alles gut vorstellbar, alles sehr gut möglich."

„Weißt du mehr, als in der Zeitung steht?"

„Nein, nicht mehr. Außerdem zu deiner Information: Den unbedeutenden Fall hat eine überaus tüchtige Kollegin übernommen. Frau Gutleyb arbeitet sehr engagiert daran."

„Gutleyb von der Abteilung Leib und Leben – klingt so richtig kompetent. Ist das die junge Nachwuchskraft mit dem vollen Busen?"

„Für so etwas hab ich im Dienst keinen Blick, Gabi, wo denkst du hin. Wir werden schließlich für unsere Arbeit bezahlt und nicht für Oberweite 98."

Im selben Moment bereute Feiler, was über seine lockere Zunge gerutscht war, und er machte sich auf eine Standpauke gefasst.

Gabis Stimme bekam Lautsprecherstärke, ihre Blicke trafen wie Giftpfeile, dann explodierte sie: „Du kennst also ihre Körpermaße, du Schuft!"

„Überhaupt nicht, ich habe nur irgendeine Zahl genannt."

„Das nehme ich dir nicht ab – und das ist für längere Zeit mein letztes Wort: Schämen solltest du dich – als verheirateter Mann in deinem Alter!"

„Aber ich bin doch erst 49", entgegnete er kleinlaut und wagte es nicht, ihr ins Gesicht zu blicken, während Gabi erst so richtig in Fahrt kam.

„Wer weiß, was da sonst noch so alles läuft mit dieser Gutbeleibten! Du musst ein Verhältnis mit dieser Tussi haben, sonst würdest du ihre Körpermaße nicht kennen. Ist wieder einmal typisch für deine Bequemlichkeit, sich an eine Untergebene heranzumachen, die sich noch geschmeichelt fühlen kann, wenn ihr der Chef an die Seidenwäsche geht. Ich hab dir insgeheim schon einiges zugetraut, aber ein Ehebruch unter Zuhilfenahme der Assistentin ist ein starkes Stück, ein zu starkes! Ich sag jetzt nur noch eins: Das wird Konsequenzen haben, da kannst du dich auf was gefasst machen!"

Seine wütende Frau kehrte ihm den Rücken zu und verließ geräuschvoll das Wohnzimmer. Er stellte sich vor, dass an den künftigen Abenden ein unsichtbarer Dritter anwesend sein würde. Niemand anderer als dieser Bogner würde den häuslichen Frieden stören, solange er verschwunden bleibt und die Morgenpost über sein „Schicksal" schreibt. Also, fand Feiler, muss schnell etwas geschehen. Ich brauche einen Anhaltspunkt, damit in der Sache was weitergeht.

Als er sein Mobiltelefon im Vorzimmer ablegte, fiel ihm ein, dass Gutleyb Bogners Smartphone sichergestellt hatte. Die Anrufliste und das Verzeichnis der Mitteilungen müssen mich auf seine Spur bringen, schätzte er voll Zuversicht. Und dann gibt`s immer noch die deutsche Methode der operativen Fallanalyse, in die ich einmal beim Bundeskriminalamt hineingeschnuppert habe. War eine interessante Dienstreise nach Wiesbaden damals, mit zwei bunten Abenden, wie es offiziell geheißen hat. Recht angenehm gewesen, dass die Gabi zu Hause geblieben ist. Was hätte sie dort schon den ganzen Tag unternommen? Und die Abendgestaltung wäre auch nichts für sie gewesen, reine Männersache. Naja, jetzt hat sie sich verkrochen und pflegt ihren Ärger wie einen Kaktus. Wenn ich ihr morgen einen blühenden schenke, stecken wahrscheinlich im nächsten Moment seine Stacheln in meinem Gesicht. Also besser nichts riskieren und auch keine Rosen.

„Noch immer keine heiße Spur zu Bogner" lautete der Morgengruß der Zeitung an ihn. Die Polizei tappe im Dunkeln, offensichtlich betreibe sie die Suche nach dem beliebten Journalisten zu wenig intensiv. Ein Interview mit seiner Verlobten folge in einer der nächsten Ausgaben.

Feiler legte wortlos die Morgenpost vor die ungeschminkte Gattin auf den Frühstückstisch und verließ mit einem freundlich gemeinten Winken, das unerwidert blieb, die Wohnung. Er frühstückte ohne Zeitung am Grünmarkt und telefonierte dort mit Gutleyb, um unverzüglich Bogners Handy in die Hand zu bekommen. Schräg vor ihm leuchteten die bunten Fenster eines neuen Seniorenheimes im herrlichsten Morgenlicht. Rote, orangefarbige, grüne und blaue Fensterelemente lachten ihm ins geplagte Antlitz und erweckten den Anschein, dass dort zufriedene Menschen zu Hause waren. Mit neidvollem Blick schaute er nichtsahnend zur lebendigen Fassade der Heimstätte geistiger Obstipation und urinaler Inkontinenz empor. Mindestens 16 Jahre, stellte er wehmütig fest, muss ich warten, bis ich dort einziehen kann. Aber nur wenn ich es erlebe. 16 Jahre – da liegt eine gefühlte Ewigkeit vor mir. Bis dahin wird sich die Gabi denn doch beruhigt haben, das arme Hascherl. Oder sie dreht durch und verlässt mich, wenn sie sich traut. Gehört ja auch Mut dazu, einen unbescholtenen und erfolgreichen Polizeibeamten zu verlassen. Gar nicht gut fürs Image, ins Frauenhaus abzuhauen. Und was erst die Verwandtschaft dazu sagt! Also die reinste Hölle, stelle ich mir vor.

Als er aus dem Paternoster im 2. Stock mit dem linken Fuß zuerst stieg, wartete die Kollegin bereits und überreichte ihm den Plastikbeutel mit dem galaktischen Smartphone.

„Guten Morgen, Herr Feiler! Bitte die Ladeanzeige des Akkus beachten oder am besten gleich aufladen!"

„Danke! Ich schau mir das Gerät unverzüglich an."

Was ist mit dem heute los, fragte sie sich, ernst und dienstbeflissen wie ein Polizeihund. Da bin ich lieber vorsichtig und geh ihm aus dem Weg.

Feiler machte sich gierig über das Mobiltelefon her wie in besseren Zeiten über das knusprige Brathendl, mit dem ihn Gabi zu besonderen Anlässen beglückte. Er schaute sich die Anrufliste an und war erstaunt, wie viele Nummern gespeichert waren. Gezielt suchte er nach dem Handy von Gabi und Telefonaten mit Polizeidienststellen, aber er fand keine derartigen Einträge und atmete erleichtert auf. Um die Auslandsgespräche sollte sich ein junger Techniker kümmern, das war keine Arbeit für einen Abteilungsleiter. Im SMS-Verzeichnis lagen Mitteilungen von und an zwei Damen, in denen es an Anzüglichkeiten nicht mangelte. Mehr als die Kosenamen „Hexi" und „Deli" konnte Feiler über sie nicht herausfinden. So manche Perlen aus der Verbalerotik überging er; er war so gar nicht in der Stimmung für fremde Liebespost, sondern stocksauer auf den Verschwundenen und die Wichtigtuer von der Morgenpost. Am liebsten hätte er die Zeitung auf der Stelle abbestellt, aber es hätte keinen Sinn gehabt, denn Gabi würde täglich um 7 Uhr in der Trafik stehen und den neuesten Bericht über ihren Ex mit großen Augen verschlingen. Sowas wie ein Nostalgie-Koller muss sie gepackt haben, vermutete er, selbst im Schlaf lässt er ihr keine Ruhe, so wie sie sich rumwälzt, die Ärmste. Und über mir hängt der Typ wie das Schwert von dem Damoklex oder wie der geheißen hat.

Beim Wischen durch Bogners Notizen machte ihn die Datei „Modellflugzeug" stutzig, weil er als Bursch ein Hubschraubermodell besaß. Zu seinem Erstaunen wurde er jedoch mit einem unrühmlichen Blatt für das Polizeikommissariat Urfahr konfrontiert. Feiler bekam e nen hinterhältigen Schweißausbruch, als er vom rätselhaften Loch im Hinterkopf des Toten las. Der Fall lag mehrere Jahre zurück und handelte von einem älteren, international tätigen Kaufmann und Mitglied des Gemeinderats, dessen Leiche mit einer tödlichen Wunde unweit des Badesees in Plesching gefunden wurde. Spezialisten der Spurensicherung untersuchten damals jeden Zentimeter im Umkreis des Tatorts, konnten aber nichts Verwertbares finden. In der Wunde wurden Partikel eines ausländischen Farblacks entdeckt, zu wenig für eine konkrete Spur. Da auch die Motivsuche im Sand verlief, stellte die Polizei die Ermittlungen ein, was Feiler viel Kritik in der Öffentlichkeit einbrachte. Uns ist doch gar nichts anderes übrig geblieben, sagte er jetzt wütend zu sich und schaute sich in der Folge den persönlichen Kommentar Bogners an.

Ein simpler Zufall habe dem Journalisten geholfen, den wahrscheinlichen Tathergang zu rekonstruieren. Er sei einmal mit Adela beim Badesee unterwegs gewesen und habe einen Mann beobachtet, der ein Modellflugzeug über Wiesen und Büsche gejagt habe. Es sei irrsinnig schnell geflogen, besonders im Sturzflug. Er habe sich damals vorgestellt, dass ein solcher Flieger mit einer metallischen Spitze durch eine präzise Fernsteuerung als todbringende Waffe eingesetzt werden könne. Und wenn es keine Zeugen gäbe, fände die Polizei auch keine verwertbaren Spuren – genauso wie beim toten Kaufmann, der von hinten gefällt wurde. Ein gelungenes Attentat quasi aus heiterem Himmel habe den Mann ins Jenseits katapultiert. Die Möglichkeit, dass aus einem Spielzeug für Erwachsene eine Mordwaffe werden könne, habe die behäbige Polizei nicht in Betracht gezogen. Zur großen Freude des geschickten Mörders, kommentierte Bogner die phantasielosen Ermittlungen.

Feiler las die Notizen mit nervös zuckenden Augen und empfand einen Anflug von Respekt vor dem Verfasser. Ganz schön schlau, dachte sich der Erzürnte, da dürfte er den Nagel auf dem Hinterkopf getroffen haben. Ab und zu hat er den Bogen raus, der Herr Redakteur. Muss ich zugeben. Wenn er sein Verschwinden auch so clever inszeniert hat, findet ihn nur mehr ein Zufall. Oder der Tod serviert uns seine Leiche.

Hoffentlich bald.

Die Spur funktioniert

Schon am frühen Morgen war Bogner auf der Nobody und schaute sich die Yacht genauer an, schließlich sollten weder die begleitende Amini noch die ersten Gäste merken, welch blutiger Anfänger er als Skipper war. Er startete den Motor, legte vom Steg ab und machte sich mit dem Joystick vertraut. Bald fühlte er sich im Handling sicher und war zuversichtlich, sich nicht zu blamieren, wenn es einmal ernst wurde. Beim Anlegemanöver fluchte er einigermaßen, weil er es allein nicht schaffte. Diesmal kam ein Einheimischer zu Hilfe, bei seinen Touren würde ohnedies ein Gast mithelfen. Er schaute bei José vorbei, doch er wusste von keinem Touristen, der mit ihm aufs Meer hinauswollte. In seiner Wohnung schaltete er den Laptop ein und startete die Verbindung zum Internet, die nach vielen Versuchen zustande kam. Er tippte die Internetadresse der Morgenpost in den Browser und eine Minute später fand er sein Bild und die Erwähnung eines internationalen Skandals sowie seiner Reise in den Kosovo. Die Spur funktioniert, dachte er sich beruhigt. Bin neugierig, was die schlaue Polizei unternimmt, um mich zu finden. Als er vom beliebten Journalisten las, musste er schmunzeln. Man muss nur abhauen, schon kriegt man diese Auszeichnung, irgendwie lustig, fand er, während es an der Tür klopfte.

„Hallo, Amini!"

„Hi, Burnie! Wie geht`s?"

„Danke, alles okay. Aber heute kommt noch keine Ausfahrt zustande, du hast also einen gemütlichen Tag vor dir. Willst du reinkommen?"

„Gern".

Sie nahmen im Wohnzimmer Platz, auf dem Laptop zeigte inzwischen der Bildschirmschoner ein altes Foto von Gabi. Amini betrachtete das Bild nachdenklich und fragte dennoch ungeniert: „Wer ist diese schöne Frau, Burnie?"

„Das ist die Liebe meiner Jugendzeit."

„Ist sie noch am Leben?"

„Natürlich. Sie hat einen anderen geheiratet. Der Typ hat mich vermutlich mit einer unverschämten Lüge verdrängt."

„Warum hat sie ihm mehr geglaubt als dir?"

„Weil er der bessere Lügner ist und noch dazu ein Polizist."

„Na, dann wird mir einiges klar. Hast du eine andere Frau in Österreich?"

„Irgendwie schon, aber hauptsächlich für den Sex."

Nach diesem Geständnis rubbelte Amini mit dem Knöchel ihres Mittelfingers mehrmals über die Nasenspitze und ihre dunklen Augen leuchteten verständnisvoll auf.

„Und für dein Herz?"

„Siehst du doch, noch immer die auf dem Foto – und für immer."

„Dios mio, was für eine unglückliche Liebe! Wie lange geht das schon?"

„Zehn Jahre, Amini."

Sie schaute ihn ungläubig staunend an und meinte nach einer Pause: „Burnie, das klingt nach einem tragischen Liebesroman. Diese Ausdauer! Zehn Jahre lang! Ein Wahnsinn! Sind alle Männer in deiner Heimat so beharrlich?"

Er lachte auf und antwortete: „Ganz sicher nicht, ich bin wohl ein spezielles Exemplar."

„Und was für eines! Hast du nie daran gedacht, den anderen zu töten?"

Die kriminelle Idee überraschte ihn, wenn er sie so betrachtete und an ihr Alter dachte. Musste er ihr mehr zutrauen, als er sich vorstellte?

„Wo denkst du hin! Ich komme doch nicht aus Sizilien oder aus Südamerika."

„Schon gut, ich hab nur gemeint, wenn er schon nicht in Uniform bei einer Schießerei stirbt."

„Außerdem könnte ich Gabi auf diese Weise nicht zurückgewinnen."

„Kommt sie zu dir nach San Pedro?"

„Sie weiß gar nicht, wo ich bin."

„Dann wartest du hier auf ein Wunder?"

„Bin nicht der Einzige, der auf ein solches wartet."

Amini zeigte sich gerührt über seine Antworten und hätte ihn am liebsten umarmt, aus weiblicher Bewunderung oder mütterlicher Tröstung heraus. Sie warf einen vielsagenden Blick auf Riveras Bild, unter dem der Gecko klebte, der sich von seinen Klettertouren erholte, während ihr ein Buch in den Sinn kam, das sie vor vielen Jahren gelesen hatte.

„Burnie, du bist ein merkwürdiger Mann", setzte sie zu einer längeren Rede an. „Mitten in unserem warmen und bunten karibischen Leben hängst du wie ein Mönch rum und wartest auf ein Wunder. Ich will dir mal sagen, was ich in einem dicken Buch gefunden habe. Gelesen in einer langen Regenzeit, die ohne das heftige Begehren von Mitch und diese vertrackte Geschichte ziemlich trostlos gewesen wäre. Ich weiß nicht mehr, wie das Buch heißt, vielleicht finde ich es oben, wenn du es haben willst. Jedenfalls liebt ein junger Kolumbianer eine junge Frau abgöttisch, doch ihr Vater unterbricht die stille und tiefe Beziehung der beiden. Sie muss einen angesehenen Arzt heiraten und fügt sich in ihre Rolle als Ehefrau und Mutter. Der abgewiesene Verehrer schwört ihr ewige Liebe und wird ein erfolgreicher Geschäftsmann. Und jetzt, Burnie, kommt das Wichtigste!"

Sie rubbelte wieder über ihre Nasenspitze und schaute ihn durchdringend an.

„Er genießt unzählige amouröse Abenteuer und viele unterhaltsame Besuche bei Huren, ohne dass er jemals die Liebe seines Lebens vergisst. Nach über 50 Jahren stirbt der Arzt und zu guter Letzt erhört die Witwe nach einem Trauerjahr das unermüdliche Werben des Liebhabers seit Jugendzeiten. Und wenn du mich fragst, warum ich diese Geschichte erzähle, dann gibt`s nur eine Antwort: Mach`s anders, Burnie, denn kein Mensch auf der Welt kann mit einem solchen glücklichen Ende rechnen."

„Du gibst mir also den Rat, ich soll Gabi aufgeben."

„So hab ich`s gemeint, Burnie."

„Dann wäre ich umsonst nach Belize gekommen."

„Versteh ich nicht."

„Ist klar, aber ich hab einen bestimmten Plan. Für den brauche ich die Zeit in Belize. Mehr kann ich dazu nicht sagen."

„Schon gut", vermerkte sie resignierend, ließ ihrem Untermieter aber keine Verschnaufpause.

„Wovon lebst du zu Hause, Gringo? Hast du einen Beruf?"

„Ich bin Journalist und schreibe für eine Tageszeitung."

„Aha. Gibt`s bei uns gar nicht. Wir leben ganz gut ohne. Uns interessiert nicht, ob neunzehn Chinesen auf dem Mond gelandet sind oder der Eiffelturm in die Luft gejagt wurde."

„Darüber schreibe ich nicht. Mich beschäftigen politische Themen, Korruption und solche Skandale."

„Kannst du mit deiner Arbeit solche Zustände abschaffen?"

„Nein, das nicht. Aber manchmal werden die Verantwortlichen angeklagt und verurteilt. Darüber freut sich ein Journalist wie ich, wenn er eine Sache aufgedeckt hat."

„Und wenn die Nachfolger sich schlauer anstellen, hat der Journalist das Nachsehen, Burnie."

Bogner kam sich allmählich wie ein Cowboy vor, der von einer Frau entwaffnet wurde.

„Leider kommt das vor, denn das Rad der Kriminellen dreht sich immer weiter."

„Irgendwie ein Naturgesetz. Die Mächtigen nützen es aus."

„Überhaupt nicht, denn die Natur ist ein gerechter Gesetzgeber. Der Vulkanausbruch zum Beispiel macht keinen Unterschied zwischen Armen und Reichen, Guten und Bösen, er bringt allen Tod und Verderben."

„Hast Recht, Burnie. Bin ich dir schon lästig mit meinen Fragen?"

„Nein, ich bin es nur gewohnt, selbst die Fragen zu stellen. Aber du willst mehr über den wissen, der unter deinem Dach wohnt. Das ist schon in Ordnung."

„Wo wohnst du in Österreich?"

„In einer größeren Stadt mit Menschen aus der ganzen Welt. Du triffst dort auch Afrikaner, Asiaten und Leute aus Amerika, ich meine auch Südamerikaner."

„Dann ist es wahrscheinlich schön bei euch, oder?"

„Man kann dort gut leben, auch wenn man mit dem Wetter zurechtkommen muss. Wir haben keine Trockenzeit und keine Regenzeit wie ihr hier. Bei uns ist es ein halbes Jahr kalt und in der anderen Hälfte kann man sich im Freien aufhalten."

„Dann müsst ihr auch frieren."

„Genau! Wir heizen auf Teufel komm raus, damit wir uns wohlfühlen. Anders geht`s nicht."

„Schrecklich! Bin ich froh, dass wir keine Heizung brauchen. Weiß gar nicht, wie so etwas funktioniert."

„Amini, damit will ich dich nicht langweilen."

„Eines will ich noch wissen, dann lass ich dich wieder allein: Was ist das Beste an deiner Heimat?"

Er lachte, weil er mit dieser Frage nicht rechnete, und dachte eine Weile nach.

„Ich schätze wie viele andere wohl am höchsten, dass wir in Frieden und Sicherheit leben. Wir brauchen keine Angst vor militärischer Gewalt haben. Das ist meine Antwort."

„Dann geht`s euch so gut wie uns auf den Cayes, das ist fein. Ich wünsch dir noch einen schönen Tag. Wenn du etwas brauchst, du weißt, wo du mich findest."

„Okay, Amini, leb wohl!"

Er drehte nach einer unverdienten Siesta eine Runde in der Umgebung seiner Wohnung, schaute im Tauchshop an der Barrier Reef Drive vorbei und kam bei seinem Besuch darauf, dass er noch immer keine Informationsbroschüre über seine Ausflugsfahrten hatte. Er nahm sich vor, Amini nach einem Foto von der Nobody zu fragen. Schließlich sah er am Steg nach dem Rechten und gewann bei dieser Gelegenheit ein junges amerikanisches Paar für eine Ausfahrt am nächsten Tag. Gut gelaunt nahm er bei José Platz und ließ sich das erste Haifischsteak seines Lebens schmecken.

Die blonde Sirene

Ursula Gutleyb war in die Getränkekarte des Bistros „Latour" vertieft, als ein lautes „Hallihallo!" das Lokal in der Linzer Innenstadt füllte. Sie winkte ihrer Schulkollegin, einer ehrenwerten Vertreterin der Liga der Blondinen, und erhob sich für zwei innige Begrüßungsküsschen.

„Einfach super, dass wir uns wieder einmal treffen, Uschi!", flötete Manuela, bevor die beiden sich niederließen.

„Ich freu mich auch, schließlich haben wir uns mindestens zehn Wochen nicht gesehen. Ich kann nichts dafür, Mala, aber du hast am Abend selten Zeit."

„Was kann man machen, ich bin nur einmal jung."

Sie setzte dabei ein Lächeln auf wie vor einer RTL-Kamera.

„Eine tolle Frisur hast du, Mala. Der Farbton passt phänomenal zu deinem Typ, er sticht unübersehbar heraus. Geht`s dir gut?"

„Geht nicht besser!", tönte sie überzeugt. „Ich bin jetzt Unternehmerin, selbstständige Stilberaterin. Stell dir vor, ich hab schon zwei Stammkundinnen – und noch so manche Ideen, wie ich die Linzer Beauty-Branche aufmischen werde."

Noch immer die Alte, dachte sich Ursula und musste daran denken, wie Männer über Manuelas Auftreten schon gespottet haben: Die Mala geht wie eine Sirene durchs Leben; wenn die wo auftaucht, füllt sie den Raum mit ihrer Stimme wie mit dem Schaum eines Feuerlöschers.

„Ein Wahnsinn!", kommentierte Ursula die Unternehmensgründung, um ihr eine Freude zu machen.

„Hast du Interesse? Soll ich dir einen Beratungstermin reservieren?"

„Mala, hast du vergessen, dass ich bei der Polizei arbeite?"

„Aber du hast doch auch ein Privatleben!"

„Dafür lege ich meinen Stil allein fest", blockte Ursula lapidar ab.

„Aber geh, du weißt doch gar nicht, was ich aus dir rausholen könnte. Hast so ein hübsches Gesicht und um deinen Busen beneiden dich sogar Jüngere."

„Du kannst mich so nicht rumkriegen, meine Liebe. Ich lasse meine natürliche Ausstrahlung wirken und damit basta!"

„Wenn du meinst. Ein bisserl stur warst du schon in unserer Schulzeit. Bei der Arbeit hilft dir das wahrscheinlich."

„Polizisten arbeiten zielstrebig und situationselastisch, stur und dumm sind unsere Klienten, die Verbrecher, Mala."

„Sag, hast du mit dem verschwundenen Journalisten zu tun?"

Gutleyb vermutete, ihre Freundin habe das Thema Privatleben abgehakt, und atmete hörbar auf.

„Mit dem Fall Bogner hab ich zu tun, schließlich gehöre ich zur Abteilung Leib und Leben. Aber wenn du in die Morgenpost schaust, weißt du alles."

„Also gar kein Insidergeheimnis exklusiv für mich? Du weißt doch, ich kann auch schweigen."

„Nein, es gibt kein Geheimnis, Mala."

„Aha. Hast du gesehen, unlängst war ein süßes Foto von ihm in der Zeitung. So ein fesches, schmales Gesicht, die blauen Augen und dann die langen blonden Haare, die er hinter seine Ohren klemmt. Also wenn ich`s nicht anders wüsste, würd` ich sagen: junger Schwede mit Segelboot. Könnt` ich mir als KV schon vorstellen."

Ursula hörte ihr amüsiert zu und fragte nach der Abkürzung erst, nachdem die Kellnerin ihre Bestellungen aufgenommen hatte.

„Dass du das nicht kennst, Uschi! KV heißt Kurzzeitverehrer. In der Kürze liegt die Würze lautet eine uralte Weisheit."

Während Manuelas Schwärmerei auf vollen Touren lief, saß Ursula mit hängender Kinnlade und staunenden Augen gegenüber.

„Du darfst jetzt nicht glauben, ich will dich beeindrucken oder neidisch machen: Mein aktueller Lover schaut aus wie der Clooney Schorschi. Ein echter Wahnsinnsmann, kann ich dir sagen."

„Meinst du den Kapseltester aus der Fernsehwerbung?", vergewisserte sich Ursula.

„Na klar! Willst du den Mario kennen lernen?"

„Nicht die Bohne, Mala", antwortete sie frech.

„Dann entgeht dir aber was. So ein KV bringt eine frische Brise in deinen Alltag, Uschi. Wir planen sogar schon einen gemeinsamen Urlaub in Korsika", tönte sie selbstbewusst.

Manuela nahm einen langen Zug von ihrem rosèfarbenen Prosecco, Ursula griff zu ihrem Bierglas und stellte sich vor, wie die Freundin sich vor dem Schorschi-Double auf dem Satin-Leintuch eines französischen Bettes räkelte und dabei ein herziges Tattoo in Szene setzte. Sie strebe keine Brise an, wollte sie gerade vorbringen, als Manuela auf das Piepsen eines Vögelchens hin in die Handtasche griff und über das Mobiltelefon wischte. Im nächsten Augenblick stockte ihr Wimpernschlag und sie hämmerte wie ein hyperaktiver Specht mit ihren ampelroten Fingernägeln auf die Tischplatte. Sie rang nach Luft und Worten, sodass Ursula mitfühlend fragte: „Ist was passiert?"

Mit Groll in der Stimme antwortete sie: „Der Schuft hat mir abgesagt für heute Abend. Ein wichtiger Termin ist ihm dazwischengekommen. Kein Anruf, nur ein SMS. Na warte, das kostet was."

„Nimm`s nicht tragisch, Mala! Der Termin ist, wie mein Chef immer sagt, ein Hauptwort des männlichen Geschlechts. In dieser Art von Grammatik kennt er sich bestens aus."

„Wenn das so ist, hab ich länger Zeit für dich, Uschi. Willst du wirklich ein Geheimnis aus deinem Liebesleben machen? Oder muss ich einen verheirateten Mann vermuten? Oder gar deinen Chef?"

Beim letzten Wort prustete Ursula vor Lachen so, dass man von den Nebentischen zu ihr schaute.

„Mala, du bist eine Wucht! Mit dir ist es immer lustig. Für mich kommen solche Affären einfach nicht in Frage. Ich bin doch nicht dumm und spiele die fröhliche Geliebte auf Abruf, die bebenden Herzens auf ihren Einsatz wartet, bis der Herr mit Anhängsel wieder einmal horizontale Bedürfnisse verspürt. Bei solchen Aussichten sag ich nur: null Bock unterm Rock. So etwas gibt`s mit mir nicht, da bin ich lieber unbemannt und unabhängig."

„Und wenn der Richtige ohne Anhang plötzlich da steht?"

„Wenn`s einmal so richtig ins Seelische hineingeht, könnt` ich schon schwach werden. Aber diese kurz anschwellenden Vergnügungen sind meine Sache nicht."

Manuela spürte, dass sie das Thema wechseln musste. Ursulas Stimme klang gereizt wie selten.

„Irgendwie vermute ich, Uschi, dir ist deine Karriere bei der Polizei wichtiger."

„Das stimmt und daran arbeite ich – auch mit den Waffen einer Frau."

„Aha! Also doch!", hob Manuela ihre Stimme an, weil sie glaubte, Ursula ertappt zu haben.

„Du machst dir jetzt völlig falsche Vorstellungen, Mala. Ich meine damit schlau sein und abwarten, bis Konkurrenten Fehler machen."

„Keine Intrigen oder so?"

„Was denkst du denn, wir sind anständige Beamte."

„Klingt dann ziemlich langweilig, wenn man Geduld braucht."

„Weil du eben keine Ahnung vom Polizeidienst hast."

Manuela dachte eine Weile schmunzelnd nach.

„Stimmt absolut. Ich hab noch nie einen KV gehabt, der seine Pistole abschnallen musste, bevor er mir aus der verschwitzten Reizwäsche geholfen hat. Auf dem polizeilichen Gebiet hab ich eine winzigkleine Bildungslücke, aber du kannst sie schließen."

Ursula wusste nicht, ob sie die Aufforderung ernst meinte, aber es schien ihr angenehmer, über die Polizei zu reden als vielleicht einen schwülstigen Erfahrungsbericht über ein Kamasutra-Wochenende über sich ergehen zu lassen. Nur wenn ich schon die Gelegenheit hab, dann, so ihr spontaner Vorsatz, dann gebe ich ordentlich Vollgas, damit ihr die Spucke wegbleibt. Dafür brauche ich keinen Revolver und auch keine Handschellen, sonst landen wir noch bei diesen angesagten Fesselspielen im grauen Schatten. Ursula entspannte ihre Mimik wieder und begann ihren Vortrag.

„Mala, auch wenn du es nicht glaubst, die Polizeiarbeit ist ein harter Job. Sie erfordert enormes Fingerspitzengefühl und die Fähigkeit, wie Kriminelle zu denken. Wer sich nicht einmal ansatzweise vorstellen kann, wie man einen ekelhaften Nachbarn killt, ohne gefasst zu werden, wer also nicht die geringste kriminelle Phantasie hat, sollte besser Briefträger oder Krankenschwester werden, da trägt man auch eine Uniform. Das Um und Auf einer erfolgreichen Polizistin liegt darin, dass sie wie ein Gangster denken kann. Klar?"

„Nicht ganz. Du hast vorhin gesagt, eure Klienten sind dumm."

„Natürlich! Das ist ja das Schwierige, dass wir uns oft in dumme Verbrecher hineinversetzen müssen."

„Aha, na wenn das so ist, Uschi, dann hast du einen anstrengenden Job."

„Sag ich doch, Mala. Ich weiß, wovon ich spreche", äußerte sie voll Überzeugung. „Wir besuchen ständig Schulungen über neue Software von Scotland Yard oder des FBI. Als Nächstes steht eine sensationelle Neuheit in der Verbrechensbekämpfung auf dem Programm, von der die Öffentlichkeit noch nichts weiß."

Manuelas Respekt wuchs jetzt von Satz zu Satz; ihr Gesicht war so gebannt, als würde ihr der leibhaftige Clooney einen Lattemacchiato mit einem Sahnehauch servieren.

„Uschi, das klingt verdammt spannend! Erzähl bittebitte weiter!"

„Nur unter einer Bedingung: Du musst schweigen wie ein altes Grab."

„Warum wie ein altes?"

„Weil wir bei einer zerfallenden und vermoderten Leiche absolut keine brauchbaren Spuren mehr finden. Schwörst du mir also, dass du das Folgende für dich behältst?"

„Bei allem, was mir heilig ist."

Ursula platzte der Kragen vor Lachen, wie man bei einer attraktiven Frau, die noch keine Jahresringe an ihrem Hals gesammelt hat, überhaupt nicht sagen dürfte. Trotzdem, sie konnte ihr Lachen nicht unterdrücken und Manuela schaute sie ahnungslos und stumm an, was für ihr sirenenartiges Wesen überraschend war.

„Entschuldige, Mala, dass ich so reagiert hab. Mir sind nur gerade keine Sachen eingefallen, die dir heilig sein könnten."

„Ich hab schon meine Moralvorstellungen, aber mit Maß und Ziel", entgegnete sie brüsk.

„Na gut, dann hör jetzt zu! Unser Kommissariat in Urfahr arbeitet seit kurzem mit einer sensationellen Neuerung. Wir sind eine Predictive Policestation. In die neue Software wurden die Verbrechensdaten der letzten zehn Jahre eingegeben, zum Beispiel von Raubüberfällen oder Einbrüchen. Ich meine jetzt, wo und wann sie verübt worden sind. Aus diesen Daten werden Karten errechnet, die anzeigen, wo in den nächsten Tagen ein Einbruch oder ein Überfall stattfinden könnte. Diese Prognosen sind, wie Versuche im Ausland gezeigt haben, fast so zutreffend wie eine Wettervorhersage bei einem stabilen Hoch."

„Wow! Echt der Hammer! Ihr wisst quasi, wo der Blitz einschlägt."

Manuelas Bewunderung kannte keine Grenze mehr.

„Genau! Wir schauen uns täglich die Prognosen an und observieren dann die kritische Gegend, Treffling zum Beispiel."

Manuela unterbrach sie mit einer für Ursula überraschenden Idee.

„Lassen sich auch Entführungen vorhersagen?"

„Nein, das geht nicht. Es gibt in Österreich so selten Entführungsfälle, dass keine Daten für das Programm zur Verfügung stehen. In Kolumbien oder in Mexiko wäre das vielleicht möglich."

„Verstehe. Weißt du, ich hab mir nämlich gestern gedacht, der Bogrer könnte entführt worden sein."

Ursula musste sich stillschweigend eingestehen, dass sie diese Ursache für das Verschwinden noch nie in Betracht gezogen hatte. Irgendwie peinlich, kam ihr vor, wenn eine Stilberaterin mit Männerverschleiß auf diese Möglichkeit hinwies. Eine ziemliche Schande, dass sie noch nie daran gedacht hatte, sie reagierte aber ganz gelassen.

„Haben wir genauestens überprüft, aber keine Anhaltspunkte gefunden. Aber zurück zum Thema: Die Prognose-Software ist für die Big Five ausgelegt."

„Du meinst doch nicht die Elefanten, Löwen und die anderen afrikanischen Viecher?"

Ursula lachte kurz und erklärte ihr: „Nein, das ist interne Ermittler-Sprache. Damit bezeichnen wir Einbrüche, Gewaltdelikte, Autodiebstähle, Wirtschaftskriminalität und Cybercrime. Quasi unser tägliches Brot."

„Und wenn ihr einen Gauner verhaftet habt und er streitet alles ab, verhörst du ihn dann?"

„Das macht unser Abteilungsleiter. Der Feiler hat nämlich spezielle Methoden, mit denen er erfolgreich ist. Du darfst aber nicht an brutale Folterungen denken, er arbeitet mehr impulsiv und traditionell."

Die beiden plauderten angeregt weiter, vor ihnen standen bald neue Getränke, die sie zu ihren Teenagereskapaden zurück begleiteten. Leise tuschelnd und des Öfteren kichernd blendeten sie zurück, wer für welchen Burschen geschwärmt hat, warum das Gspusi beendet wurde und welche Zickenkriege ausgetragen wurden.

Mit Amini auf der Nobody

Die Nobody lag startklar am Steg, Amini und Burnie hatten Getränke an Bord gebracht und warteten auf die angekündigten Gäste.

„Wenn du das nächste Mal eine Anzahlung für die Reservierung verlangst, ist die Wartezeit weniger unangenehm. Sie könnten ja überhaupt ausbleiben", empfahl sie.

Am späten Vormittag schlenderten sie schließlich herbei und machten deutlich, wer an Bord ging. Pete steckte in einer Bermuda-Short im Design der US-Flagge und sein Honey namens Valery präsentierte ohne Unterlass ihr Colgate-Lächeln. Da fielen die brünetten Locken und ihre lustigen Knopfaugen nur auf, wenn sie die Lippen schloss. Aminis Anwesenheit überraschte die beiden nur im ersten Moment, dann merkten sie, wer der Boss war. Bevor Burnie den Motor startete, besprachen die vier das ungefähre Tagesprogramm. Pete legte gleich los, als er nach ihren Wünschen gefragt wurde.

„Also, Leute, wir wollen in San Pedro einen wundervollen Urlaub verbringen. Es sind für uns ganz besondere Ferien – wir sind zum ersten Mal am Meer und das Allergrößte ist: Wir verbringen hier unsere Flitterwochen. Valery möchte unbedingt den Sonnenuntergang an Deck erleben, ich will zu den Korallen tauchen. Okay, jetzt wisst ihr, wofür wir euch bezahlen."

Amini schlug als Ziel den Coral Garden vor, während Burnie mit Schaudern daran dachte, mit großer Verspätung und noch größerem Hunger ins Miradora zu gelangen. Aber wenn`s der Job verlangte, musste er es schlucken. Sie legten ab und steuerten das Tauchrevier an, während Amini dem jungen Mann erklärte, wie er seinen Tauchgang überlebt. Während der Instruktionen schaute er mehrmals abgrundtief in Valerys Augenknöpfe wie ein frisch verliebter Teenager und Burnie machte sich darauf gefasst, Pete würde sein junges Leben vor einer Korallenbank aushauchen. Aus ihrer Erfahrung heraus trichterte Amini ihm die Regeln fürs Auftauchen ein zweites Mal ein. Er gab sich lässig, wollte souverän wirken wie in seinem Job als Sales Manager. Burnie fiel es leicht, sich Pete als Autoverkäufer in einem Vorort von Detroit vorzustellen. Die beiden Honeymooner wirkten auf ihn, als ob sie ein glückliches Filmpaar aus einer Traumfabrik imitierten, irgendwie seifenopernartig. Das Weichbild von Ambergris Caye entwich inzwischen seiner Bestimmung entsprechend ihrem Blickfeld, die Nobody schaukelte gemütlich auf den türkisblauen Wellen.

„Was machen wir mit dir, Valery, während Pete unter Wasser ist?", wollte Amini wissen.

„Kann ich nicht an Deck bleiben und nur auf ihn warten?"

„Schon, aber du sollst auf deiner Hochzeitsreise auch ein kleines Abenteuer auf See erleben."

Valery schaute verunsichert, als Burnie ihr das Schnorcheln empfahl.

„Hauptsache, du kannst schwimmen und bekommst keine Panik, wenn dein Kopf auf dem Wasser liegt und einen Barracuda entdeckt."

„Natürlich kann ich schwimmen, Burnie, und ihr habt sicher eine Harpune für mich, falls ein Meeresbewohner zudringlich wird."

Sie klang selbstbewusst wie eine Meteorologin im Fernsehen, während Bogner den kommenden Stunden mit gemischten Gefühlen entgegensah. Zwei Meeresneulinge auf seiner ersten Tour schienen ihm eine spannende Angelegenheit. Amini wird mir schon beistehen, falls etwas aus dem Ruder läuft, beruhigte er sich. Sie überprüfte nochmals die Sauerstoffflasche, an der Petes Leben hängen sollte, und forderte Valery auf, ihre Rückseite mit Sonnenöl einzufetten.

„Ohne Schutz gegen Sonnenbrand werdet ihr vielleicht neue Seiten im Sexleben entdecken, aber im Schlaf wirst du leiden wie ein kranker Hund, glaub mir das, Valery!"

„Oh Honey, hast du gehört? Ich möchte an deiner Seite niemals leiden, also trag die Creme ganz dick auf!"

„Mach ich, Darling."

Pete behandelte ihre nette Rückseite sanfter, als er die Karosserien seiner Autos polierte, und Valery kommentierte seine Manöver mit glucksenden Lauten. Dann legte er die Ausrüstung an und sprang ganz geschickt ins Wasser, wobei ihm Valery bewundernd nachwinkte. Als sie selbst mit Schnorchelbrille und Flossen von Bord ging, kam Ruhe an Deck. Amini und ihr Lehrling konnten sich ungestört unterhalten, sie hatte Burnie noch viel zu erklären.

„Du hast Glück mit den beiden, auch wenn es dir nicht so vorkommt", begann sie. „Sie sind ziemlich anspruchslos. Ein paar Tauchgänge und ein glühender Sonnenuntergang genügen, den Rest für ihre Unterhaltung steuert die Honeymoon-Stimmung bei. Aber es werden bald andere Gäste kommen, die sich an Bord nicht langweilen sollen. Denen musst du vom Riff erzählen, weil sie meist keine Ahnung von dieser herrlichen Natur haben. Und falls einer zu Hause ein Motorboot hat, musst du über die Nobody Bescheid wissen."

Er verstand, dass er sich noch viel aneignen musste, um ein kundiger Skipper zu werden.

„Wir schaukeln gerade über bunten Korallenstöcken, die an ihrer Oberfläche empfindliche Organismen beherbergen. Die harten Korallen bestehen aus Kalkstein, auf dem kleine Polypen leben. Diese vergrößern mit ihren wachsenden Skeletten den Korallenstock – wenige Millimeter im Jahr. Die Weichkorallen haben einen beweglichen Körper. Sie formen verschiedene zweigartige Gebilde aus, die im Rhythmus der Strömung tänzeln. Wenn ein Taucher eine Koralle streift, fügt er ihr eine Verletzung zu, die den ganzen Stock bedrohen kann. Deshalb musst du deinen Gästen mehrmals sagen: Nichts da unten berühren! Abstand halten vom Riff! Nur Staunen und Fotografieren sind erlaubt."

Er nickte ihr zu und sie setzte fort.

„Viele Menschen in Belize leben vom ökologischen Tourismus, Hotelviertel wie in Cozumel oder Cancun wirst du bei uns nicht finden. Den Besuchern muss man aber auch bei jeder passenden Gelegenheit sagen, dass Belize in den letzten 20 Jahren fast die Hälfte der Korallenriffe verloren hat. Der Klimawandel trifft uns nämlich als ganz Unschuldige. Die Wassertemperatur ist inzwischen leider so angestiegen, dass es den Korallen zu warm wird. Sie entwickeln sich kaum noch und sterben allmählich ab. So werden aus farbenprächtigen Lebewesen graue, tote Kalkgebilde. Schuld daran sind die rücksichtslosen Klimaheizer in Nordamerika, Brasilien und China. Sag das, bitte, jedem Ami, den du kennen lernst!"

„Düstere Aussichten sind das, Amini."

„Wäre schade um dieses Paradies."

Der weitere Nachmittag verging, wie Amini vermutet hatte. Valery kam mehrmals an Bord, um ihre Eindrücke zu schildern und einen Drink zu nehmen. Als Pete aufstieg und zu ihr hochkletterte, begrüßten sich die Frischvermählten, wie wenn sie sich mindestens zwei Wochen nicht gesehen hätten. Burnie ließ den Motor an und fuhr ein paar Minuten Richtung Ambergris Caye, um den beiden für ihre nächste Besichtigung eine neue Unterwasserszenerie zu bieten. Als sie wieder im Wasser waren, legte sich Amini unter das kleine Sonnendach – sie brauchte eine Siesta. Burnie prägte sich die Bojen ein, die Coral Garden vor größeren Schiffen schützten, dann machte auch er es sich bequem und sehnte den Sonnenuntergang herbei – allerdings nicht aus romantischen Gründen.

Nach ihrem letzten Unterwasserabenteuer lenkte Burnie in Absprache mit Amini langsam zurück in Richtung San Pedro, stoppte allerdings unweit vom Anlegesteg. Amini ernannte mit einem Augenzwinkern die Stelle kurzerhand zum Sunset-Point und Valery begann, wie ein lauerndes Raubtier den feuerroten Ball am Horizont zu fixieren. Burnie freute sich über sein neues Spezialangebot für Honeymooner und romantikbedürftige Frauen, er würde bald eine Sunset-Feeling-Tour in sein Programm aufnehmen. Im letzten Stadium sind Sonnenuntergänge bekanntlich auf der ganzen Welt eine Angelegenheit von wenigen Minuten, sodass die gejauchzten Superlative aus dem Colgate-Gebiss Valerys bald verklangen. Diese Begeisterung war Burnies Sache nicht, jedoch stimmte ihn ihre Gerührtheit zuversichtlich. Ihren Gefühlsausbruch schätzte er als besten Beweis für zufriedene Gäste ein.

Wäre Heinrich Heine vorbeigekommen, hätte er ganz zart die Schulter der verzückten Amerikanerin berührt und sie mit seiner hellen Rheinländer Stimme ernüchtert:

Das Fräulein stand am Meere
und seufzte lang und bang.
Es rührte sie so sehre
der Sonnenuntergang.

Mein Fräulein! Sei`n Sie munter,
das ist ein altes Stück;
hier vorne geht sie unter
und kehrt von hinten zurück.

Interpol

Mit dem rechten Fuß voran trat Feiler in sein Büro und spürte alsbald den dadurch entstandenen, beflügelnden Antrieb für außergewöhnliche Taten. Er machte sich daran, den respektlosen Äußerungen in der Morgenpost entschlossen entgegenzutreten und diesen bösartigen Schreiberlingen, wie er sie oft nannte, ein für alle Mal auch den schwächsten Wind aus den Segeln zu nehmen. Die Suche werde zu wenig intensiv betrieben und ähnliche Vorhaltungen hätten sich ihm beinahe auf den robusten Magen geschlagen, der wegen der anhaltenden häuslichen Eiszeit durch fremde Küchen gefüllt werden musste, manchmal sogar zu seiner Zufriedenheit, die jedoch teuer zu bezahlen war. Er rekapitulierte in aller gebotenen Beamteneile den Stand der unerfreulichen Dinge und entschied sich für die bequeme und zugleich elegante Lösung. Dieser Bogner, so sein Gedankengang, wurde von zwei Frauen, die sich bisher persönlich noch nicht kannten, und einem gewissenhaften Zeitungsausträger als vermisst gemeldet. Dass Bogners Familie sich noch nicht eingeschaltet hatte, führte er auf ein kapitales Zerwürfnis zurück, weshalb man in diesem Fall die Verwandtschaft vergessen könne. Da kommt keiner mehr und meldet das Verschwinden, war er sich sicher. Der Verschwundene hat sich seither in der Redaktion nicht gemeldet und eine heiße Spur führt in den Kosovo. Wenn ich vorsorglich annehme, in diesem Land bestehe eine akute Gefahr für seinen Leib oder das Leben, weil er als Journalist einem internationalen Skandal auf den schlammigen Grund schauen wollte, tippe ich mit voller Berechtigung eine Vermisstenmeldung in unseren Computer und ersuche anschließend die Interpol-Dienststelle im Kosovo um Mitfahndung. Damit wird er ab sofort in ganz Österreich und in dem kleinen Balkan-Land gesucht. Da unten haben Hunderte meiner Kollegen in verschiedenen Bereichen eine funktionierende und moderne Polizei aufgebaut, weshalb die Kosovaren inzwischen in der Lage sein müssten, nach dem vermissten Österreicher zu suchen. Auch wenn dort Korruption und Vetternwirtschaft fröhliche Urständ` feiern, muss es möglich sein, den Mann aufzuspüren.

Selbstverständlich in Kooperation mit Urfahr. Eine diesbezügliche Stellungnahme wird die Gutleyb an die Medien senden und damit ist der Schwarze Peter auf dem Balkan gelandet. Punktlandung im Hauptquartier von Pristina. Die sehenswerte Kollegin freut sich ohnedies jedes Mal, wenn sie mit der Presse zu tun hat. Sie hat ihr sogar einmal ein aktuelles Foto in Uniform zur Verfügung gestellt, damit die Polizei ein hübsches Gesicht bekommt. Ich kann mir gut vorstellen, dass sie von der Morgenpost ein paar Fotos von Bogner bekommt, wenn sie ihn schon so hinreißend findet.

Ein kurzer Blick aus seinem Fenster zur Donau hinunter brachte Feilers graue Zellen so richtig in Bewegung.

Wär` eine grandiose Idee, die schöne Uschi auf eine Mission impossible in die Schluchten des Balkan zu schicken. Zumindest hätte sie eine weibliche Motivation, den Feschak aus den Krallen einer verruchten Kosovarin oder aus der Intensivstation einer Nieren-Gang zu befreien. Die Polizei muss ja nicht den ganzen Bogner finden, es genügt ein winziger Teil von ihm, damit wir wissen: Okay, das war er. Den Rest erledigt in diesem Theater – wie stets ein dezenter Bestatter. Aber damit wir uns richtig verstehen: Das soll jetzt unter uns bleiben, das war nur für Eingeweihte bestimmt. Es ist ja noch lange nicht so weit, dass die Morgenpost um einen engagierten Kollegen trauern muss, der als mutiger Aufdecker viele heiße Eisen angefasst hat. Wenn ich mir jetzt meine aufheiternde Ironie wegdenke, klingt das schon nach einem Nachruf. Wär interessant zu wissen, ob in der Redaktion bereits ein Trauerartikel vorbereitet wird. Wenn`s wirklich so weit und der Bogner unter die Erde kommt, wird die Gabi im Stillen weinen. Vielleicht zieht`s sogar das kleine Schwarze an. Aber nur, wenn ich im Büro bin. Ich trau`s ihr zu, sie hängt jetzt schon so apathisch rum, wie wenn sie wer hypnotisiert hat. Wir von der Polizei haben da eine ganz andere mentale Stärke, ohne die geht`s überhaupt nicht.

Da fällt mir ein, mit der Gabi war ich vor längerer Zeit in einer coolen Hypnose-Show. Sie ist im Publikum sitzen geblieben, vielleicht hat sie Angst gehabt, der Hypnotiseur könnte ihre alten Gefühle für den Bogner an die Öffentlichkeit locken. Aber ich wollte unbedingt wissen, ob ich hypnotisierbar bin. Deshalb bin zu anderen Freiwilligen auf die Bühne. Dieser Deutsche hat eine eindringliche, fast magische Stimme gehabt, die durch die Lautsprecher verstärkt wurde. Ich hab mich nicht wehren wollen, als er uns Mitwirkende in Trance versetzt hat. Pausenlos hat er auf uns eingeredet und mit seinen Kommandos die empfänglichsten Medien für eine Suggestion gesucht. Für das Tatort-Spiel war ich nicht geeignet, weil ich in meinem Inneren einen mächtigen Widerstand aufgebaut hab. Da hat der Hypnotiseur resigniert. Jedes Mal mussten sich dabei die Hypnotisierten, die sich für gesuchte Verbrecher hielten, schleunigst vor der Polizei in Sicherheit bringen, wenn die Kennmelodie der Krimi-Serie „Tatort" ertönte. Sie haben sich unter die Tische gehechtet und ohne Rücksicht auf ihre Knochen ein Versteck gesucht. Einer ist mit lautem Krachen gegen einen Sessel geprallt, ein anderer hat sich mit Anlauf hinter einer Lautsprecherbox verschanzt. Für die letzte Demonstration seines Könnens hat er zwei Frauen und zwei Männer ausgewählt, zu denen ich für mein Leben gern gehört hätte. Auf ein bestimmtes Kommando hin waren die vier in der Lage, das Publikum nackt zu sehen. Muss dem Hypnotiseur gelungen sein, denn die vier Medien haben vor Entzücken gekreischt. Nach der Show hat die Gabi gemeint, wir sollten unaufgeklärte Mordfälle einmal dahingehend untersuchen, ob etwa ein hypnotisierter Täter in Vertretung eine nicht mehr bessere Ehehälfte aus dem Weg geräumt hat. Ich hab interessiert genickt und irgendwelche Zustimmungslaute gemurmelt. Wie wenn wir nicht schon mehr als genug Arbeit hätten! Auf der Stellage mit den ungeklärten Fällen sollen doch auch ein paar Ordner stehen! Unsere Erfolgsquote kann sich nämlich sehen lassen, Urfahr liegt im besseren Mittelfeld, weit vor Bad Ischl. Das muss auch einmal gesagt werden.

Die Maya-Forscherin

„Interpol sucht Bogner" fand der Verschwundene als Schlagzeile auf der Website der Morgenpost. Er werde im ganzen Land und im Kosovo gesucht, was er mit Genugtuung registrierte. Das mit Spannung erwartete Interview mit Adela war noch nicht veröffentlicht, die anderen Meldungen interessierten ihn nicht. Jetzt brauchte er Geduld, um auf Feilers Fehler zu warten. Dann werde er zurückkommen, um die Kripo in Urfahr zu blamieren.

Er suchte Amini auf und besorgte sich ein Farbfoto von der Nobody, das er auf den Werbefolder kleben würde. In seinem Programm zählte er Tauchfahrten, Schnorcheln, Fischen und individuell vereinbarte Touren bis zum Blue Hole auf, als Veranstalter nannte er Amini & Burnie. Er zeigte ihr die Werbung und brauchte nur noch ein Kopiergerät.

„Wenn du Glück hast, kann dir Leona vom Nachbarhaus auf der rechten Seite helfen. Dort konnte Mitch manchmal Kopien machen."

„Und wenn sie nicht zu Hause ist?"

„Dann gehst du zu Alvalo in seinen Tauchshop. Dort könntest du gleich eine Kopie aufhängen."

„Okay, mache ich."

Leona war daheim. Burnie hatte die Frau, die ungefähr in seinem Alter war, schon einmal vom Balkon aus gesehen. Ihr Afro-Look und die breitbeinige Figur machten sie unverkennbar. Die Kreolin hatte eine sehr dunkle Haut und mehrere Pockennarben im Gesicht. Sie schien sich über seinen Besuch zu freuen, weil sie ihn mit lustigen Augen anstrahlte.

„Du bist also der Gringo von Amini" –

„Sag lieber Burnie zu mir!", unterbrach er sie. „Gringos sind für mich dumme Amerikaner, die sich am ersten Urlaubstag einen Sonnenbrand holen und am Abend einen Kater ansaufen."

Sie lachte und schob ihre krausen Locken aus der Stirn.

„Brauchst ein Auto, du Ex-Gringo?"

„Auto?", fragte er ahnungslos.

„Ich vermiete Autos, schließlich muss ich mein eigenes Geld verdienen."

„Nein, Leona, kein Auto – vielleicht später einmal. Amini hat gesagt, du hast ein Kopiergerät. Wir bieten gemeinsam Touren mit der Nobody an und ich habe eine Werbeschrift gestaltet, die ich verteilen möchte. Kann ich Kopien bei dir machen? Ich zahle auch dafür."

„Über die Bezahlung reden wir später. Komm mit in mein Arbeitszimmer!"

Sie ging voran und im nächsten Moment stand er in der Welt der alten Maya. Die Wände waren voll mit großen Bildern von Ruinen und handgezeichneten Rekonstruktionen. Auf einem quadratischen Tisch ragte ein hölzernes Modell einer Maya-Stadt auf, eine Fotoserie zeigte, wie Leona später erklärte, den berühmten Kalender. Wenn das ihr Arbeitszimmer war, dann vermietete sie nicht nur Autos, fand Burnie, der stillschweigend und wie gebannt die Objekte betrachtete, während Leona das Kopiergerät einschaltete.

„Wie viele Kopien willst du?"

„Was?"

Sein Kopf war bei den Maya, er hatte ihre Frage kaum gehört. Sie ließ ihm Zeit und betrachtete währenddessen den hochgewachsenen Mann, dem sichtbare Fettablagerungen und andere Spuren eines Alterungsprozesses fehlten, obwohl er 46 Jahre alt war. Leona war entschlossen, sein Interesse für sich zu nützen. Sie stellte sich zu ihm hin und griff behutsam auf seine Schulter hinauf.

„Bevor du Fragen stellen darfst, sag mir zuerst: Welchen Job hast du zu Hause?"

Ohne länger nachzudenken antwortete er spontan: „Gelegenheitsarbeiter."

„Gibst du mir eine Chance für eine Gelegenheit?"

Diese Frau verwirrt mich total, dachte er, warum sag ich auch Gelegenheitsarbeiter? Da muss sie sich ja weiß Gott was denken. Er lächelte sie ratlos an und begann stotternd: „Du, Leona, also es ist nicht so, wie du denken könntest. War ungeschickt, meine Antwort. Zu Hause bin ich Journalist."

„Toll! Hätte ich nicht gedacht. Wie ich deine Zähne gesehen hab, war meine Vermutung Zahnarzt."

„Um Himmels willen, eine schreckliche Vorstellung, im Gebiss fremder Menschen zu arbeiten."

„Bringt aber gutes Geld."

„Sonst würde den Job doch niemand machen."

„Mag sein. Burnie, du bist überrascht von diesem Zimmer – mein Hobby ist die Archäologie, wie du auch an den Büchern dort sehen kannst. Die alten Maya – das ist meine Welt."

„Ich staune, also wirklich, eine Überraschung für mich. Leona, du musst mir bei Gelegenheit einmal mehr erzählen."

Sie schmunzelte, als er dieses Wort schon wieder in den Mund nahm.

„Mach ich gerne. Ich könnte mir vorstellen, dass du meine Forschungsergebnisse in Europa bekannt machst, wenn du schon Journalist bist. Ist das erste Mal, dass ich einen Vertreter deiner Branche bei mir zu Besuch habe. Und dir steht dafür mein Kopiergerät jederzeit zur Verfügung." Mit einem sympathischen Augenzwinkern fügte sie hinzu: „Du sollst aber nicht annehmen, Amini hätte mir deinen Beruf verraten. So viel wird in unserer Straße nicht getratscht."

Burnie wusste nun, dass er hier kein Unbekannter mehr war, seit er bei Amini wohnte. Vermutlich dachte sich die Nachbarschaft, er sei aus unglücklicher Liebe nach Belize geflohen, oder was auch immer an tragischen Meldungen aus der Amini-Quelle geflossen war. Vielleicht ersetzten Tratsch und Klatsch die fehlenden Tageszeitungen, das Verlangen nach Neuigkeiten musste irgendwie gestillt werden. Er bat Leona um 50 Kopien. „Aber nur für den Anfang!"

Während die Maschine arbeitete, bot die Hobbyausgräberin ihm eine gemeinsame Besichtigung einer Mayastadt an.

„Ich habe mich auf Cahal Pech spezialisiert und würde dir gern an Ort und Stelle erklären, was ich herausgefunden habe."

„Wunderbar, nehme ich gerne an, Leona. Du nennst mir einmal einen Tag, den ich für dich reserviere. Da findet dann keine Tour statt."

„Okay, Burnie, so machen wir`s."

Er hinterlegte seine Werbung bei Alvalo, ließ mehrere Kopien im Hotel, in dem er anfangs gewohnt hatte und wo er etliche Gäste aus Nordamerika antraf. Im Miradora sah er zu, wie José die Werbung an die Tür klebte. Auf der Nobody deponierte er mehrere Exemplare, den Rest wollte er zu Amini bringen, die sicher viele Plätze kannte, wo Touristen hinkamen. Durch seinen Zufallsjob auf hoher See beschäftigt dachte er seltener an Gabi, er war unter Tags mit seiner Arbeit beschäftigt und fand sich immer besser in seinem Zufluchtsort zurecht.

Während er das Deck reinigte, beobachtete eine rothaarige Touristin Burnie aufmerksam vom Steg aus. Sie war angetan von seiner Figur, die einen Sportlehrer ausgezeichnet hätte.

„Hi, Mister! Ist das Ihre Yacht?", rief sie ihm zu.

„Nein, sie gehört mir nicht. Ich bin der Skipper und biete Tagestouren mit der Nobody an."

„Ein lustiger Name für ein Boot oder halten Sie sich für einen Nobody?"

„Der Name stammt nicht von mir, den hat damals Mitch ausgewählt. Ich setze seine Touren fort. Wenn Sie interessiert sind, gebe ich Ihnen unsere Werbung mit."

Ohne auf ihre Antwort zu warten überreichte er ihr ein Exemplar und bekam dafür einen imposanten Augenaufschlag und eine angenehme Brise ihres betörenden Parfums.

„Okay, Mister", meinte sie nach einem flüchtigen Blick auf die Werbung. „Sie sind der Richtige, ich hab das auf den ersten Blick gesehen, die Nobody gefällt mir ausgezeichnet. Ich suche für meinen Mann und mich seit gestern eine nette Yacht, die uns zum Tauchen hinausbringt."

„Haben Sie Taucherfahrung, Madam?", wollte er wissen.

„Mein Mann hat welche, ich möchte nur schnorcheln. Sind Sie übermorgen noch frei, Mister?"

„Sie haben Glück, das lässt sich machen. Mein Spezialtarif, wenn nur einer taucht, beträgt 190 US-Dollar. Bitte in Bargeld, Madam!"

„Geht in Ordnung. Wann starten wir?"

„Nach Ihrem Frühstück. Ich warte auf der Nobody auf Sie."

„Wunderbar. Ich freue mich auf den Tag mit Ihnen."

„Wenn Sie umdisponieren müssten, fragen Sie im Miradora nach Burnie, das bin ich, Madam."

„Ich heiße Laura-Lynn, Burnie."

„Alles klar, wir sehen uns übermorgen."

Sie drehte sich um und er blickte tadellosen Beinen nach, die in weißen Shorts steckten. USA, mittlerer Westen war sein Tipp. Dann widmete er sich den Sauerstoffflaschen und kontrollierte den Getränkebestand. Bis jetzt alles gelungen an diesem Vormittag, resümierte er im Miradora.

Adela hofft auf ein Wunder

Keine andere Frau kennt den seit fast Wochen verschwundenen Journalisten Bernhard Bogner (46) so gut wie Adela Kucera, eine gebürtige Tschechin. In einem Exklusivinterview mit der Morgenpost sprach sie über ihre Beziehung zu Bogner und ihre quälenden Ängste.

MoPo: Was ist Ihnen von der letzten Begegnung mit Ihrem Freund Bernhard Bogner in Erinnerung?

Kucera: Vieles, es kommt mir vor, wie wenn es gestern war. Mein Verlobter hat mich im

Geschäft abgeholt, wo ich als Sportexpertin arbeite. Wir gingen in ein italienisches Lokal im Zentrum zum Abendessen. Danach sind wir wie immer in meine Wohnung, wo Bernhard ungewohnt kühl war, nicht so lieb wie sonst. Er hat gesagt, er wird am nächsten Tag beruflich für ein paar Tage verreisen.

MoPo: Haben Sie erfahren, wohin?

Kucera: Natürlich, er hat mir einmal über den illegalen Organhandel auf dem Balkan erzählt. Er wollte in den Kosovo fahren, um dort zu recherchieren. Er hat gemeint: Vielleicht komme ich dort einem internationalen Skandal auf die Spur. Aber ich weiß nicht, was mich dort erwartet, weil ich keinen Kontaktmann zur Verfügung habe.

MoPo: Wie können Sie seinen Charakter, speziell sein Risikobewusstsein beschreiben?

Kucera: Im privaten Kreis ist er eher zurückhaltend und absolut seriös. Man kann ihm jedes Wort glauben und alles anvertrauen. Für mich ist er der ideale Verlobte. Beruflich ist er sehr engagiert und hat viel Mut zum Risiko. Hoffentlich nicht zu viel.

MoPo: Glauben Sie, dass er durch seine Tätigkeit in Gefahr geraten ist?

Kucera: Selbstverständlich! Warum sollte er sonst spurlos verschwunden sein? Ich rufe sein Handy mehrmals täglich an, aber niemand meldet sich. Und die Polizei war auch noch nicht erfolgreich. Wenn ich das geahnt hätte, hätte ich ihm von der Reise abgeraten.

MoPo: Wie werden Sie mit der Ungewissheit über sein Schicksal fertig?

Kucera: Gar nicht. Ich mache mir extreme Sorgen, wenn ich mir vorstelle, dass er entführt wurde und vielleicht sogar gefoltert wird. Mein Leben ist ein entsetzlicher Alptraum geworden. Ohne Schlaftabletten würde ich die ganze Nacht wach liegen, ich bin mit den Nerven am Ende und ohne Appetit. Jeden Morgen gehe ich in die Ursulinenkirche und zünde eine Kerze für den Heiligen Antonius von Padua an.

MoPo: Warum für diesen Heiligen?

Kucera: Antonius ist der Schutzheilige der Liebenden. Ich bin sehr religiös, müssen Sie wissen. Ich kann nur beten und hoffen, dass er gesund zu mir zurückkommt.

Das Interview wurde von einem Selbstie illustriert, das Kucera und Bogner auf dem Urfahraner Jahrmarkt des Vorjahres zeigte.

Am Erscheinungstag veranlasste das Thema viele Leser der Online-Version der Morgenpost zu Postings.

⌂ Lady X

So schön kann doch kein Mann sein, dass ich ihm länger nachwein. Schnapp dir den Nächsten, Adela!

⌂ Rosenkranz

Möge der Heilige Antonius hilfreich sein und Bernhard zu seiner Adela zurückführen! Sie sind so ein liebes Paar, das der Himmel beschützen wird.

⌂ Singula Z.

Journalisten sind ständig irgendwo „im Dienst" und für eine echte Partnerschaft oder eine dauerhafte Ehe ungeeignet. Ich weiß, wovon ich spreche.

⌂ Frau Luna

Ein Blick in den Mondkalender besagt für morgen Freitag: Nach wie vor herrschen leidenschaftliche Gefühle, die aber auch Leiden schaffen können. Eine Ent-Täuschung für die Seele steht bevor. Der ganze Tag eignet sich ideal für das Entdecken und Finden von Verschwundenem.

⌂ Kevin18

Adela, bei mir kannst du Ablenkung und Trost bekommen. Du bist sowieso mein Typ.

⌂ Scharfrichter

Wer kann ausschließen, dass sich Bogner vor der Polizei oder vor einer Mafia verstecken muss?

⌂ Ibag

Ich hab das starke Gefühl, der Unglückliche ist vor jemandem davongelaufen und im Ausland untergetaucht, weil er sich nicht mehr meldet. Weiß er zu viel? Mir tut er furchtbar Leid wie jeder Flüchtling.

Zahlreiche Anrufe gingen in der Redaktion ein, die Sandra Böhm entgegennahm. Als eine der Ersten meldete sich Hedwig Anzinger aus dem Haus Dornacher Straße 57b, die in der landesweit gefürchteten Tonart einer Hausmeisterin loslegte:

„Vor seiner Wohnungstür liegen schon seit Wochen die Zeitungen rum. Wie das ausschaut! Wenn er heimkommt, soll er gleich einmal Ordnung machen vor seiner Tür! Sagen Sie ihm das, Frau Böhm! Und unter uns gesagt: Niemand im Haus weiß, ob er die Wohnung ständig benützt hat. Man hat ihn so selten gesehen. Aber gegrüßt hat er immer, das muss man ihm lassen."

Eine Sprecherin der Selbsthilfegruppe „EinsaFrau" bot Adela Kucera die Aufnahme in die Reihe der einsamen Frauen an. Jeden Freitag würden sich Schicksalsgenossinnen zu einem Erfahrungsaustausch treffen, um über den Verlust eines geliebten Mannes hinwegzukommen. Es sei nebensächlich, wie der Mann verschwunden sei. Es spiele keine Rolle, ob er am Abend nur Zigaretten holen wollte oder den Dackel ausgeführt habe, diesen jedoch am nächsten Gartenzaun angeleint habe und mit dem gemeinsamen Auto auf Nimmerwiedersehen weggefahren sei. Auch die Frau eines Langzeithäftlings sei ein überaus geschätztes Mitglied. Die Gruppe sei für ihr familiäres Klima bekannt. Sandra Böhm erhielt die Telefonnummer der „EinsaFrau" mit der Bitte, diese an Frau Kucera weiterzugeben.

Im Nachhall des Schreiduells auf dem Polizeikommissariat hielt sie es für angebracht, Kucera diese Information vorzuenthalten.

Sonnenbrand

Laura-Lynn tauchte am Steg allein auf.

„Mein Mann war gestern zu lange in der Hotelbar. Er hat einen Schädel wie ein Bienenhaus und wird auf den Tauchgang verzichten", erklärte sie dem erstaunten Burnie.

„Schade", meinte er höflich, war im Innersten jedoch froh über den Zustand ihres Mannes. Wird dann ein gut bezahlter Tag zum Abhängen, dachte er, da mach ich mir`s gemütlich, während die Rothaarige ihr Gesicht ins Wasser steckt. Er reichte ihr seine Hand, als sie die Nobody betrat.

‚Willkommen an Bord, Laura-Lynn! Freut mich, dass Sie sich mir anvertrauen."

Sie hielt noch immer seine Rechte und er konnte ausgiebig ihr Parfum riechen. Teuer, aber eine Überdosis, entschied seine Nase.

‚Haben Sie einen bestimmten Wunsch für das Schnorcheln, Laura-Lynn?"

‚Oh, Burnie, ich denke, du bist der beste Skipper der ganzen Cayes. Draußen gibt es irgendwo Seeschildkröten, hab ich im Hotel gehört. Ich bin noch nie neben einer Schildkröte geschwommen. Kannst du eine finden?"

‚Ich will`s versuchen, aber dafür müssen wir etwas weiter von San Pedro weg. Nehmen Sie Platz, wo Sie wollen, wir starten gleich ins Abenteuer Seeschildkröte."

„Wunderbar, Burnie!"

Mit einem glamourösen Funkeln ihrer Augen meinte sie noch: „Burnie, das könnte ein aufregender Tag werden."

Er ließ die Mercury-Maschine an und die 450 PS erzeugten ein sonores Brummen, das schon so mancher Frau imponiert hatte, Männern sowieso. Laura-Lynn hielt nach der Küstenlinie Ausschau, ihre

Blicke blieben mit zunehmender Entfernung am Skipper hängen. Die beiden lächelten einander an, für ihn nicht mehr als eine absichtslose Höflichkeit. Er schickte sie später an den Bug, um von dort aus nach einem schwimmenden Panzer Ausschau zu halten. Je heißer es wurde, umso öfter verfluchte er ihren kindischen Wunsch. Er fuhr jetzt parallel zur Küste in Richtung Cayo Lobos, als Laura-Lynn wie ein Teenager aufkreischte. Er nahm das Gas weg und ging zu ihr nach vorne, wo sie aufgeregt gestikulierend ihre Entdeckung feierte. Backbords paddelte eine Seeschildkröte.

„Burnie, stell dir vor, wir haben eine gefunden! Ich bin ganz weg, aber ein bisschen Angst habe ich schon, wenn ich jetzt ins Wasser gehe."

„Nur keine Angst, Laura-Lynn! Ich kenne sie schon lange. Hübsche Amerikanerinnen hat sie noch nie gebissen."

„Du machst dich jetzt sicher lustig über mich."

„Garantiert nicht. Wir bleiben hier eine Weile, so haben Sie Zeit mit ihr zu schwimmen. So lange Sie wollen."

Er ging entspannt zum Steuerruder nach hinten und stellte am Joystick den Motor ab. Gleich darauf hörte er, wie sie ins Meer eintauchte. Dass sie ihm keinen Fotoapparat in die Hand gedrückt hatte, verstand er erst, als ihre Begegnung mit der Schildkröte zu Ende war und sie über die eingehängte Leiter an Bord kam. Sie war splitternackt und Burnie reagierte mit einem Pokerface, als würden jede Woche Dutzende Frauen vor ihm ihre Hüllen fallen lassen. Ein maskuliner Automatismus senkte seinen aufmerksamen Blick zu ihrer Körpermitte, wo er für eine anregende Weile hängen blieb. Zugleich spürte er, wie sein Atem beschleunigte. Seine neugierigen Augen überflogen die Verkörperung weiblicher Verführung, er beneidete kurz ihren Mann und dann kamen ihre ausschwingenden Hüften auf ihn zu wie ein Katamaran beim Stapellauf. Unausweichlich. Jeder Widerstand war sinnlos. Seine Blicke verweilten an ihren nahtlos gebräunten Hüften, bis Laura-Lynn sich vor ihn hinstellte und mit vibrierender Stimme hauchte: „Honey, ich habe eine übermächtige Lust auf deinen sportlichen Körper. Heute ist der erste Tag in meinem Leben, an dem ich mit einem Fremden auf hoher

See ein aufregendes Abenteuer erleben werde. Oh Burnie, mach mit mir, was du willst, aber mach es gut!"

Dabei lockerten ihre Hände die nasse rote Mähne und sie streckte ihren einladenden Oberkörper geschmeidig nach hinten.

Burnie hatte stets nur vage Vorstellungen von einem Vamp gehabt, hegte aber nicht den geringsten Zweifel, ein betörendes Exemplar davon an Bord zu haben. Er spürte, wie durch die amerikanische Blitzoffensive das Bild Gabis in den Wellen versenkt wurde, und atmete tief durch: groß gewachsen, wunderbares Fleisch an allen wichtigen Stellen einer Frau, ein Körper, der ihm wie eine reife Frucht zugefallen war. Ich brauche nur zuzugreifen und könnte mich auch auf hoher See als Kavalier erweisen. Aber schön langsam soll ich wohl ein paar Worte sagen, kam ihm in den Sinn, nur seine Sprache versagte noch immer. Ist das höhere Gewalt, der ich gleich nachgeben werde? Diese Verführung scheint eine subtile Form von Gewalt zu sein. Aber mal ehrlich: Welcher gesunde Mann lässt sich ein solches Angebot schon entgehen, wenn er kein schwuler katholischer Priester ist? Burnie ließ seinen Körper sprechen, warf seine Kleider ab, küsste ihren Mund und griff sich ihre Hüften, dass sie vor Vergnügen aufjauchzte.

„Du hast einen Luxuskörper wie ein Pinup-Girl, Laura-Lynn. Mir ist schon gestern aufgefallen, mit welch imposanten Hüften du die Blicke der Männer anziehst."

Er staunte nicht schlecht, welche Sätze ihm jetzt von der Zunge rutschten, wenn sie frei war.

Die beiden ließen ihrer Lust freie Hand und nur die Sonne war Zeuge ihrer Leidenschaft. Sie warf mit Superlativen wie bei einer Konfetti-Parade um sich und er musste an diesen Odysseus denken, der seinen Gefährten die Ohren mit Wachs verschlossen hatte, damit sie dem süßen Gesang der Sirenen nicht erliegen. Der Held selbst war am Mast festgebunden und wurde von seinen Männern daran gehindert, die Insel der Männer vernichtenden Sirenen anzusteuern.

„Wer sind John und James?", fragte er sie nach dem ersten Ausbruch des Laura-Lynn-Vulkans mit Blick auf das Tattoo am Oberarm.

„Oh Honey, das sind meine Söhne. Gehen beide auf die High School in Houston."

Also keine verflossenen Liebhaber, wie Burnie vermutet hatte.

„Womit verdient dein Mann Geld?"

„Er war in der Ölbranche, als er mich verlassen hat. Seither haben wir keinen Kontakt mehr. Vielleicht inzwischen Sonnenenergie."

So ist das also, dachte er sich, deswegen ihre Liebesraserei. Sie ist so richtig hungrig nach Sex, weil sie keinen Mann hat. Ihr Alter schätzte er auf 41, das gefühlte auf nicht mehr als 23. Und mich hat sie ausgesucht als Helfer in der Not.

Die Nobody trieb noch weitere Stunden in einer moralfreien Zone, die sinnliche Nymphe aus Houston gab das Kommando nicht aus der Hand. Bis zum späten Nachmittag holte sie sich Burnie noch zweimal in die Horizontale, dann war sie satt und Burnie matt.

„Honey, ich werde nie wieder Meeresluft atmen, ohne an diesen Tag zu denken! Es war phänomenal mit dir auf der Nobody."

So klangen ihre letzten Worte, bevor sie von Bord ging.

Ein verdammt harter Tag für 190 Dollar, dachte er. Die Nächste zahlt mir 250, darunter kommt mir keine mehr allein an Bord. Und hübsch muss sie sowieso sein.

Tags darauf erwachte er gebrandmarkt von den Strahlen eines uralten Planeten und suchte in seinem Schmerz bei Amini Rat.

„Was soll ich gegen einen Sonnenbrand unternehmen? Ist ein kleinerer Flächenbrand", fragte er sie. „Heute Nacht hätte ich mich am liebsten in eine Tiefkühltruhe gelegt."

Amini grinste und meinte ohne jedes Mitgefühl: „Du weißt doch schon längst, dass unsere Sonne zwischen 11 und 16 Uhr kein Erbarmen kennt. Hast du unbekleidet geschlafen? Oder hast du dein Gewand verloren?"

Ihr Fingerknöchel streifte die kaffeebraune Nasenspitze, wobei sie ihm spöttisch ins angespannte Gesicht lachte.

„Amini, bitte, wie das passiert ist, spielt doch keine Rolle."

Lächerlich genug, von einer Offshore-Nymphomanin gekapert zu werden, die kein Erbarmen kannte, wenn sie einmal Fahrt aufgenommen hatte. Frauen an Bord bringen eben oft Unglück, wussten schon die alten Seefahrer. Aber darüber noch mit seiner Vermieterin reden?

Er konnte nicht zugeben, was auf der Nobody geschehen war, es wäre ihm peinlich gewesen.

„Ich hab kein Mittel gegen Verbrennungen, ich hab noch nie eines gebraucht. Aber vielleicht findest du in der Drogerie einen Aloe Vera-Saft für unvorsichtige bleichhäutige Gringos."

Drei Tage lang war er arbeitsunfähig. Drei Tage lang litt er unter den zwei heißen Kochplatten, auf denen er sonst gemütlich saß. Er hatte nichts anbrennen lassen und jetzt musste er mit einem Flächenbrand zurechtkommen.

Tante Paulas Kaffee

Ursula Gutleybs Mutter Johanna war eine schweigsame Frau und es kann nicht mehr restlos geklärt werden, ob sie von Natur aus nicht zur Liga der Plaudertaschen und Quadratratschen gerechnet werden konnte oder ob ihre Verehelichung mit dem Gendarmeriepostenkommandanten von Alberndorf ihr Mitteilungsbedürfnis nachhaltig ausgetrocknet hatte. Der angestrebten Vollständigkeit halber muss an dieser Stelle angemerkt werden, dass der irreführende Ortsname im krassen Widerspruch zum ganzjährig seriösen Leben der Alberndorfer steht und der Gemeinderat mit großer Mehrheit vor geraumer Zeit beschlossen hat, auf der Homepage deutlich auf die Ernsthaftigkeit der Menschen bis über die Gemeindegrenzen hinaus hinzuweisen. Was auch immer die Mutter von sich gab, es klang wohlüberlegt und war nichts Überflüssiges, das in den Wind gesprochen und von diesem auf ein menschenleeres Terrain getragen werden konnte, ohne dass der Verlust der Äußerung zu bedauern gewesen wäre. Demzufolge fielen ihre Ratschläge und Empfehlungen bei ihrer Tochter auf fruchtbaren Boden. Eine ihrer einprägsamen Maximen, bei deren Entstehung Mutter Johanna wohl nur in zweiter Linie an sich selbst und ihren uniformierten Gemahl dachte, empfahl der Tochter einen menschenwürdigen Umgang mit Leuten der älteren Generation. Damit sich Tochter Ursula die mütterlichen Ratschläge leichter merken und somit öfter beherzigen konnte, goss die Lebenserfahrene diese in schlichte Reime, die in ihrem prägnanten Stil viele Kalendersprüche aus Kirche oder Bauernleben leichthin überflügelten. Wenn die erwachsene Tochter einmal im Monat die Straßenbahn nach Ebelsberg bestieg, hatte sie während der Fahrt zu Tante Paula das passende Mahnwort ihrer Mutter selig im Ohr: Ehre die Alten trotz Schrullen und Falten! Durch diesen Vorsatz eingestimmt saß Ursula heiteren Gemüts auf einem semiantiken Sofa in einer gegen Flecken aller Art unempfindlichen Farbkombination und ließ sich den zerbröselnden Marmorkuchen zum gesunden koffeinbefreiten Heißgetränk servieren. Die Tante hielt im anfangs zähen Gesprächsverlauf auch dieses Mal, möglicherweise in der gefühlten zweihundertsten Wiederholung, daran fest, dass sie ihren Mann während ihrer Lehrzeit in einem Eferdinger Lebensmittelhandel kennen gelernt habe. Sie seien an Sonntagen dieser fernsehlosen Zeit nach Linz gefahren und ins Kino gegangen, wenn unter den Protagonisten ein Priester aufschien. Auf die Frage, warum der Onkel diese Bedingung für einen Filmbesuch gestellt habe, sagte Paula lakonisch: "Der Hans hat`s so wollen. Ein Pfarrer hat dabei sein müssen."

Zumeist war die Erwähnung des verstorbenen Onkels für Paula der Anlass, nach Ursulas Privatleben zu fragen.

‚Hast jetzt endlich einen gefunden oder machst ein Geheimnis daraus, Ursi?"

‚Tante Paula, ich mach kein Geheimnis daraus – ich suche nämlich keinen!"

Die Nichte musste dann jedes Mal einer verständnislosen Alten ins enttäuschte Gesicht schauen und spulte zum x-ten Mal ihre Erklärung ab.

‚Liebe Tante, die Zeiten sind anders als in deiner Jugend. Bis eine Frau heutzutage den mutmaßlichen Mann fürs Leben findet, hat sie im statistischen Durchschnitt schon zwölf Liebhaber ausprobieren müssen. Also, ich bin jetzt 33, da brauche ich wahrscheinlich noch fünfzehn Jahre, bis ich an den Richtigen gekommen bin. Falls, das muss ich schon betonen, es überhaupt sinnvoll für mich ist, jemals zu heiraten. Was macht denn ein Mann, wenn er von der Arbeit heimkommt? Er wartet aufs Essen, isst, wenn`s ihm schmeckt, und setzt sich vor die Glotze. Wir Frauen widmen uns nach dem Kochen einem anderen Zeitvertreib: Putzen, Wäschewaschen oder Bügeln. Da muss ich mich schon fragen: Was hab ich an einem solchen Abend von einem Ehemann?"

Ursula schaute die eingeschüchterte Tante fragend an und hoffte, damit sei das Serienthema für dieses Mal abgehakt – vergeblich.

‚Aber geh, Ursi! Bist so eine fesche Person und jung genug für die große Liebe. Es wird doch einen Kollegen geben, der sich für dich interessiert."

„Die laufen mir manchmal nach, aber ich strebe nach Höherem. Für meine Karriere kann ich jetzt keine Heirat brauchen."

Auf der Zunge lag ihr eine deftige Antwort, aber „Null Bock unterm Rock" sagt man einer betulichen verwitweten Tante nicht, wenn man weiß, dass sie zur seelischen Ertüchtigung des Öfteren eine Wallfahrt unternimmt. Aufdringliche Verehrer aus dem Polizeidienst bekamen den kurzen Abservierspruch regelmäßig zu hören, was ihr im Kollegenkreis den Beinamen Eiserne Jungfrau einbrachte. Auch von einer Eisigen wurde manchmal gesprochen.

„Schade, jammerschade! Ich wär so gern noch einmal auf einer schönen Hochzeit gewesen, auf dem Pöstlingberg oder im Stift Sankt Florian. Mit Gottes Segen geht eine Ehe immer gut, wenn sich der richtige Mann einstellt, glaub mir das!"

Ursula schwieg und blickte finster zwischen ihrer Tante und einer Marienfigur aus Lourdes hin und her. Ich frag sie heute garantiert nicht, stand für die Nichte jetzt fest, ob sie mit mir einen Spaziergang machen möchte. Ich führ sie heute nicht äußerln, und wenn ich mir den Fuß beim fünften Schritt verstauchen muss. Wär noch das Schönste, dass wir ein verliebtes Paar Hand in Hand sehen, und ihr Jammern geht von vorne los.

„Was arbeitest du jetzt genau, Ursi?"

Die Nichte atmete auf und lächelte die Tante erleichtert an.

„Ich bin Assistentin in der Abteilung Leib und Leben, die rechte Hand vom Abteilungsleiter Feiler – nicht dass du glaubst, ich bin fürs Bohnenkaffeekochen zuständig. Ich führe schon seit Längerem eigenständig Ermittlungen bei Mord oder Körperverletzung."

„Dann hast du ja nur mit Schwerverbrechern zu tun."

„Natürlich, aber das ist eine Sache der Gewohnheit. Wenn die Handschellen klicken, ist das ein wahrer Hörgenuss für Polizistenohren."

„Da muss ich dich gleich noch etwas fragen: Stimmt es, was ich in der Zeitung gelesen hab?"

„In welcher Zeitung, Tante?"

„Na, du weißt schon, die ich mir immer von der Haltestelle hol."

„Meinst du das Gratisblatt?"

„Ja, so heißt sie. Also, Ursi, stimmt es, dass dieser Journalist von Terroristen entführt wurde?"

„Der Bogner, von Terroristen entführt? So ein Blödsinn, was die schreiben! Nein, auf gar keinen Fall, der gilt nicht als entführt."

„Na, du musst es ja wissen. Schrecklich, was sich die armen Eltern mitmachen müssen. Der Sohn wie vom Erdboden verschwunden!"

„Sicher keine leichte Zeit für sie", pflichtete Ursula bei und war ihr dankbar für den Hinweis auf die Eltern. „Aber bitte, glaub nicht alles, was in dem Gratisblatt steht. Mit der Morgenpost bist du besser informiert."

„Wenn du meinst, Ursi. Willst noch einen Kaffee?"

Die Nichte trank den Koffeinlosen stets in kleinen Schlucken, um die dunkelbraune Zumutung für ihren Gaumen auf die ganze Dauer ihres Besuches zu verteilen. Es war unerheblich, welche Temperatur das Getränk hatte, die Geschmacklosigkeit blieb stets dieselbe.

„Nein, danke. Du weißt, nicht mehr als eine Tasse am Nachmittag."

„Natürlich, ich vergess das von einem zum nächsten Mal wieder."

Ursulas Smartphone meldete sich. Sie zog es aus ihrer Tasche und stellte fest, dass die eingestellten 50 Minuten Altenehrung abgelaufen waren.

„Könnte was Wichtiges ein, Tante, wenn sich das Kommissariat am freien Sonntag meldet. Das heißt, ich muss dich leider verlassen."

„Schade, aber du kommst ja bald wieder, nicht wahr?"

„Freilich, Tante, ich komme dich wieder besuchen."

Ursulas Anspannung fiel beim Schließen der Haustüre ab wie eine Schneelawine vom Dach. Während der Heimfahrt dachte sie an Bogners Eltern. Irgendwie eigenartig, keine Erwähnung in der Morgenpost, von Feiler keine Bemerkung über sie. Man könnt beinah` meinen, sie sind untergetaucht wie der Sohn.

Irgendwas scheint da nicht zu stimmen, der Chef wird sich bei passender Gelegenheit dazu äußern müssen.

Punta Rock

Bogner konnte wieder schmerzfrei sitzen und rief die Website der Morgenpost auf. Während des zähen Downloads heftete er seinen Blick auf die abgewandte nackte Schönheit an der Wand. Sie blieb stumm, der Gecko klebte schlafend an der Zimmerdecke. In einer der letzten Ausgaben fand Bogner das Interview mit Adela, die bereits mehrere Wochen lang mit der Ungewissheit über seinen Verbleib lebte. Er verfiel beinahe in Rührung, so anhänglich klangen ihre Worte. Die Ärmste ist hauptsächlich darauf aus, mich zu heiraten. Der ideale Verlobte! Kann mich an unsere Verlobung gar nicht erinnern. Jetzt kann ich mir schon gar nicht mehr vorstellen, mit Adela alt zu werden. Sie war drauf und dran, mich zu einem anderen zu machen. Das war nicht zu übersehen. Ich hab nur so getan, als würde ich nichts merken. Mit mir nicht, liebe Deli! Vielleicht hast du beim Nächsten mehr Glück. Der Heilige Antonius möge dir Erleuchtung und Demut schenken – und dich vor meiner Rückkehr warnen.

Wird nicht leicht werden, die so genannte Verlobung zu lösen, aber wer weiß, was bis dahin noch alles passiert. Dass sie das Handy in meiner Wohnung immer wieder anwählt, kommt mir äußerst merkwürdig vor. Der Akku muss doch längst leer sein. Da war bestimmt schon jemand in der Wohnung, vermutlich die Polizei, und hat den Akku aufgeladen. Nicht auszudenken, wenn diese Person jetzt auf meine Kosten Auslandsgespräche führt. Daran hab ich vor der Abreise wirklich nicht gedacht. Schon ein besonderes Gefühl, wenn man nicht entführt, sondern auf offener See verführt wurde. Meine Verbrennungen würden sich auch nicht als Foltermale eignen. Ob die Adela überhaupt in der Lage wäre, so eine Eruptionsserie vom Stapel zu lassen wie diese hemmungslose Texanerin?

Da hat eine „Singula Z." gepostet. Kenne ich sie vielleicht? Sie hält Journalisten für eheuntauglich. Warum bezeichnet sie sich selbst als Singula? Möchte wohl wieder eine Beziehung anwerfen. Möglicherweise auch so eine Klammerfrau wie Adela. Ein anderes Posting läuft unter dem Decknamen „Ibag". Ich sei unglücklich und im Ausland untergetaucht, „Ibag" habe sogar Mitleid mit mir. Muss eine einfühlsame Seele sein, sicher eine Frau. Er blickte vom Monitor auf und starrte nachdenklich auf den wunderschönen Rücken. Wie hat diese Frau von vorne ausgesehen, als das Bild entstanden ist? Ist sie Rivera Modell gesessen oder hat er sie aus seiner Erinnerung gemalt? Wenn sie sich doch umdrehen könnte oder zumindest ihr Gesicht zeigen würde! Ob sie Gabi auch von vorne ähnlich sieht? Gabi! Von hinten gelesen: Ibag! Das ist eine gewaltige Überraschung! Ein erstes Zeichen von ihr seit vielen Jahren! Das muss gefeiert werden. Wenn ich mir vorstelle, der ausgefeilte Chefermittler kommt auf die Idee, so wie ich gerade die Buchstaben von hinten zu lesen, dann schlägt neben ihm im nächsten Moment der Blitz ein und im Hause Feiler geht ein Donnerwetter nieder. Wenn er nur nicht durchdreht und die arme Gabi muss es ausbaden!

Bogner nahm gleich drei Stufen auf einmal und überfiel Amini mit der Frage: „Wo würdest du hingehen, wenn du etwas zu feiern hättest?"

Aminis Fingerknöchel fuhr zwei Mal über die Nasenspitze und mit ihrem schelmischen Lächeln meinte sie: „Es kommt darauf an, was du erleben willst. Ist der Sonnenbrand endgültig gelöscht, Burnie?"

„Du willst mich schon wieder aufziehen! Zu deiner Beruhigung: Ich habe keine Schmerzen mehr – aber das ist nicht der Grund für meine Feierlaune."

„Aha. Ich will auf keinen Fall, dass du ihn mir verrätst."

„Wunderbar! Du bist die verständnisvollste Frau von San Pedro."

„Haha! Was ist heute los? Du bist wie verwandelt. Also, Burnie, willst du eine ausgelassene kreolische Nacht erleben, dann musst du ins Caribena. Dort brodelt es rund um Mitternacht gewaltig. Musik und Tänze, die du nicht so schnell vergisst."

„Wo finde ich das Lokal, Amini?"

„In der Caribena Street."

„Okay, bin neugierig, was dort los ist."

„Und ich erst, was du erzählen wirst."

Er lachte nur und ging in seine Wohnung zurück.

Zu später Stunde bog er in die Caribena Street ein, wo ihm laute Musik den Weg zum Lokal anzeigte. In der Halle war die Hitze des Tages gefangen, die Rhythmen dröhnten gegen die dünnen Holzwände. Er geriet mitten in die ausgelassene Lebenslust der Einheimischen, gleichsam in ein Dorffest der Nachkommen afrikanischer Sklaven und britischer Piraten. In einer Ecke spielten die schwarzen Musikanten den einheimischen Punta Rock, der auf traditionelle Trommelrhythmen der Garifuna aus dem Süden des Landes zurückgeht, wie er von Amini wusste. Neben dem Seiteneingang ein kleiner Stand mit Getränken, sonst nur noch der Tanzboden. Auf dem Sand stampften die Leute barfuß und wirbelten feinen Staub auf. Alte und Junge bewegten sich zu den Trommelschlägen, sie waren angezogen, wie wenn sie direkt von ihrem Arbeitsplatz gekommen wären. Die älteren Männer tanzten verhaltener als ihre Partnerinnen, die breithüftig ihre schweren Brüste hin und her schüttelten und schweißnass eine leidenschaftliche Einladung voller Erotik verkörperten. Die Insel dampfte und brodelte in diesem Kochtopf der Hormone. Bogner holte sich eine Dose Belikin-Bier, das die Temperatur der Tanzhalle annähernd erreichte. Nach und nach wurden auch Salsa und schwungvolle Boleros gespielt, die Tanzpartner wechselten nie, soweit er das bei der Menge übersehen konnte. Zum Luftholen verließ er das Caribena durch den Seiteneingang und fand, er wäre besser ins Miradora zu José gegangen und hätte mit ihm eine Flasche Wein geleert. Die gute Amini hätte ihm sagen können, dass er ohne Partnerin keine rechte Freude an diesem Lokal haben werde. Seine Feierlaune schwand dahin, er ging aber nochmals hinein, während ein unter die Haut gehender Punta Rock gespielt wurde, der ihn den Puls des karibischen Nachtlebens spüren ließ. Er beobachtete von Neuem, wie die Tänzer Staub aufwirbelten und ihre Lebensfreude zelebrierten. Dann entdeckte er auf der gegenüberliegenden Seite rote Locken, die sich von den schwarzen Haaren der Einheimischen abhoben. Er nahm eine Münze aus seiner Tasche und warf sie auf den Sandboden. Die Zahl hätte das sofortige Verlassen des Caribena bedeutet, doch ein stilisierter Mayakopf schaute ihn ernsthaft an. Wenn man sich auf so ein dummes Spiel einlässt, dann darf man nicht kneifen, stand für ihn fest.

Die Münze ließ er liegen, dann wechselte er die Seite.

„Hi, Laura-Lynn!" rief er ihr lautstark entgegen. Sie freute sich überschwänglich, ihn zu sehen, und küsste ihn auf die Wangen. Wiederum war er ihrem Parfum ausgesetzt. Er nahm sich vor, standhaft zu bleiben. Wegen der alles übertönenden Musik blieb sie auf Tuchfühlung vor ihm und fragte mit verwunderter Stimme: „Was machst du in dieser Höhle der Triebe und Leidenschaften, Burnie?"

„Eine ältere Dame mit einschlägiger Erfahrung hat mir das Caribena empfohlen."

Sie stutzte und lachte gleich darauf.

„Du kennst Damen mit einschlägiger Erfahrung?"

„Nein, nicht, was du glaubst. Sie war mit ihrem Mann früher in solchen Tanzhallen, nicht mehr und nicht weniger."

„Ein Wahnsinnsschuppen, meinst du nicht?"

„Für mein Temperament eine Spur zu turbulent. Du weißt doch, ich bin einer von den Stillen", meinte er grinsend.

„Wenn ich nicht wüsste, dass du auch anders kannst, würde ich dir glauben, du stiller Genießer."

„Ausnahmen muss man manchmal zulassen. Aber ganz im Ernst, es hat wenig Reiz, wenn man hier allein rumsteht und dem überschäumenden Treiben zusieht."

„Meine ich auch!" rief sie und zog ihre Sandalen aus. „Stell deine Schuhe zur Wand, wir stürzen uns ins Getümmel! Deine Bekannte soll Recht behalten!"

Er spielte wiederum den Kavalier und ließ sich von Laura-Lynns Körper umtanzen. Sie drehte sich wie ein langsamer Kreisel um ihn, schwang ihre unvergesslichen Hüften und warf mit heftigen Kopfbewegungen ihre rote Mähne nach hinten. Und immer lockt das Weib – Burnie gab den Statisten im Remake mit einem texanischen Vollblutweib. Einem Verhaltensforscher fiele wahrscheinlich ein

Paarungsritual ein, auch wenn Bogner das kategorisch zurückweisen würde. Er hätte viel darum gegeben, ihre Gedanken zu erfahren, während sie ihn sinnlich anstrahlte. War es das, was er befürchtete? Wollte sie schon wieder Sex mit ihm? Nur die verdient sich Freiheit wie den Orgasmus, die täglich sie erobern muss, hieße das geflügelte Wort in Karibikversion. Sie war ganz schön in Fahrt, heiß und nass vor Schweiß, während Burnie wie bei einer entscheidenden Prüfung schwitzte. Bestehen oder das Ganze wiederholen lautete seine Herausforderung. Ihr Durst kam ihm gelegen, er holte zwei Bierdosen, die sie im Freien tranken.

„Eine coole Nacht mit dir hier, Burnie!", flötete sie nach dem ersten Schluck.

„Schade, dass das Belikin zum Vergessen ist", bedauerte er.

„Ich weiß Abhilfe. Wenn du nicht mehr tanzen willst, verschwinden wir von hier."

„Okay, Laura-Lynn! Dann holen wir noch die Schuhe."

Sie schnappte seinen Arm und war froh, in Begleitung durch spärlich beleuchtete Straßen zu gehen. Er konnte sich nicht erinnern, wann er zum letzten Mal mit einer Bekannten an seiner Seite durch die Nacht spaziert war. Sie führte ihn zum Strandhotel, in dem sie wohnte.

„Wir bekommen da sicher noch Getränke an der Bar, auch wenn die Mitternacht schon vorüber ist."

Wie eine lange Erwartete wurde sie vom Barkeeper begrüßt, der Burnie prüfend betrachtete.

„Zwei eiskalte Bier, Ricardo, und zwei doppelte Tequila auf meine Zimmerrechnung, die Nummer kennst du ja!"

„Selbstverständlich", antwortete er amüsiert.

Burnie gefiel die Calypso-Musik, die für die letzten Gäste gespielt wurde. Ihre Getränke nahmen sie zum Pool mit, wo sie mit dem Sternenhimmel allein waren, zwei Gringos und die Touristenromantik.

„Burnie, was machst du morgen?"

„Wenn du meinen Job meinst, ich bin für die nächste Zeit ausgebucht, es sind jetzt viele Gäste in San Pedro."

„Ausgebucht", wiederholte sie mit Bedauern. „Ich möchte mich von meiner Schildkröte verabschieden, bevor ich heimfliege."

„Das lässt sich mit der Nobody leider nicht organisieren. Außerdem muss ich gestehen: Es war ein Riesenglück, dass wir das Tier gefunden haben."

„Hab ich mir gedacht, weil du so ein überraschtes Gesicht gemacht hast."

„Glück kann man immer brauchen", und er fügte hinzu: „Besonders auf der ersten Tour ohne die Inhaberin der Yacht."

Sie staunte ihn mit großen Augen an und klang ein bisschen empört: „Dann war ich dein Versuchshäschen, wie wir in Texas sagen! Oh mein Gott, was du nicht sagst!"

„Aber ich habe dich in keine Gefahr gebracht, gib`s zu!"

„Nein – doch, schon, wenn ich so überlege."

Sie schaute ihn durchdringend an.

„Welche Gefahr?", fragte er ahnungslos.

„Eigentlich ist es, wie soll ich sagen, keine Gefahr, mehr eine prickelnde Konsequenz. Dass wir nämlich ausprobieren sollten, wie wir in einem bequemen Bett miteinander zurechtkommen."

Er schaute zum Meer hinaus, blieb stumm und bewegte rhythmisch seinen Kopf, wie wenn er nur Ohren für den Calypso-Beat hätte. Sie stand auf, stellte sich hinter seinen Sessel und legte ihre Arme um ihn. Ihr Shirt, das Parfum und ihre verschwitzte Haut klebten an Burnie.

„Honey", flüsterte sie in sein Ohr, „wir waren noch in keinem Bett. Heute könnten wir dieses Versäumnis nachholen. Hast du Lust, mit mir zu kommen?"

„Laura-Lynn", fragte er mit gespieltem Ernst, „was machen wir, wenn du von mir nicht mehr loskommst?"

Mit dieser Frage hatte sie nicht gerechnet. Sie rang für einen Moment nach einer passenden Antwort.

„Aber, aber, wovor hast du Angst, Burnie? Wir sind doch keine Teenager mehr, wir sind schon lange erwachsen."

„Wenn du das so siehst, wirst du auch nicht leiden, wenn ich austrinke und gehe. Ich danke dir für die Drinks!"

Enttäuscht ließ sie ihn los und meinte nur: „Was bist du für ein moralischer Spaßverderber!"

Der Innviertler

Ihr lag beim Anklopfen die Frage nach Bogners Eltern schon auf der Zunge, als sie sah, dass Feiler nicht allein war.

„Einen wunderschönen guten Morgen, Frau Kollegin! Sie kommen gerade zum richtigen Zeitpunkt, so wie immer, könnte man sagen. Wir haben eine neue Kraft in der Abteilung Leib und Leben. Das ist Herr Lang-".

Feiler schaute den jungen Mann hilfesuchend an.

„Langsteininger Sebastian mein Name. Ist nicht unbedingt der kürzeste!", ergänzte er mit einem scheppernden Lachen für Gutleyb, die vor Überraschung stumm verharrte.

„Entschuldigung, Herr Langsteininger, mit der Zeit werden wir uns schon an Sie gewöhnen – äh, ich meine natürlich an Ihren ausgefallenen Namen", sagte Feiler grinsend.

„Und jetzt möchte ich Ihnen Frau Gutleyb, meine unverzichtbare Assistentin, vorstellen. Sie beide werden intensiv zusammenarbeiten, ein klassisches Ermittlerduo sozusagen."

Ursula blieb jetzt komplett die Spucke weg, würde man bei einem Mann sagen. Sie gab dem Neuen wortlos die Hand, die zu einem Typ gehörte, den sie aus bayerischen Fernsehkrimis kannte: untersetzt, dunkelblond, blasse Augen, zum Frühstück zwei Weißwürste mit Hausmachersenf. Sie spürte während der stillen Kollegenbetrachtung, sie sollte demnächst irgendein freundliches Wort verlieren, und fand gleich vier auf einen Schlag: „Herzlich willkommen in Urfahr!"

„Vielen Dank, Frau Kollegin!"

Es klang komplett ehrlich – wie junge Polizisten in der Regel sind.

„Frau Gutleyb", erläuterte Feiler, „Ihr Kollege ist aus Ried für ein halbes Jahr dienstzugewiesen. Er wird bei uns mit den Aufgabenbereichen der Kriminalpolizei vertraut gemacht und anschließend ins Innviertel zurückgehen. Haben Sie dazu noch Fragen?"

„Wo bekommt er seinen Arbeitsplatz, Herr Chef?"

„Natürlich in Ihrer unmittelbaren Nähe. Ich habe das Aufstellen der Möbel und eines PC in Ihrem Büro schon veranlasst.

„Aha, na wenn das so ist."

Wenn das so läuft, nehme ich auch keine Rücksicht mehr, war sie entschlossen.

„Alles Weitere besprechen wir in meinem Büro, dazu brauchen wir Sie nicht. Aber etwas anderes möchte ich ansprechen: Bin ich auf dem neuesten Ermittlungsstand im Fall Bogner? Ich meine nur, wenn Sie wieder einmal in Wien oder im verdienten Urlaub sind, sollte zumindest ich Bescheid wissen."

‚Aber, aber, Frau Kollegin, wo denken Sie hin! Es gibt definitiv keine neuen Erkenntnisse."

‚Sind die Eltern des Vermissten einvernommen worden?"

‚Selbstverständlich, aber ohne konkretes Ergebnis. Sie wissen von nichts. Ich habe sie telefonisch kontaktiert", tönte er selbstbewusst.

‚Okay, also nichts Neues. Na, dann kommen Sie jetzt mit mir, Herr Kollege!"

Während die beiden das Büro wechselten, überlegte sie, ob der Neue eine Spezialaufgabe haben könnte, quasi ein Jungspund aus der Internen, der die Abteilung durchleuchten sollte. Sie nahm sich vor, zunächst vorsichtig auf Distanz zu bleiben. Zuerst einmal auf Herz und Nieren testen, wie man in der Internen so treffend sagt. Sie ließ den Neuen vor ihrem Schreibtisch Platz nehmen und schaute ihn prüfend an.

„Sie kommen also aus dem schönen Innviertel zu uns. Darf ich fragen, wie lange Sie dort eingesetzt waren?"

„Mehr als sechs Jahre, ich bin jetzt 29."

„Da schau her, dann kennen Sie das Viertel sicher besser als Ihre Hosentasche, wie ich immer sag. Es tragt doch heutzutage keiner mehr eine Weste, oder?"

„Ganz recht, Frau Kollegin. Übrigens, ist Ihnen auch aufgefallen, dass wir zwei außergewöhnliche Familiennamen haben? Meiner ist ja wirklich länger, als die Polizei erlaubt – nur damit Sie wissen, dass ich in meiner Hosentasche ganz leicht einen Kalauer finde. Aber Scherz beiseite, wenn Sie mein Name vor Probleme stellt, können Sie mich auch Hinkelstein nennen. Bin ich von der Polizeischule her gewohnt."

Mit essigsaurem Gesicht stellte sie im barschen Tonfall fest: „Für diese Woche haben Sie genug gescherzt, Herr Kollege. Hoffentlich halten Sie durch, heute ist erst Montag."

Seine Antwort kam keine Spur von kleinlaut: "Geht locker, Frau Gutleyb!"

„Dann ist ja alles in Butter. Übrigens fällt mir gerade ein, in Ried gibt`s einen lang gestreckten Platz im Zentrum, heißt der nicht Pferdeplatz?"

„Sie meinen den Rossmarkt."

„Ach ja, den hab ich gemeint."

„Dort könnt` ich Ihnen eine angesagte Cocktailbar empfehlen, das Hemingway. Hat echt Stil, ist aber eher was für Leute, die in sein wollen. Ich persönlich geh da lieber zum Platzlwirt am Hauptplatz."

Die leichteste Prüfungsfrage hatte der Witzbold aus dem Westen bestanden. Sie würde noch ein längeres Telefonat mit Ried führen, wenn sie das Büro für sich allein habe, nahm sie sich vor. Schließlich sollte man doch wissen, mit wem man es zu tun hat.

„Seit wann wissen Sie von Ihrer Versetzung?"

„Fünf Wochen sicher. Ich hab mich ja auch um eine Wohnung umschauen müssen."

„Ist schon klar."

Also, dieser Feiler ist eine hinterhältige Ratte! Weiß seit Wochen von diesem Hinkelstein und sagt kein einziges Wort, kochte Gutleyb innerlich vor Wut. Jetzt geh ich auf Risiko. Den Feiler werden wir gemeinsam zur Strecke bringen, da ist es völlig egal, ob der Neue von der Internen eingeschleust wurde. Um meinen Kopf geht`s dabei sowieso nicht, höchstens um meine Beförderung.

„Herr Kollege, bis Ihre Möbel aufgestellt sind, machen wir einen kleinen Besuch bei den Eltern Bogner. Aus meiner Sicht gibt es da einen neuen Ermittlungsansatz, der durch Erfahrungswerte aus dem Ausland gesichert ist. Aber eines möchte ich in aller Entschiedenheit feststellen: Sie sind mir ab sofort zur strengsten Loyalität verpflichtet. Absolutes Stillschweigen gegenüber jedem! Was der Chef zu erfahren hat, hört er von mir. Verstehen wir uns?"

Sie blickte ihn ernsthaft und eindringlich an wie bei einer Vereidigung und er fragte sich, ob es in allen Kommissariaten größerer Städte solche Intrigen gibt.

„Alles klar, Frau Gutleyb!"

Was Gescheiteres fiel ihm im Moment nicht ein.

„Dann kommen Sie mit! Wir fahren aufs Keferfeld."

Sie gab ihm den Autoschlüssel und dirigierte ihn über die Autobahn zur Abfahrt Bindermichl im Süden der Landeshauptstadt. Zwischendurch informierte sie ihn über den neuen Ermittlungsansatz: Niemand könne ausschließen, dass der verschwundene Bogner entführt worden sei – in Österreich oder im Ausland. Allein im abgelaufenen Jahr seien weltweit 119 Journalisten entführt worden, 66 seien ums Leben gekommen. Da könne es doch passieren, dass einmal ein Österreicher darunter ist – wo wir doch schon längst keine Insel der Seligen mehr sind, fügte sie hinzu.

Langsteininger achtete mehr auf den Verkehr, als er seiner elegant gekleideten Kollegin sein rechtes Ohr lieh. An seinem ersten Tag in Urfahr wollte er sich als umsichtiger Chauffeur und unauffälliger Begleiter einer erfahrenen Polizistin erweisen. Sie stiegen in der Losensteiner Straße vor einem alten Einfamilienhaus aus, das aus der Eternit-Zeit stammte und in der festen Pranke von Efeuranken war. Die beiden zückten ihren Dienstausweis und Bogner Senior führte sie ins Wohnzimmer, wo seine Frau unter mattweißen Stuckornamenten in eine Lesezirkelillustrierte vertieft war.

„Entschuldigen Sie, bitte", begann Gutleyb im Stehen, „dass wir Sie mit einigen Fragen zum Verschwinden Ihres Sohnes Bernhard belästigen. Ich weiß, dass unser Abteilungsleiter Feiler sich schon telefonisch bei Ihnen gemeldet hat."

Die Eltern schauten einander fragend an, die Mutter meinte nur: „Wer soll das gewesen sein?"

„Herr Feiler vom Kommissariat Urfahr."

„Ein Mann dieses Namens ist uns völlig fremd. Wir sind zwar beide in Rente, aber der Alzheimer ist bei uns noch nicht daheim."

Gutleyb reagierte diplomatisch und sagte: „Dann habe ich ihn offensichtlich falsch verstanden. Aber umso besser, dass wir hier sind."

„Wir wissen rein gar nichts", gab die Mutter mit Blick auf ihren Mann von sich. „Es ist zum Verzweifeln."

„So ist es", ergänzte er. „Wir haben keine Ahnung, wo unser Bernhard sein könnte. Wir haben absolut keine Nachricht von ihm."

„Aha. Wir gehen derzeit von einem neuen Ermittlungsansatz aus, schließlich müssen wir allen Möglichkeiten ins Auge sehen", sagte die Polizistin und ihr neuer Kollege ergänzte: „Es könnte sich auch um eine Entführung handeln."

Wieder schauten die Eltern einander wortlos an.

„Wenn Sie meinen, Herr Inspektor", kommentierte die Mutter emotionslos.

„Haben Sie", setzte Gutleyb fort, „eine Forderung von Lösegeld oder einer anderen Gegenleistung für eine Freilassung erhalten?"

„Ganz sicher nicht. Wie kommen Sie auf diese Theorie, Frau Gutleyb?"

„Weil auf der ganzen Welt Journalisten entführt werden."

„Das mag sein. Wir können nur hoffen, dass Ihr Verdacht nicht zutrifft", meinte die Mutter.

„Ich muss Sie leider noch etwas fragen, es ist unsere Dienstpflicht: Wie ist Ihr Verhältnis zu Ihrem Sohn?", war ihre nächste Frage.

„Ganz normal", antwortete die Mutter und der Vater ergänzte: „Durch seinen Beruf sind wir natürlich einiges gewohnt. Ein Enthüllungsjournalist lebt und arbeitet nicht so gemütlich wie ein Finanzbeamter. Er muss bedenken, wem er sich anvertraut. Er muss Drohungen ernst nehmen. Es hat solche schon gegeben, beim Skandal der Preisabsprachen in der Baubranche."

„Aber der ist doch mehrere Jahre alt. Gab es in jüngster Zeit irgendwelche Drohungen, von denen Sie erfahren haben?"

„Wir wissen von keinen", antworteten sie beinahe gleichzeitig.

„Gut, wir hätten`s dann. Vielen Dank für Ihre Auskünfte!" bedeutete das Ende der Einvernahme.

Auf der Rückfahrt setzte Gutleyb die Eignungsprüfung fort.

„Was ist Ihnen am Verhalten der Eltern aufgefallen?"

„Sie haben überhaupt keine Emotionen gezeigt, sich aber mehrmals vielsagend angeschaut. Sie waren auf unseren Besuch gut vorbereitet, würde ich sagen."

„Gut erkannt, Herr Kollege! Machen S` nur so weiter!"

Seit den Nachtstunden wehte ein Föhnsturm über das Linzer Stadtzentrum und über die aufgepeitschten Donauwellen nach Urfahr hinüber. Durch den gläsernen Kulturtunnel des Lentos-Museums fegte ein heftiger Luftsog, der die rasch wechselnde Fassadenbeleuchtung des Ars Electronica Centers am anderen Ufer aus dem planmäßigen Takt brachte und leichtgewichtigen Mist der Donauländenbesucher über den Fluss zum Jahrmarktsgelände blies. Als Feiler aus dem frauenlosen Bett stieg, fühlte er sich, als hätte ihn während der unruhigen Nacht ein ausgewachsenes Rindvieh im Maul gehabt und im Morgengrauen ausgespuckt. Er verließ bei Tagesanbruch mit stechendem Kopfschmerz die Wohnung, weil er sich durch die Entfernung von seiner eingeschnappten Gattin rasche Linderung erhoffte. In besseren Zeiten hätte er sich krank gemeldet und von Gabis Balsamworten trösten lassen. In seiner Niedergeschlagenheit wurde ihm bewusst, dass mit einem Happy End, worunter er das Auffinden von Bogners Leiche verstand, nicht gerechnet werden konnte. Beim Aussteigen aus dem Paternoster wäre er beinahe gestolpert, obwohl er den rechten Fuß zuerst auf festen Boden setzte, so miserabel war an diesem Tag seine mentale Verfassung. Er stellte sich ans Fenster seines Büros und ließ seinen müden Blick schweifen. In Richtung Osten waren die Aufbauarbeiten für den mehrtägigen Urfahraner Jahrmarkt in Gang, die alles für das ausgelassene Treiben der vergügungssüchtigen Mitmenschen vorbereiteten. Eine Fahrt mit der Hochschaubahn könnte ihm unter Umständen gut tun, falls er bis dahin keine Kopfschmerzen mehr haben sollte. Sie würde ihn abrupt in die Höhe und auf unbeschwerte Gedanken bringen. Für kurze Zeit zumindest. Er brauchte einen seelischen Aufschwung wie der Jahrmarkt sein brodelndes Festzelt, nur kannte er kein geeignetes Mittel dafür.

„Das Leben hat eine plumpe Pfote", murmelte er niedergeschlagen.

Mehr fiel ihm nicht ein. Und selbst das hatte er auf einer Gefängnistür gelesen. Die Verteilungsgerechtigkeit musste ihn komplett aus den Augen verloren haben und Fortuna hörte er blechern feixen, wenn sie auf den Namen Max Feiler stieß. Blickte er nach rechts, erinnerten ihn der Turm von Sankt Josef und das Dach einer luxuriösen Seniorenresidenz an die Vergänglichkeit alles Irdischen, ganz zu schweigen vom Urfahraner Gottesacker direkt unter ihm, wo gerade eine kleine Trauergemeinde vor einem glänzenden Sarg stand. Mit letztem Glanz ab in die Grube, damit es eine schöne Leich` wird. Mein ganzes Leben, knurrte er zur Fensterscheibe, ist nur mehr eine todernste Veranstaltung, ärger als meine Kopfschmerzen. Ich schau mal nach, ob die Schönleyb schon im Büro ist. Eine perfekte Frau wie sie muss doch eine Tablette gegen Migräne haben.

Feiler trat ohne anzuklopfen in ihr Büro, wo sie mit dem neuen Kollegen ins Gespräch vertieft war.

„Wünsche einen guten Morgen! Frau Kollegin, könnten Sie mir behilflich sein, medizinisch sozusagen?"

Sie stutzte irritiert und schaute Feiler fragend an. Der Neue setzte ein breites Grinsen auf, das der Abteilungsleiter nicht übersehen konnte.

„Na, na, Herr Lang-".

Gutleyb ergänzte: „steininger" und Feiler fuhr unbeeindruckt fort: „Sie können das ruhig wissen, Sie Youngster aus dem Innviertel! Auch ein Vorgesetzter hat einmal einen schlechten Tag, an dem er Hilfe braucht. Haben Sie, Frau Kollegin, eine Tablette gegen Kopfschmerzen? Sie wissen, der Föhn."

„Also, ein richtiges pharmazeutisches Präparat habe ich nicht, weil ich dieses Zeug nicht schlucke. Aber Globuli kann ich Ihnen, Herr Feiler."

„Globuli? Was Sie nicht sagen? Globuli! Kommt mir so vor, wie wenn der Bauer das Hausschwein mit dem Taschenmesser umbringen will", kommentierte er entrüstet.

Da meldete sich Langsteininger zu Wort: „Ist es Ihnen recht, Herr Feiler, wenn ich aus der nächsten Apotheke ein ordentliches Schmerzmittel hole? Wir im Innviertel greifen auch lieber zur Keule als zum Kugerl. So was wirkt prompt und rettet den Tag."

„Einfach super, was Sie sagen. Ich wäre Ihnen sehr dankbar, wenn Sie mir eine Packung besorgen könnten. Ich gebe Ihnen gleich einmal zehn Euro mit."

Langsteininger verließ mit dem Geld das Büro und Feiler fühlte sich sofort etwas besser.

„Wie macht sich der Jungspund, Frau Kollegin?"

„Er ist geschickter, als ich gedacht habe. Wenn am Vormittag kein Alarm ist, kriegt er eine Einschulung in Verhörmethoden."

„Sehr gut, wie Sie das machen. Ich glaube, Sie werden`s im Polizeidienst noch weit bringen."

„Das glaub ich auch schön langsam", rutschte ihr heraus.

„Obwohl ich mich immer bemühe, bescheiden zu bleiben, wie es sich für eine Beamtin naturgemäß gehört", beeilte sie sich hinzuzufügen.

„Entzückend, was Sie da sagen. Ich habe jetzt in meinem Büro zu tun. Der Neue wird hoffentlich bald kommen."

„Ich denke schon, Herr Chef."

Feiler stand wieder am Fenster und beobachtete die Passanten in der Hoffnung, der eilende Bote werde das dringende Medikament wie eine Trophäe hoch halten und gleich darauf in sein Büro platzen. Die Leute unten schienen es allesamt nicht eilig zu haben oder lag es am Föhn, der ihren Schritt verlangsamte? Nach fünf Minuten stellte er sich den Neuen im Cafe auf dem Grünmarkt vor, wo er genüsslich einen Cappuccino schlürfte und beim Weggehen die Tablettenschachtel auf dem Tisch vergaß. Verdammt noch mal! Ich hätte ihm Beine machen sollen, diesem Trödler. Kein Wunder, dass er korpulent ist, wenn er rasche Bewegungen vermeidet. Weitere Minuten vergingen und Feilers Kopf drohte zu zerspringen. Er setzte sich an den Schreibtisch und schloss die Augen.

Irgendwann hörte er ein schüchternes Klopfen und Feiler wusste, die Rettung war da. Der Grund für die Verzögerung lag am extremen Föhn, der die Menschen in die Apotheken trieb, sodass Kopfschmerztabletten beinahe vergriffen waren. Langsteininger musste drei Apotheken aufsuchen, um für seinen Chef ein schnell wirksames Medikament zu beschaffen.

„Jetzt hätte ich beinahe schon auf die Globuli gesetzt", meinte er erleichtert, bevor er gierig zwei Tabletten auf einmal schluckte.

„Jedenfalls vielen Dank, Herr Kollege! Den Rest können Sie behalten."

„Passt!" war sein letztes Wort, bevor er das Büro Feilers verließ.

Ursula Gutleyb musste grinsen, als Langsteininger in ihr Zimmer trat.

„Na, das bringt Punkte beim Chef. Wie Sie das können! Richtig geschickt, wie Sie sich anstellen."

„War doch selbstverständlich. Für Sie würde ich mich sogar auf die Schienen werfen."

„Wenn die Lokführer streiken, sollten Sie hinzufügen. Aber lassen wir das Thema, auf unserem Programm für heute Vormittag stehen die Verhörmethoden."

„Paasst voll gut."

Sie schaute ihn verwundert an und dachte sich, das habe ich lieber nicht gehört, so eine Proletenäußerung! Wir sind doch nicht auf dem Rieder Volksfest! Wenn er glaubt, er hat jetzt Oberwasser, dann hat er sich einen Schiefer eingezogen, aber eine robusten aus unbehandelter Lärche. Also so was! Aber was reg ich mich auf, typisch Mann unter 30 und damit zum Vergessen. Ihr gelang es bald wieder, den Innviertler emotionslos anzuschauen.

„Sind Sie schon einmal bei einem richtigen Verhör dabei gewesen?"

„Nein. Das haben immer die Dienstälteren übernommen."

„Verstehe, wird schon einen guten Grund haben. Also, dann merken Sie sich einmal eines, das ist das Allerwichtigste für ein erfolgreiches Verhör: Wer leidet, plaudert. Eine alte Weisheit, vor der die raffiniertesten Polizeipsychologen resignieren. Wer leidet, plaudert und wer gestreichelt wird, lügt – eine Erfahrungstatsache auf der ganzen Welt."

Langsteininger war überrascht, mit welchem Elan Gutleyb mit ihrer Einschulung begann. Ihm schien es das Beste, der Instruktorin aufmerksam entgegenzunicken und persönliche Anmerkungen zu unterlassen. Sollte sie sich einmal in Einzelheiten verlieren, konnte er sich zur Erholung zwischendurch ihrer üppigen Oberweite widmen.

‚Und schon mein nächster Tipp: Im Plauderton eine persönliche Schwäche des Verhörten finden! Man sieht zum Beispiel an den berühmten zwei vergilbten Fingern, wer ein starker Raucher ist. So einen Verdächtigen schicke ich unter einem Vorwand in die Zelle zurück, wo er ohne seine Glimmstängel stundenlang dunsten muss, wie man so treffend sagt. Zur Überbrückung der Wartezeit liegt ein Sudoku-Heft auf. Das verkürzt die nächsten Stunden, bis sich der Schlüssel zweimal im Schloss umdreht. Alles klar soweit?"

Er nickte wortlos wie eine artige Volksschülerin in der guten alten Zeit.

„Wir kommen zur nächsten Empfehlung: Keine schonenden Fragen! Wenn ich einen verhöre auf die Art: Kennen Sie den Tatort in der Ferihumerstraße? Dann greifen Sie zur minimal-invasiven Verhörtechnik, würden chirurgisch Versierte sagen. Jedenfalls ist das eine Methode, über die sich sogar Amnesty International lustig machen würde. Sie verstehen?"

Er nickte zum dritten Mal.

„Wenn Sie aber fragen: Wie wird mein Verhör zum Erfolg? Na, ganz einfach, Sie müssen Druck aufbauen, dass der Verdächtige Ohrensausen bekommt. Ein höchst simples Schulbeispiel: Ich konfrontiere ihn damit, dass ein Pensionist, der aus leidenschaftlicher Senilität heraus Straßenszenen fotografiert, zufällig ein Bild von ihm am Tatort gemacht hat. Leugnen ist dann zwecklos, da hilft der beste Anwalt nicht mehr – über ein umfassendes Geständnis freut sich auch jeder Richter, nicht wahr."

Langsteininger blieb weiterhin stumm und versuchte ein aufmerksames Gesicht zu machen. Gutleyb ließ ihm Zeit, mit ihren Erklärungen zurecht zu kommen, während ihn ausschließlich die Frage quälte, wozu die beinharte Polizistin diese Superfigur brauchte. Vielleicht, um die Allerhärtesten aus der Fassung und zum Reden zu bringen, wenn sie einen Verdächtigen allein verhört. Seit er sie zum ersten Mal ungestört von Kopf bis Fuß betrachten konnte, stand für ihn fest: Diese faszinierende Erscheinung ist viel zu schön für die Polizei. Sie wäre ein optischer Gewinn für jedes Hochglanzmagazin. In der „Oberösterreicherin" könnte sie für Furore sorgen. Garantiert!

Während einer kurzen Pause platzte ein Uniformierter herein und meldete einen Leichenfund auf dem Gelände des Mühlkreisbahnhofs.

Cahal Pech

Als die Touristensaison zur Neige ging, brachte eine Autofähre Bogner in Begleitung Leonas nach Belize City, der alten Hauptstadt. Von dort lenkte die Hobbyarchäologin einen zwölf Jahre alten Chevrolet Nubira aus ihrem bescheidenen Fuhrpark, der durch die Aufschrift „Herrero Auto" gekennzeichnet war, über den Western Highway nach Belmopan, das als neue Hauptstadt errichtet wurde, nachdem ein Hurrikan 1961 die alte großteils zerstört hatte. Während sie die Ausgrabungen von Cahal Pech an der Grenze zu Guatemala ansteuerte, unterhielt sie ihren Mitfahrer mit einer Vielzahl an Informationen. Die yukatekischen Maya hätten die Stadt vor dreitausend Jahren gegründet, etliche Gebäude aus einer späteren Periode und zwei Ballspielplätze seien gefunden und restauriert worden. Er dürfe die Bewohner für kein primitives Volk halten, schließlich hätten die Maya eine eigenständige Schrift entwickelt, die nicht von den Buchstaben des alten Orients inspiriert sei. Lange vor den Arabern hätten sie die Null erfunden und mit ihr gerechnet. Und ihr Kalender sei ohnedies weltberühmt.

Je näher sie dem Ziel kamen, umso redseliger wurde sie und umso dichter wurde der Regenwald, den sie durchquerten. Dass dieser riesige und nahezu unbegehbare mittelamerikanische Wald noch viele Geheimnisse berge, sei erst vor kurzem durch die Entdeckung der sagenumwobenen Weißen Stadt in Honduras bestätigt worden. In der Vergangenheit hätten die Chicleros, die den Kautschuksaft von den Bäumen abnahmen und sich im Regenwald bestens auskannten, die Archäologen zu den vergessenen Stätten der Maya geführt. Oftmals eine mühselige Arbeit mit Machete und Motorsäge, um zugewachsene Pfade wieder freizulegen. Luftaufnahmen hätten Archäologen aus Colorado ermutigt, sich zu dieser nahezu unberührten und namenlosen Stadt einen Weg zu bahnen. Dort sei unter anderem der Kopf einer einzigartigen Statue gefunden worden, ein mystisches Wesen, zur Hälfte Mensch und zur Hälfte Jaguar. Von dieser Kultur, die nicht zu den Maya gehöre, kenne man nur die

Legende, dass die Stadt von weißen Mauern umgeben gewesen sei. Niemand, der sie jemals betreten habe, sei aus ihr zurückgekehrt.

Um die Mittagszeit erreichten die beiden das menschenleere Gelände von Cahal Pech. Ein undurchdringliches Grün von Bäumen und Schlingpflanzen schuf unter dem wuchernden Dach ein Halbdunkel, in dem es geisterhaft still war.

„Es ist nur tagsüber ruhig im Regenwald", erklärte Leona dem staunenden Bogner. „Wenn die Sonne verschwindet, beginnt das lautstarke Gekreisch der Vögel und Brüllaffen, das nur bei einem heftigen Tropengewitter verstummt. Siehst du den Würger dort drüben?"

„Ich weiß nicht, was du meinst, Leona."

„Na, den Matapalobaum, der Nachbarbäume und Sträucher umschlingt und schließlich erstickt. Aber wir gehen jetzt zu den Ausgrabungen, ich möchte dir möglichst viel zeigen."

Sie standen bald danach auf dem Hauptplatz von Cahal Pech, vor ihnen eine mächtige Pyramide mit breiten Stufen und Terrassen. In den noch nicht restaurierten Flanken wurzelten Bäume, sodass der ganze Bau im Schatten lag.

„Das Gebäude hier ist 24 Meter hoch, seine Funktion aber noch nicht geklärt. Wenn wir links weitergehen, kommen wir zu einem der zwei entdeckten Ballspielplätze".

Zum Spielfeld gehörten an zwei Seiten stufenförmige Schrägen.

„Ursprünglich hat man die beiden Seitenteile für Zuschauertribünen gehalten, aber heute weiß die Forschung, dass von den Schrägen der schwere Kautschukball zurückprallte und so im Spiel gehalten wurde", dozierte sie.

„Was weißt du über dieses Spiel?"

„Es hieß Pitzi. Die Spieler mussten den Ball durch einen der beiden Steinringe, die in größerer Höhe eingemauert waren, befördern, ohne die Hände zu verwenden. Ein Stoß mit dem Knie oder dem Ellbogen war erlaubt. Da der Ball die Sonne symbolisierte, sollte er auf keinen Fall den Boden berühren."

Bogner konnte sich noch keine genaue Vorstellung vom Pitzi-Spiel machen. Er sah das Spielfeld in der Form eines doppelten T, wobei das zweite gespiegelt war, und musste sich den Steinring hoch oben vorstellen. Zu mehr reichte es nicht.

‚Kannst du mir die Spielregeln erklären, Leona?"

‚Natürlich, auch wenn sie sich im Laufe der Zeit verändert haben. Also, Burnie, ich habe dir den zweiten Pitzi-Platz noch nicht gezeigt. Wir stehen auf demjenigen, wo später auch Volksfeste veranstaltet wurden. Hier wurden die Zuschauer unterhalten und die Sieger durften sich der Kleider und des Schmucks des Publikums bemächtigen."

„Muss ein Heidenspektakel gewesen sein."

„Das kann man sich denken. Ein Riesentumult, weil sich die Sieger die Trophäen selbst holen mussten. Aber auf dem anderen Platz ging es viel dramatischer zu. Dort war das Pitzi-Spiel ein religiöses Ritual. Kriegsgefangene oder Sklaven spielten um ihr Leben, die Verlierer wurden getötet." „Wie?", fragte er nach.

„Entweder wurden sie mit Seilen zusammengebunden und über die steilen Stufen einer Tempelpyramide hinuntergestoßen oder ein Priester schnitt ihnen mit einem Obsidian-Messer das Herz bei vollem Bewusstsein heraus. Es wurde einem der vielen Götter geopfert, meistens dem Sonnengott. Dort siehst du die Basis eines Altars."

„Brutale Sache!", kommentierte er.

„Die Maya waren stets bestrebt, das richtige Opfer für das Wohlwollen der Götter zu finden, deshalb haben sie auch Menschen geopfert."

„Wie oft gab es diese rituellen Spiele, Leona?"

„Da existieren verschiedene Theorien, ich möchte mich auf die eigene beschränken. Der Kalender hatte bei den Maya eine sehr große Bedeutung. Sie verwendeten auch einen Mondkalender mit 13 Tagen, an denen der Mond nachts am Himmel stand, und mit 13 Tagen, an denen er bei Tag sichtbar war, aber nachts schlief. Ich bin der Überzeugung, dass Priester oder Wahrsager einen Pitzi-Termin festgelegt haben. Fiel das Spiel auf einen Tag, an dem der Mond bei Tag zu sehen war, kam es zu einem rituellen Spiel, weil die Menschenopfer den Mond gnädig stimmen und in die Nacht zurückbringen sollten. Eine mondlose Nacht galt wohl als finstere, unheilvolle Nacht und die Herzopfer sollten Unglück anwenden", trug sie leidenschaftlich vor.

„Klingt plausibel."

„Was das Leben nach dem Tod betrifft, hatten die Maya ziemlich moderne Ansichten. Sie fürchteten sich vor dem Tod, glaubten aber an ein Paradies für gefallene Krieger und die Priester. Es fällt in anderen Ausgrabungsstätten auf, dass für die Toten prächtige Bauten errichtet wurden. Da das irdische Leben nur kurz währt, meinten sie, es lohne sich nicht, für die Lebenden monumentale Bauwerke hochzuziehen. Also ganz anders als im modernen Westen, wo die Toten außerhalb des öffentlichen Lebens im Ghetto eines Friedhofs versteckt werden."

„Und wo man meint, man könnte mit einem Wolkenkratzer vielleicht irgendeinem göttlichen Wesen oder zumindest dem Himmel näher kommen."

Leona lachte über seine Äußerung und führte ihn zu mehreren Stelen und weiteren Plazas, wo Gebäudereste ausgegraben waren.

„Verdammt heiß hier, zumindest für mich", stellte er fest.

„Du hast schon Recht, Burnie. Aber die Küste ist weit weg und so fehlt eine kühle Meeresbrise. Lassen wir`s gut sein, ich will dich ja nicht quälen."

„So weit wird`s schon nicht kommen. Wie kann ich dir für die Führung danken?"

„Du weißt doch, was ich möchte, Burnie!"

Er erschrak kurz, weil er nicht mehr an die gewünschte Veröffentlichung dachte. Vielmehr blitzten vor seinem inneren Auge nackte Supersize-Hüften auf, die unausweichlich auf ihn zukamen.

„Ach so, du meinst ja, ich soll über Cahal Pech in der Morgenpost schreiben?"

„Würde mich sehr freuen, Burnie."

„Ich stelle mir vor, dass ich dich als Hobbyarchäologin und dein Forschungsgebiet gemeinsam darstelle. Ich werde dich noch einmal besuchen und mir genaue Notizen machen."

„Wunderbar, so machen wir`s. Und jetzt fahren wir zu einem Lokal in San Ignacio, wir essen schnell und steuern dann die Fähre an, bevor es finster wird. Ein Stopp in Belmopan ist wenig interessant."

„Warum?"

„Ist eine langweilige Planstadt, wo nicht einmal 20.000 Menschen wohnen, weil es viel zu heiß und feucht ist. Es stehen dort einige Gebäude im modernisierten Maya-Stil, aber der Rest ist zu vergessen. Wegen des Klimas sind sogar die meisten Botschaften in Belize City an der Küste geblieben."

Bogners erster Tag auf dem Festland von Belize ging mit der letzten Überfahrt nach Ambergris Cay zu Ende.

Leichenfund

Die Leiche beim Mühlkreisbahnhof verscheuchte im Nu Max Feilers abklingenden Kopfschmerz. Er verließ im Eilschritt sein Büro, vergaß sich mit Ursula Gutleyb abzusprechen und lief in wenigen Minuten zum Fundort, der bereits abgesperrt war. Wegen der Geruchsentwicklung hatte ein Arbeiter Alarm geschlagen und unter Aufsicht der Streifenpolizisten einen Zugang in die Holzbaracke freigelegt. Feiler trat trotz des penetranten süßlichen Gestanks mit dem Mut der Hoffnung, es handle sich um Bogner, in die Bauhütte. Es bot sich ihm ein doppelt grässlicher Anblick: Der Verwesungsprozess hatte bereits unverkennbare Fortschritte gemacht und es handelte sich auf keinen Fall um Bogner. Mit einem Wort: Seine eigene Lage blieb weiterhin im analen Bereich.

„Das wird Kollegin Gutleyb übernehmen. Auch eine gute Gelegenheit für den Jungen aus dem Innviertel, unsere beinharte Arbeit kennen zu lernen", entschied er vor den postierten Polizisten. Daraufhin verließ er das Bahnhofsgebäude mit dem Gesichtsausdruck eines LASK-Trainers nach einer 1:5 Abfuhr, in einem Heimspiel klarerweise.

Als Gutleyb von der nicht mehr ganz frischen Leiche erfuhr, fiel ihr nichts leichter, als den Neuen mit einem Fotoapparat in die Höhle der Verwesung zu schicken. Der Gerichtsmediziner würde später dazukommen und den Toten einer ersten Beurteilung unterziehen. Er sei mit der Obduktion eines angeblichen Selbstmörders beschäftigt, der unterhalb einer Aussichtswarte in Wintersberg gefunden wurde. Langsteininger kam schafskäsebleich aus der Baracke und begann seine Schilderung mit einer zutiefst persönlichen Einleitung: "Bist du gelähmt! Was bin ich froh, dass ich noch nicht zu Mittag gegessen hab."

Seine Instruktorin warf ihm vor Augen und Ohren der Uniformierten einen verächtlichen Blick zu und meinte ohne jedes Mitgefühl: „Sehe ich so aus, als ob mich das interessiert, Herr Lang-steininger?" „-peiniger" lag ihr schon auf der Zunge, was sie im letzten Moment hinunterschlucken konnte.

„Ich sage lieber nicht, was ich von einer solchen Äußerung halte. So viel Respekt lasse ich noch zu. Und zu dem da drinnen in Kurzfassung: Eine richtige Sauerei – unbeschreiblich! Da wirst katholisch!"

Gutleyb ging daraufhin ordentlich in Saft, wie es so schön heißt und durchaus passend klingt, schließlich stand sie in der Nähe einer saftigen Leiche, die als Körperweltenobjekt nicht mehr geeignet schien.

„Sie können also nicht beschreiben, was Sie gesehen haben. Soll ich warten, bis Sie mir ein Bild malen? Also, ganz offen gesprochen, Ihre Wadln werden schon bald nach vorne schauen, so, wie Sie sich anstellen! Geben`S die Kamera her, damit ich weiß, ob Sie wenigstens fotografieren können!"

Er reichte ihr aus einem Respektabstand den Apparat und verharrte angespannt, die nächste Standpauke befürchtend.

„Na also, wenigstens das geht. Der schaut nicht mehr gut aus, muss ich schon zugeben, aber schließlich ist er ja tot. Irgendwelche Spuren einer Gewalteinwirkung gefunden?"

„Nein, keine, aber ich durfte die Leiche ja nicht umdrehen. Kann ja sein, dass im Rücken das Messer des Mörders steckt und er liegt drauf."

„Ist schon möglich. Und was haben Sie sonst am Tatort gefunden?"

„Also, von einem Tatort würde ich noch nicht sprechen, weil neben ihm zwei leere Schnapsflaschen liegen. Irgendein billiger Fusel, den ich höchstens in die Scheibenwischanlage schütte, damit das Wasser nicht gefriert. Wenn er die zwei Flaschen zügig geleert hat, ist er vermutlich eines natürlichen Todes gestorben."

„Was Sie nicht sagen. Und warum war der Zugang zur Bauhütte mit Brettern zugenagelt?"

Sie schaute ihn erwartungsvoll an.

„Oha! Das hab ich nicht bedacht. Der Tote hat also gar nicht mehr herauskönnen."

„Zumindest scheint es so – und dann hätten wir wieder einen Mordverdacht."

„Nicht unbedingt! Wenn er schon tot war, als die Baracke zugenagelt wurde, was ist dann?"

„Auch möglich. Was machen wir nun als Nächstes, Herr Langsteininger?"

Er hielt es für das Beste, so zu tun, als würde er nachdenken, weshalb er sein Kinn fest umklammerte. Sein Blick prüfte das gesamte Gelände und als er einen Mann in Arbeitsmontur sah, wusste er die richtige Antwort.

„Wir müssen herausfinden, wer die Baracke zugenagelt hat – und wann."

„Hervorragend – so machen wir`s – ich meine natürlich: Sie!"

„Alles besser als noch einmal zur Leiche hinein."

„Sie erreichen mich im Büro. Bis der Medizinmann da ist, ermitteln Sie vor Ort unverzüglich weiter. Der Appetit auf ein Mittagessen ist Ihnen sowieso vergangen."

„Wie Sie meinen, Frau Gutleyb."

„Okay, wir sehen uns!"

Aus Rücksicht auf ihre modischen Schuhe verließ sie im vorsichtigen Storchengang das unwegsame Gelände und erreichte ohne Beschädigung der Stöckel den rettenden Asphalt. Langsteininger erkundigte sich bei zwei neugierigen Mitarbeitern der ÖBB, was sie über die Baracke wüssten. Diese sei nach Abschluss von Renovierungsarbeiten an den Geleisen geleert worden und würde auf absehbare Zeit nicht mehr benötigt. Da die Holzhütte immer wieder als Klosett missbraucht worden sei, habe man den Eingang mit Brettern zugenagelt.

„Wie lange ist das her?" wollte der Polizist erfahren.

‚Naja, also auf den Tag genau wissen wir`s nicht. Ich schätze, es war vor drei Wochen", gab einer der Befragten an.

‚Haben Sie in die Bauhütte geschaut, bevor sie zugenagelt wurde, meine Herren?"

‚Wozu? Hat uns keiner angeschafft", lautete die verwunderte Antwort.

‚Wahrscheinlich lag der Tote schon volltrunken oder im Alkoholkoma drinnen. Noch eine letzte Frage, meine Herren: Haben Sie den Mann schon einmal gesehen?"

Die beiden Eisenbahner schauten ihn verdutzt an.

„Wir durften doch nicht hinein, Herr Inspektor. Ihre Kollegen haben es strengstens verboten."

„Na dann", antwortete er einsilbig.

„Sie müssen uns jetzt entschuldigen. Höchste Eisenbahn für die Mittagspause, gewerkschaftlich angeordnet. Da fahrt der Zug drüber."

Sie ließen den ausgebremsten Innviertler vor der Baracke stehen und begaben sich über die Gleise hinweg zum berühmten „Magentröster". Da der Arzt noch immer nicht erschien, beschloss Langsteininger, über seinen Schatten zu springen und gleichzeitig die Nase zuzuhalten. Er wagte sich ein zweites Mal in die Bauhütte und untersuchte die Leiche in Kadaverqualität nach einem Hinweis auf ihre Identität. Mit der Plastikhülle seiner Papiertaschentücher auf Daumen und Zeigefinger zog er einen gut lesbaren Ausweis aus der Jacke des Toten. Verhalten triumphierend stolperte er in Atemnot aus der Baracke und meldete Ursula Gutleyb die mutmaßlichen Personalien. Mehr kann ich vor Ort nicht mehr tun, beschloss er. Die Uniformierten müssen halt warten, bis der Doc seine Arbeit gemacht hat. Ich hab mir das Mittagessen schon längst verdient, wenn schon die Chancen auf meinen ersten Mord im Schwinden sind.

‚Mahlzeit, Kollegen!" waren seine letzten Worte auf dem Bahnhofsgelände.

Einer der beiden Streifenpolizisten raunte sogleich dem anderen zu: „Das Milchgesicht haben wir uns gemerkt, meinst nicht?"

„Bis zur Pension auf alle Fälle, darauf kannst dich verlassen."

Missmutig blieben sie auf dem Schottergelände zurück und füllten die Wartezeit auf den Gerichtsmediziner mit der Kreation eines harmlosen Witzes über ungebildete Kriminalbeamte in Zivil.

„Die endgültige Fassung geht so", sagte schließlich einer der beiden. „Findet ein junger Kripobeamter eine Leiche hinter einem Gymnasium. Beim Ausfüllen des Protokolls hilft ihm ein Zweiter, den er um Rat fragt: Du, wie schreibt man denn eigentlich Gymnasium? Sagt der andere: Keine Ahnung. Wir nehmen den Toten und legen ihn vors Rathaus."

Gutleyb brachte inzwischen in Erfahrung, dass es sich beim Toten wahrscheinlich um Herbert Wessely, wohnhaft in der Leonfeldnerstraße 199, handelte. Um Sicherheit zu bekommen und etwaigen nervenschwachen Angehörigen den grausigen Anblick zu ersparen beschloss sie, am späteren Nachmittag zur Adresse des Toten zu fahren. Sie meldete sich an der Haustür über die Gegensprechanlage als Polizistin und fuhr in den zweiten Stock des Wohnblocks, wo aus einer offenen Tür Zigarettenqualm entwich. Im Türrahmen empfingen sie 45 Kilo Lebendgewicht und 25 Jahre Ärger. Gutleyb zückte ihren Dienstausweis und wurde sogleich mit einem eindeutigen Hinweis auf den Toten konfrontiert.

„Hat der Bertl eine Bank überfallen, weil er nicht mehr heimkommt?"

„Sind Sie Frau Wessely?", wollte die Polizistin zunächst wissen.

„Natürlich."

„Darf ich reinkommen?"

„Wenn`s sein muss."

Die Luft in der Wohnung war zum Schneiden, eine abgestandene Mischung ohne Sauerstoff, und Gutleyb dachte reumütig: Am Vormittag hat`s den Innviertler erwischt, am Nachmittag mich. Das

Kostüm kann ich zwei Wochen an die frische Luft hängen, wenn`s reicht.

„Frau Wessely, stimmt es, dass Ihr Mann Herbert verschwunden ist?"

„Ja, das stimmt. Vor ungefähr drei Wochen hab ich den Nichtsnutz vor die Tür gesetzt. Hat fast darum gebettelt, dieser Versager."

„Und Sie hatten seither keinen Kontakt mehr?"

„Nein!" war ihre entschiedene Antwort.

„Sie haben später keine Vermisstenanzeige gemacht."

Sie lachte kurz und voll Verachtung, dann wurde sie laut.

„Sind Sie noch bei Trost? Eine Vermisstenanzeige! Er ist mir überhaupt nicht abgegangen, klar?"

„Aha. Können Sie mir ein jüngeres Foto von ihm zeigen, Frau Wessely?"

Sie verschwand im Wohnzimmer und Gutleyb blieb es nicht erspart, den Vorraum der ungepflegten Behausung in Augenschein zu nehmen, bis die Frau mit dem Foto kam, das ihren Mann auf einer Baustelle zeigte. Ein längerer Blick verglich den Fotografierten mit dem mitgebrachten Ausdruck von der Dienstkamera.

„Warum reden Sie nicht? Was ist mit dem Bertl los?", sagte sie ungeduldig.

„Frau Wessely, es besteht der dringende Verdacht, dass wir Ihren Mann tot aufgefunden haben."

„So, so, dann kommt er also sicher nicht mehr heim - ich hab schon befürchtet, er hat eine Bank überfallen. In letzter Zeit hat er nur selten gearbeitet. Er ist immer mit Ausreden gekommen, wie: Keine Gelegenheit für eine anständige Schwarzarbeit."

Sie blickte nachdenklich zu Boden.

„Frau Wessely, mein Beileid zum Tod Ihres Mannes. Wir melden uns wieder bei Ihnen."

„Danke, Frau Inspektor. Jetzt weiß ich wenigstens, woran ich bin."

Tags darauf wurde die Leiche von der Gerichtsmedizin dem billigsten Bestattungsunternehmen für das irdische Finale übergeben.

Der zweite Brief

Burnie schlug die Augen auf und starrte ins Dunkel der Nacht. Unter sich spürte er sein Bett und in seinem Kopf lief der Nachspann eines langen Traumes. Er war auf einer sonnenverbrannten Anhöhe in Urfahr gesessen, als er über der Donau einen Ballon im Tiefflug entdeckte. Ein riesiges Bild von Gabi war auf die Hülle geklebt, von weißen Kallas umrahmt. Burnie erhob sich und rannte auf den Ballon zu, den Hang hinunter und durch die lange Hauptstraße in Richtung Nibelungenbrücke. Seine linke Hand reckte er in die Höhe, um nach dem entschwindenden Flugkörper zu greifen. Außer Atem lief er an hellhäutigen Frauen und der schokoladebraunen Leona vorbei, eine korpulente Alte feuerte ihn lautstark an. Auf dem Brückenkopf schwebte er über der leeren Straße, der Ballon fuhr zum Hauptplatz weiter, wo sich das Spielfeld für ein Pitzi-Match befand. Im nächsten Moment stand er auf dem Ballspielplatz, über der kurzen Sporthose trug als er Schutz den Panzer einer Schildkröte. Auf den Ästen von Würgerbäumen saßen Mayamänner in Erwartung des Spielbeginns. Ein mit bunten Federn geschmückter Priester zeigte mit beiden Händen zum klaren Himmel, wo der Ballon und eine rote Mondsichel wie Lampions hingen. Mit einem Trommelwirbel begann der Wettkampf zwischen Burnie und einem gesichtslosen Uniformierten. Sie kämpften verbissen um den schweren Kautschukball, um ihn durch einen glitzernden Steinring zu bugsieren. Der Mann in Uniform war beim erbitterten Freistilringen benachteiligt, da er Burnies Panzer nicht umklammern konnte. Als die Kräfte des Älteren nachließen, entkam ihm Burnie mit dem Ball. Der Jüngere lief sofort vor den Steinring und schleuderte den Ball durch das Loch. Während Punta-Musiker trommelten, bewegte sich der Priester gemessenen Schrittes zum Verlierer, der reglos auf dem Sandboden lag. Er öffnete die Uniformjacke, zeigte den schweigsam gebannten Zuschauern sein schillerndes Messer und schnitt ihm die Brust auf. Das blutende Herz trug er zum Brückenkopf, wo er es zwischen den Straßenbahngleisen ablegte. Als Burnie zum Ballon hochblickte und ein Zeichen von Gabi erhoffte, raste ein Einsatzfahrzeug der Polizei auf ihn zu.

Er setzte sich auf und lauschte in die Nacht hinaus, ob er ein Folgetonhorn oder eine Autohupe hören könne. Es war alles still draußen, selbst das Windspiel Aminis hielt Nachtruhe. Mit Verzögerung wurde ihm bewusst, dass er in San Pedro war. Seine Träume bedeuteten ihm auch in Belize nicht mehr als ein vergängliches Narrenwerk und so tat er den Polizeieinsatz als eine Seifenblase ab.

Am Vormittag, der mit bleischweren Wolken den Beginn der Regenzeit ankündigte, schrieb er den längst fälligen zweiten Brief.

Liebe Eltern!

Ihr wartet sicherlich schon seit Wochen auf ein Lebenszeichen von mir – hier ist es mit großer Verspätung. Ich hoffe, ihr habt euch keine allzu großen Sorgen gemacht. Ich wohne noch immer auf einer wunderschönen Koralleninsel im Karibik-Staat Belize und unternehme mit der Motoryacht meiner Wohnungsvermieterin Touren für Taucher, Schnorchler und Fischer. In der abgelaufenen Trockensaison ist das Geschäft gut gelaufen, jetzt beginnt die Regenzeit, obwohl es auch da warm ist. Die meisten meiner Kunden kommen aus Nordamerika, besonders die US-Ladies können einem auf den Nerv gehen. Um die einheimischen Frauen mache ich einen Bogen, weil die HIV-Quote im Land hoch ist. Vielleicht geht mein mönchisches Leben in diesem Belize bald einmal zu Ende. Im Internet lese ich manchmal, was die Morgenpost über mein Verschwinden schreibt, und weiß deshalb, dass die Polizei völlig ahnungslos ist. Aber wenn sie einen passenden Anlass liefert, starte ich meine Revanche-Aktion und werde den Verantwortlichen so bloßstellen, dass er sich wünscht, niemals das Licht der Welt erblickt zu haben.

An das Essen in Belize habe ich mich nur schwer gewöhnen können, für das Bier gilt das Gleiche. In meinem Stammlokal bestelle ich sehr oft Fisch, den ich ja immer sehr gern esse, wie ihr wisst. Aber die Fleischspeisen sind mexikanisch zubereitet und somit häu-

ig ein kulinarisches Abenteuer. Dass es hier auf der Insel auch keinen einzigen echten Italiener gibt! Ein wirkliches Nachholbedürfnis. Mein Wirt hat mir erzählt, dass zwei Österreicher im Süden des Landes das Lokal „Danube" betrieben haben. Zurzeit ist es aber aus hier in San Pedro unbekannten Gründen geschlossen. Wenn ich, liebe Mama, an deine kleinen Schnitzerl mit Erdäpfelsalat denke, packt mich das Heimweh wie ein Schüttelfrost. Ich sehe sehnsüchtig die dünnen, roten Zwiebelringe vor mir und rieche das Kernöl. Wobei auch hier Kürbisse wachsen, aber sicherlich hatte noch keiner die geniale Idee, die Kerne zu pressen. Wenn ich schon einmal beim Jammern bin, kann ich auf das Brot nicht vergessen. Eine einzige Katastrophe, was hier als Brot verkauft wird: industriell gefertigt, geschnitten und so weich, dass es beim Reinbeißen keinen Widerstand leistet.

Du sitzt sicher nach wie vor bei einem deiner Kreuzworträtsel, wenn es so ergiebig regnet wie hier. Mach dir nichts draus, wenn du an einem Wort aus der Astronomie scheiterst, schließlich ist auch dieses Riesending Universum alles andere als vollkommen. Wenn in deinem Rätsel ein winziger Teil leer bleibt, ist das doch gar nichts im Vergleich zu den Schwarzen Löchern da draußen, die der Mensch gar nicht sehen kann. Wie sagt der Papa immer: Die Mengenangaben für den Zwetschkenkuchen sind wichtiger als die vielen herumschwirrenden Jupitermonde.

Lieber Vater, du hast jetzt wieder viel Arbeit im Schrebergarten, aber lass dich von den Schnecken nicht unterkriegen! Zeig diesen Schleimkriechern, wer der Herr über Leben und Tod im Garten ist.

Mit einer sehr gebildeten Einheimischen war ich einmal im Regenwald, wo sie mir Maya-Ausgrabungen gezeigt hat. War unangenehm dort, eine Luft wie in einer riesigen Waschküche, als es noch keine Miele gab.

Liebe Eltern, ich bitte euch wieder, niemandem von diesem Brief zu erzählen – die Polizei soll mich getrost für verschollen oder am besten für tot halten. Natürlich ist die Situation für euch nicht leicht, aber mir geht es ganz gut und ich denke, dass ich noch heuer zurückkommen werde. Also macht euch keine Sorgen um mich.

Vielleicht bin ich an Birgits Todestag wieder bei euch. Ich freue mich schon auf das Wiedersehen!

Mit ganz lieben Grüßen

euer Bernhard.

Die Ermittlungen stocken

‚Noch immer kein Lebenszeichen von Bogner" lautete der Titel einer kurzen Meldung im Regionalteil der Morgenpost. Das rätselhafte Verschwinden des Journalisten liege inzwischen mehrere Monate zurück, ohne dass die Polizei in Urfahr einen Schritt weitergekommen sei. Im Kommissariat gehe man derzeit von der Annahme aus, dass Bogner niemals bis in den Kosovo gelangt sei.

Ursula Gutleyb legte die MoPo weg, weil ihr plötzlich das Gespräch in der Nachbarkoje interessanter schien. Sie saß in einem Kosmetikinstitut in der Goethestraße und ihre Füße genossen ein warmes Bad, bis die Angestellte mit der Fußpflege beginnen würde. Sie lauschte wie ein Luchs, seit sie den Namen Feiler zum ersten Mal gehört hatte. Sie wusste nicht, wer hinter der dünnen Trennwand saß, schloss eine zufällige Namensgleichheit mit dem Abteilungsleiter jedoch vom ersten Moment an aus.

‚Ich mach noch die linke Hand, Frau Feiler, dann sind wir für heute fertig."

‚Mh."

Die Angesprochene schien ihre Gedanken woanders zu haben oder etwas zu lesen.

‚Was sagen S` zu dem verschwundenen Journalisten, Frau Feiler? Ist das nicht arg, schon monatelang wie vom Erdboden verschluckt und die Polizei schaut dumm aus der Uniform."

‚Irgendwer dürfte da seine Finger im bösen Spiel haben, dass der Bernhard spurlos verschwinden kann", sagte die Kundin mit belegter Stimme.

‚Kennen S` leicht den Bogner, weil Sie Bernhard sagen?", explodierte die Neugier der Kosmetikerin.

‚Von früher. Ich war einmal mit ihm befreundet, Verena."

Nachdenklich fügte sie leise hinzu: „Meine erste Liebe – aber das muss unter uns bleiben, damit wir uns verstehen."

„Na so was, Sie kennen den! Echt cool! Entschuldige, man sagt halt so."

„Ist gar nicht cool, Verena, wenn ich nicht weiß, was mit ihm passiert ist."

„Und Ihr Mann arbeitet bei der Polizei."

„Ja, mein Göttergatte ist Abteilungsleiter in Urfahr."

Für einige Zeit hörte Gutleyb nur die typischen Geräusche einer Nagelfeile, dann ergriff Verena wieder das Wort.

„Mein Gott, wenn ich zurückdenke – von der ersten Liebe bleibt immer was hängen. Hat schon meine Oma gesagt."

„Eine gescheite Frau, Ihre Oma."

„Sie hat noch immer ein Foto von ihm im Geldtascherl. Ich weiß gar nicht, wie er geheißen hat."

„Und was ist aus dem Mann geworden? Wissen S` das vielleicht, Verena?"

„In Russland gefallen."

„Schlimm für die Oma."

„Keine Frage. Aber Ihr Mann, der kann doch alle Hebel in Bewegung setzen, damit der Journalist wieder auftaucht."

„Er könnte -", dann brach Gabi Feiler ab und das Gespräch war zu Ende.

Bald darauf setzte sich die Kosmetikerin zu Gutleyb und trocknete ihre Füße, bevor sie mit der Pflege ihrer Zehennägel begann.

„Haben S` mitbekommen, wer die Dame nebenan war, Frau Gutleyb?"

„Nein, hab ich nicht. Ich war ins Tagesrätsel der MoPo vertieft."

„Na, die Frau Feiler war`s, die Frau von einem höheren Polizisten. Wissen S`, was sie mir anvertraut hat? Der verschwundene Journalst war ihre erste Liebe. Hat geklungen wie die große Liebe. Aber Sie behalten das für sich, ich will nämlich keinen Tratsch anzünden. In der Hinsicht ist Linz ja ein fürchterliches Kaff."

„Ist überall das Gleiche: Friseur- und Kosmetiksalons sind Nachrichtenbörsen für Frauenthemen. Es soll Gattinnen von Scheidungsanwälten geben, die mit ihrem Wissen über Eheprobleme das Geschäft ihrer Männer unterstützen. Mehr sag ich jetzt nicht dazu."

„Was Sie alles wissen. Zu welchem Friseur gehen Sie?"

„Das behalt ich für mich. Höchstens eines: Der Salon ist mitten in Urfahr."

„Na schad`, wär` gern dort Kundin. Also, wenn ich mir Ihre Unterschenkel so anschau`, Frau Gutleyb, Sie dürften regelmäßig Sport betreiben."

Die Befragte lachte so heftig, dass Verena ihre Arbeit unterbrechen musste.

„Ich bin das genaue Gegenteil einer Sportlerin, ein überzeugter Diwanerdäpfel, Sie verstehen?"

„Nein, was ist das?"

„Ein Couchpotatoe, was sonst? Ich bin doch nicht so verrückt, dass ich freiwillig schwitze – noch dazu in meiner Freizeit! Diese Art von Quälen liegt mir gar nicht."

„Das hätt` ich jetzt nicht gedacht. Sie schau`n so fit und agil aus."

„Sie sehen, es geht bestens ohne Sport. Im letzten Jahr war ich ein einziges Mal beim Pleschinger See spazieren, weil das Wetter halt so schön war. Unwahrscheinlich, was sich da an einem Sonntagmorgen getan hat. Wie am nationalen Tag der Bewegung waren lauter Leute in irgendeiner Mission unterwegs. Der Erste ist an mir vorbeigekeucht, weil er sein masochistisches Laufpensum absolviert hat. Sie wissen schon, Verena, einer von diesen besessenen Joggern, die sich ihr Leben verlängern wollen. Was die länger leben, dieselbe Zeit müssens` ständig rennen. Von neuen Hüften red ich da noch gar nicht. Der Zweite ist von einem ponygroßen Hund von Baum zu Baum gezogen worden. Eine Frau in greller Sportkleidung hat missmutig zwei schlecht gelaunte Liliput-Hunde nach sich gezogen. Wie mir eine offensive Abordnung von Nordic-Walking-Ruinen begegnet ist, bin ich ins Unterholz ausgewichen. Ich lass mich doch nicht wie eine Schnecke von so einer Stockspitze aufspießen! Ich bin für den Aufenthalt im Grünzeug nicht geeignet, müssen S` wissen, und so hab ich ein für alle Mal beschlossen: In so ein schweißtriefendes Getümmel mit Köterbegleitung begeb ich mich nie mehr. Soll ich in der Blüte meiner Jahre so daherhetzen wie ein Ladendieb? Welche Frau von Format möchte schon glänzen wie eine Weißwurst, die soeben dem dampfenden Kessel entnommen wurde?"

Bei den letzten Sätzen nahm ihre Stimme ordentlich Fahrt auf und die Kosmetikerin beschränkte sich darauf, ihre Füße besonders zu verwöhnen, damit sie sich wieder beruhigte.

„Recht haben S`, Frau Gutleyb. Wenn man bedenkt, wie viele verletzte Freizeitsportler es gibt, weil sie`s übertreiben in ihrem Übereifer."

„Obwohl, Golfspielen könnt` ich mir unter Umständen vorstellen. Von einem Loch zum anderen mit einem Buggy fahren und ausholen kann man auch so richtig, dass es nur so schnalzt."

„Außerdem ist man nicht gerade unter den Ärmsten des Landes."

„Genau, das hätt` schon was. Wenn ich mir den Tiger Woods so betrachte, nicht übel, der Mann."

„Und exakt im interessantesten Alter. Man müsste halt so einem über den Weg laufen."

Nach einer Pause wechselte Verena das Thema.

„Arbeiten Sie eigentlich noch immer im Rathaus?"

„Ich bin noch immer im Polizeikommissariat Urfahr."

Ihr fiel die Feile aus der Hand und sie schaute erschrocken zu Gutleyb auf.

„Ach du heiliger Bimbam! Wenn ich das gewusst hätt`, hätt` ich nichts von Frau Feiler erzählt. Also mir ist das megapeinlich, Frau Gutleyb.“

Sie schluckte betroffen und schöpfte gleich wieder Hoffnung.

„Ich bitt` Sie, von mir hab`n S´ das nicht gehört, nur damit wir sich verstehen.“

„Wir verstehen uns schon irgendwie, Verena.“

„Dann vielen Dank!“

Auf dem Weg zum Büro, wie immer von den Linz Linien zügig transportiert, fiel ihr ein, dass Feiler einen neuen Ausgleichssport, wie er es nannte, ausübte. Er habe sich unter die Bogenschützen begeben, weil er dabei sein sicheres Auge und seine ruhige Hand trainiere – alles für den Ernstfall im Dienst. Am Ende einer intensiven Weihnachtsfeier hat er einmal ganz stolz erzählt, dass er mit seiner Dienstpistole schon getötet hat, mit einem einzigen Schuss noch dazu. Die Älteren in der Runde begannen zu schmunzeln, während den Jüngeren der Mund offen stehen blieb. Es seien damals mehrere Passanten in Lebensgefahr gewesen, weil sich ein Stier beim Verladen losgerissen hat. Mit Blaulicht und Folgetonhorn hat er das wilde Vieh angelockt, dann ist er zum Showdown ausgestiegen und hat den Stier mit einem Schuss niedergestreckt. Das Gratisblatt hat ihm eine Schlagzeile auf Seite 7 gewidmet: Polizeitorero rettet Menschenleben. Hängt eingerahmt noch immer in seinem Büro. Und jetzt, sinnierte Gutleyb, schießt Max, der Shooting Star, lautlos mit Pfeil und Bogen. Und wenn man nicht genau hinhört, klingt es so ähnlich wie Bognerschießen. Zum Verwechseln ähnlich.

Beinahe hätte sie versäumt, beim Neuen Rathaus auszusteigen, so vertieft war sie in ihre Überlegungen, wie sie ihren Chef in eine Falle locken könnte. Langsteininger wartete, ein mehrseitiges Papier in Händen, im 2. Stock vor dem Paternoster. Sein Blick hellte sich auf, als Gutleybs blonde Locken und ihr tiefer Ausschnitt zu ihm herauffuhren.

„Hallo, Frau Gutleyb! Wir haben ein Mail aus Wien bekommen, vom Bundeskriminalamt", berichtete er mit dem Übereifer eines Musterschülers.

„Nur gemach, Herr Kollege! Alles der Reihe nach! Zuerst holen Sie mir einen Cappuccino, aber so, wie ich ihn mag; dann gehen wir das Mail durch – in meinem Büro und nicht zwischen Angel und Tür."

Der Versuchung, sie zu korrigieren und zu behaupten, er hätte in der Schule die Redensart in ihrer richtigen Formulierung gelernt, erlag er nicht. Er kannte ihre Miene inzwischen, wenn Gefahr drohte, und so überreichte er ihr stillschweigend den Ausdruck und eilte zum Kaffeeautomaten. In letzter Zeit war es ihm gelungen, den Cappuccino zu ihrer Zufriedenheit zu servieren, also konnte er auf die Fortsetzung seiner Erfolgsserie hoffen.

„Junger Mann", begann sie nach dem ersten Schluck von ihrem Schreibtisch aus, „die einzige Neuheit in dem Schreiben besteht in der Agingmethodik. Nur haben wir in Urfahr höchst selten Langzeitvermisste, die über mehrere Jahre gesucht werden. In dem Fall hätte das künstliche Altern des Fahndungsfotos per Computersoftware einen Sinn. Genauso bei einem Jugendlichen, dessen Aussehen sich naturgemäß stark verändert, wenn er lange Zeit hindurch abgängig ist."

„Das sehe ich genauso. Aber in Zusammenhang mit Bogner ist mir auf Seite 3 etwas aufgefallen. In großen Seen und reißenden Flüssen verschwinden Menschen, die nie wieder auftauchen. Allein der Bodensee soll seit Kriegsende hundert Menschen geschluckt haben, die nie mehr zum Vorschein gekommen sind. Wär`s nicht möglich, dass Bogner von der Nibelungenbrücke gestürzt wurde? Oder gezwungen wurde zu springen?"

Sie blickte ihn zustimmend und gleichzeitig nachdenklich an.

„Ich muss zugeben, wir sollten die Möglichkeit nicht ausschließen. Wär` halt fein, wenn`s an solchen neuralgischen Stellen Überwachungskameras gäbe."

„Schon richtig, aber in unserem Fall wäre die Aufzeichnung schon wieder gelöscht."

„Stimmt. Haben Sie den Verteiler für das Mail gesehen? Ist es auch beim Chef gelandet?"

„Ist von ihm gekommen, vermutlich automatisch weitergeleitet."

„Aha. Dann ist er vermutlich von selbst auf die Idee mit der Brücke gekommen und wir sparen uns das Gespräch mit ihm."

„Wie Sie meinen, Frau Gutleyb."

Während sie nachdenklich ihren Gummibaum fixierte, räusperte sich Langsteininger und trug zum ersten Mal ein persönliches Anliegen an sie heran – mit gespielter Schüchternheit.

„Verzeihung, Frau Gutleyb, kann ich kurz einmal privat mit Ihnen reden?"

Sie staunte und wusste weder, wie ihr geschah, noch wusste sie, wie sie reagieren sollte. Beide schauten einander eine Weile schweigend an, bis es ihr zu bunt wurde.

„Jetzt reden S` halt endlich, ich hab heute noch was vor."

„Schön, dass Sie mich anhören. Also, ich finde, Sie sind die ganze Zeit so gut und rücksichtsvoll zu mir. Dafür möchte ich mich gebührend bedanken."

So ein Gesülz ist im Kommissariat nicht üblich, muss er auch noch lernen, dachte sie, ohne ihre freundliche Miene fallen zu lassen.

„Und deswegen", setzte er selbstbewusst fort, „möchte ich Sie zu einem Abendessen einladen."

„Aha, also wenn`s weiter nichts ist, da bin ich dabei."

„Super! Das Lokal dürfen Sie auswählen, aber bitte denken S` an meine finanzielle Lage! Es soll jetzt aber auch kein Chinese werden, da weiß man nie so recht, was in der süßsauren Sauce umgekommen ist. Echt schrecklich! Finden Sie nicht auch, dass diese Bambussprossen-Imperialisten schon die ganze Welt füttern? Wenn bei uns in Taiskirchen der Kirchenwirt oder der Wirt am Markt zusperren sollte, steht schon ein Chinese auf der Matte und hängt einen goldenen Drachen über den Eingang. Also, ich frage mich immer wieder: Wo sind noch keine Chinesen?"

Wie aus der Dienstwaffe geschossen sagte sie: „Im Vatikan."

Er krümmte sich vor Lachen, während sie das Wort ergriff.

„Ich sage dann ganz einfach: Wir gehen heute nach Dienstschluss in die Casa Corrado. Das ist ein guter Italiener beim Neuen Rathaus."

„Abgemacht, Frau Gutleyb. Ich freue mich wahnsinnig."

Das kann ja heiter werden, wenn er jetzt schon so gut aufgelegt ist. Aber andrerseits werd` ich ihn mir warm halten, wie es hierzulande heißt. Vielleicht brauche ich den Innviertler noch einmal für - im selben Moment ging die Tür auf und Feiler stand da. Er schaute voller Tatendrang, entschlossen wie ein Schiedsrichter, der gegen einen Heimspieler die gelbe Karte zückt. Gutleyb kannte diesen Blick, da war es angesagt, ganz auf den Chef einzugehen. Wo doch sowieso seine Position als Abteilungsleiter den nötigen Respekt abverlangen sollte. Von seinem Türschild einmal abgesehen.

„Werte Kollegin, Herr Kollege! Ich hab gerade mit dem Landespolizeidirektor telefoniert. Er hat sich unter anderem nach Fortschritten im Fall Bogner erkundigt."

Er blickte dermaßen streng den überraschten Langsteininger an, dass dieser sich mit einer unschuldigen Handbewegung rechtfertigte.

„Der Direktor hat mir nahegelegt, der Öffentlichkeit ein vorläufiges Endergebnis zu präsentieren. Wir haben in der Sache keine gute Presse und ich befürchte, die Morgenpost wird eines Tages den Fall wieder aufbauschen, wenn sie von den Lichtgestalten der Landespolitik einmal nicht mit Neuigkeiten beliefert wird. Er hat durchblicken lassen, wir sollten nach Möglichkeit das Versagen bei den Ermittlungen dem Ausland anlasten. Ganz egal, ob das der Kosovo oder Brasilien ist, hat er wörtlich gemeint und ich schließe mich vollinhaltlich seiner weisen Empfehlung an. Deswegen schlage ich vor, wir setzen uns demnächst zusammen und machen eine klassische Ist-Analyse. Unsere Nachwuchshoffnung wird dabei protokollieren. Der Termin ist übermorgen, 14 Uhr, in meinem Büro. Alles klar?"

Die beiden nickten und Feiler verließ zufrieden das Zimmer.

In der Pizzeria schlingerte die Unterhaltung anfangs planlos dahin. Gutleyb näherte sich mehrmals dem Thema Feiler, während der Innviertler munter im Privaten blieb. Ihr war das Risiko noch zu groß, von den Dateien auf Bogners Smartphone zu sprechen, schließlich wollte sie diesen Trumpf noch im Ärmel stecken lassen. Langsteininger sah es als seine Aufgabe, die Dame zu unterhalten, wie er es gelernt hatte, im erfrischenden Bierzeltstil.

„Unlängst bin ich an der harmlos dahinfließenden Donau entlang. War ein lauer Abend, ein paar Leute haben am Ufer gegrillt. Passagiere der Kreuzfahrtschiffe spazierten vor dem Brucknerhaus auf und ab und rätselten über die rostigen Stahlteile in der Wiese", begann er ganz verhalten seine Abendschilderung. „Auf dem Rückweg bin ich im tunnelartigen, gläsernen Unterstand beim Kunstmuseum gestanden. Dort bin ich aus dem Spekulieren nicht mehr herausgekommen. Bei jedem Wetter hat man von dort einen freien Blick auf den Pöstlingberg und zum Ars Electronica Center hinüber. Bei einem Platzregen können sich Dutzende frustrierte Schulklassen auf Linz-Besuch unterstellen. Und dann hab ich plötzlich den rauchigen Grillduft gerochen und gewusst: Ich stehe in einem multifunktionalen Unterstand."

Sie schaute ihn verständnislos an und wusste nicht, ob er es ernst meinte.

„Das müssen Sie mir erklären!"

„Die Sache ist ganz einfach: So ein modernes Museum wie das Lentos braucht einen Begegnungsraum der Kulturen. Bei Schlechtwetter kann der Platz als multikultureller Treffpunkt genützt werden. Die Schaffleischesser grillen auf der Seite Richtung Mekka, die westliche Hälfte ist für die abendländischen Schweinefleischtiger. Eine dezente künstlerische Bodenmarkierung in der Mitte zeigt die Alkoholgrenze an. So bleiben alle trocken, wenn es schüttet."

Zwischendurch vertilgte er seine Vorspeise.

„Das sollten Sie dem Bürgermeister sagen. Sie könnten überhaupt auf Städteplaner umsatteln, wenn Sie solche Einfälle haben."

„Wollen Sie mich loswerden?", fragte er Innviertler ohne Ironie.

Sie tat erschrocken und verneinte entschieden. In der Folge ging das Gespräch gehörig in die Breite. Am Ende der Hauptspeise, er hatte die Lasagne zügig verschlungen, kannte sie die Aufstellung der SV Ried beim 3:0 Sieg gegen den LASK im Linzer Stadion vor mehreren Jahren. Sie war nach ihrer kleinen Pizza Diavola dermaßen gestärkt, dass sie locker den Ausgleich schoss, indem sie seine Aufmerksamkeit zu allen Mode-Outlets im Umkreis von 400 Kilometern zerrte.

„Ich muss schon sagen", flocht er zu seiner Erholung ein, „Linz ist mit Ried verglichen eher eine richtige Stadt. Diese Hochhäuser und Bürotürme, alle Achtung, Respekt einflößend. Im Innviertel würden wir zu sowas glatt Wolkenkratzer sagen. Wenn man in der Riesenstadt jemand Bestimmten sucht, ich glaub, das kann ein halbes Leben dauern, so unübersichtlich kommt mir Linz vor."

Sie schaute ihn durchdringend an und wollte sein Mitteilungsbedürfnis ausnützen. Sie ließ es regelrecht auf einen Auffahrunfall ankommen und meinte ungeniert: „Das hört sich so an, als würden Sie tatsächlich wen suchen, ich meine, eine fesche Partnerin."

Sein schwärmender Blick kam an die Seelentiefe eines jüngeren katholischen Priesters heran, der in frisch gebügelter Soutane eine herzensgute Jungfer beeindrucken will.

„Ganz ehrlich, Frau Gutleyb, wenn sie so phänomenal ausschaut wie Sie, mit der könnt ich mir alles vorstellen. Selbst wenn sie Schweißfüße hat."

Da verschlug es ihr die Sprache. Schweiß! Wie kann man bei Tisch an sowas Widerliches wie dieses klebrige Drüsensekret denken! Zum letzten Mal, das wusste sie noch ganz genau, hatte sie bei ihrer Mathematik-Matura geschwitzt. Sie war schockiert über seinen abwegigen Gedanken und führte ihn auf den überschäumenden niederbayerischen Einfluss auf das Innviertel zurück. Auf der Stelle brauchte sie ein wirksames Beruhigungsmittel.

‚Ich möcht` noch eine Grappa, aber eine große auf das hinauf. Darf ich bestellen?"

‚Selbstverständlich! Wir könnten ja noch auf das kollegiale Du anstoßen, oder?"

Sie schluckte hörbar, stimmte jedoch beim Gedanken an ihre Karriere zu.

‚Aber Wastl sag ich nicht zu dir, damit wir uns verstehen!"

Auch wenn`st so ausschaust, wäre ihr beinahe herausgerutscht.

An der Haltestelle der Straßenbahn trennten sich die Wege von Ursula und Sebastian.

Seifenoper mit Amini

In Österreich ging der Frühling zu Ende, in San Pedro herrschte die Regenzeit in Vollendung, wie Bogner meinte. Der Tourismus war eingeknickt, keine Gäste für eine Ausfahrt. Ein Tag glich dem anderen. Am Morgen hielt er Nachschau bei der Nobody, dann ankerte er im Schaukelstuhl und beobachtete von seinem hölzernen Balkon aus das Geschehen auf der aufgeweichten Straße, dieser Gasse ohne Namen, die im rechten Winkel vom Barrier Reef Drive wegführte und kaum 200 Meter lang war. An den beiden Enden der Querstraße begann das Meer, ein mattes Grau-Grün unter einem bedeckten Himmel. Die Feuchtigkeit des Vormittags entlud sich nachmittags in heftigen Regenschauern. Manchmal unterbrach ein Sturm die Stromversorgung und steigerte die lähmende Eintönigkeit. Es gab keinen Unterschied zwischen Montag und Freitag, zwischen Dienstag und Sonntag. Bogner hatte einen gemütlichen Aussichtsplatz in die Monotonie, denn die Temperatur sank niemals unter 25 Grad. Seine Aufmerksamkeit widmete er den Passanten, deren Füße drei Meter unter ihm ihre Ziele ansteuerten.

Eine junge Frau schlurfte in Flipflops vorbei, sie trug bunte, eng anliegende Bermudas und ein gestreiftes Shirt. Mit beiden Händen umfasste sie einen schweren Kürbis, den sie wie einen Ball vor ihrer Brust trug. Ihre Haut glänzte im gesunden Braun der Mestizen und seine Blicke folgten ihr, bis sie vom Pfeiler des Balkons verdeckt wurde.

Eine gefühlte Stunde später tauchte ein Mann auf einem Fahrrad auf, das ihm wegen seines Geklappers bekannt vorkam. Als der Strohhut näher rückte, erhob sich Bogner und rief „Hola! Que tal, Alvalo?" hinunter. Der Mann bremste so heftig, dass ihm der Hut auf die Nase rutschte. Alvalo besaß den Shop für Taucher und Schnorchler, den er in der Regenzeit nur selten aufsperrte. Die beiden rätselten, wer zuletzt einen interessierten Touristen gesehen habe. Und wie viele Tage seither vergangen waren. Alvalo war auf dem Weg zu seiner Bank, der er sich mit grimmigen Befürchtungen näherte. Bogner wünschte ihm Glück und nahm wieder in seinem Schaukelstuhl Platz. Unter welchem Vorwand, überlegte er, könnte ich für ein längeres Gespräch in meine Bank gehen? Eine Begegnung mit Lady De Merida würde die Stimmung für eine ganze Woche heben, so wie sie aussah. Die einzige Frau auf dem unübertrefflichen Gabi-Level, die ich in Belize bisher getroffen habe. Könnte Freude in die Regenzeitmelancholie bringen.

Insgesamt zwei Personen hatten am Vormittag seinen Balkon passiert, wenn er niemanden versäumt hatte, während er am Bootssteg war. Bevor der obligate Regenguss einsetzte, der alle Vernünftigen von einem Gang ins Freie abhielt, stürmte aus dem blau-gelben Haus gegenüber eine junge Frau, in Hellrot gekleidet. An ihren langen Haaren erkannte er die Tochter von Frau Gavilanes. Sie hatte es eilig, ihr Faltenrock flatterte um die braunen Knie, als sie barfuß weglief. Ein dringende Besorgung, vermutete er, sollte noch erledigt werden, bevor es zu schütten begann. Kurz darauf trommelte der Regen auf Dächer und Vordächer, er wuchs sich zu einem Vorhang aus Wasser aus. Die Straße begann abzusaufen und er kehrte ihr den Rücken. Im Wohnzimmer hing seit einiger Zeit dem Gabi-Double gegenüber ein alter Belikin Beer Calendar, mit dem Amini ihm eine Freude machen wollte und den er Monat für Monat weiterblätterte. Katricia hieß die vollbusige Miss Belize, die ihn mit ihrem Lächeln durch den Mai begleitete. Das Oberteil des Bikinis in Grün und Gold zeigte die Farben der Brauerei, die „German hops", angeblich deutschen Hopfen verarbeitete. Ein Windstoß schlug die Balkontür zu und er stellte sich vor, dass eine empfindsame Touristin aus Salt Lake City zur Erbauung ein Regentagebuch beginnt, mit tiefschürfenden Gedichten über die Schöpfung und den Rhythmus des Lebens. Ein spannendes Buch könnte mir jetzt durch die öden Stunden helfen, kam ihm in den Sinn. Mein Fehler, dass ich beim Packen darauf vergessen hab. Nur einen einzigen der großartigen Romane Henning Mankells könnte ich jetzt gut gebrauchen. Auf dieser Insel hier finde ich sicher keinen Buchladen.

Resignierend warf er sich aufs Bett, dachte kurz an Gabi und wurde bald vom Siesta-Schlaf weggetragen.

Als die Dämmerung das Licht allmählich wegdimmte, begann die Straße aufzutrocknen. Ein dünner Film befeuchtete seine Haut, während er mit einer Dose Belikin-Lager im Schaukelstuhl saß. Kein Regen mehr zu erwarten, an seiner Stelle legte sich bleierne Schwüle auf San Pedro. Von links kam ein hellrotes Kleid näher, die junge Gavilanes kehrte zurück. Sie tänzelte beschwingt, in ihrer ausgelassenen Stimmung sang sie La Isla Bonita, bis sie im Haus gegenüber verschwand. So gut gelaunt und glücklich, ging ihm durch den Kopf. Was hatte sie in den vergangenen vier Stunden gemacht? Wenn sie einen Freund hatte, dann war es gut mit ihm gelaufen. Während der Regen prasselte, waren ihre Körper aneinandergeklebt. Eine wunderbare Gestaltung eines feuchten Nachmittags. Ob Amini sich noch einmal dachte, er würde hinaufgehen und sich mit ihr einlassen?

Eines Abends war er oben gewesen, weil sie ihn zum Fernsehen eingeladen hatte. Sie saßen nebeneinander auf ihrer durchgesessenen Couch und vor einer brasilianischen Telenovela mit englischen Untertiteln. Er amüsierte sich über das intellektuelle Niveau der Dialoge, während sie sich von den Bildern voller Glut und Leidenschaft mitreißen ließ. Aus Versehen oder weil irgendein Gefühl sie dazu animierte, lag plötzlich ihre linke Hand auf seinem Oberschenkel. Er wartete einige Augenblicke in der Hoffnung, sie würde sie wieder zurückziehen – vergeblich. Daraufhin räusperte er sich und schaute sie mit prüfendem Blick an – wieder vergeblich. Sie starrte weiterhin gebannt auf den flimmernden Bildschirm und er begnügte sich vorerst mit der Annahme, dass die Handauflegung kein Anbahnungsmanöver war. Je länger er wie festgenagelt neben ihr saß, desto unwohler fühlte er sich und desto schwerer wog ihre fleischige Linke. Seine Blicke zappten zwischen den schmachtenden Schauspielerinnen und Aminis Auflage hin und her, einmal brasilianische Schönheiten in der Flimmerkiste und das andere Mal die bewegungslose Hand der alten Nachbarin. Beides ödete ihn an und so schritt er zur Tat.

Er wartete eine feurige Liebesszene ab, dann hob er das unangenehm gewordene Gewicht behutsam mit beiden Händen auf und legte es in ihrem Schoß ab. Offensichtlich eine Spur zu gefühlvoll, vielleicht sogar mit einem Anflug von unbeabsichtigter Zärtlichkeit. Jedenfalls konnte ihre Empfindung nur einem Missverständnis entspringen. Aufgeputscht von der erotischen Ausstrahlung des Filmchens griff Amini mit ihrer Rechten nach seinen vorsichtigen Transporthänden, die gerade ihre Linke abgelegt hatten. Was wird das, fragte sich der beunruhigte Burnie in seiner Bedrängnis. Im selben Moment neigte sie ihren Kopf auf seine Seite und leuchtete ihn mit ihren dunklen Augen an. Die Tiefe ihres Blicks ohne Worte traf ihn eiskalt und er dachte nur noch an Flucht. Er war an keiner Umarmung oder gar einer Intensivierung in der für ihn neuen Art von karitativem Sex interessiert, sie war ihm zu alt, zu füllig und ihren wulstigen Indiosteiß konnte er höchstens lustig finden. Während er sich von der Couch erhob, gab sie enttäuscht seine Hände frei.

„Tut mir Leid", sagte er mit gespielter Höflichkeit, „aber mir gefällt dieses Programm nicht. Ich wünsche dir noch eine anregende Unterhaltung."

Dann zog er sich aufatmend in den ersten Stock zurück. Auf Riveras Bild saß der Gecko, ohne sich von der nackten linken Schulter wegzubewegen. Unter den offiziellen Papieren, die er von der Verwaltung San Pedros erhalten hatte, fanden sich Sicherheitshinweise, die für „qualifizierte Rentner" auch in deutscher Sprache veröffentlicht wurden. Die Belizeaner würden immer noch glauben, dass Gringos im Geld schwimmen usw. In diesem umfangreichen Ratgeber hieß es: „Wenn Sie auf Leute in Belize zugehen, sei es für eine Freundschaft oder für ein Geschäft, stellen Sie sicher, dass Sie deren Hintergedanken kennen. Auch wenn Sie die wahren Ziele nie herausgefunden haben, werden diese Leute alles Mögliche versuchen, um ihre wahren Ziele zu erreichen." Misstrauisch geworden prüfte er sich, ob er die wahren Ziele Aminis schon kannte.

Er stellte das leere Belikin-Lager auf den Boden, während ein blaues Buggy vorbeifuhr. Ein hellhäutiger Mann mit Schirmkappe saß am Steuer, ein Zugewanderter, der auf dem Weg zu einem Lokal war, vermutete Burnie. Um diese Zeit erwachte San Pedro aus seiner Regenzeit-Apathie. Das Miradora bot bei Tageslicht einen ungestörten Ausblick auf das offene Meer, jetzt war es stockdunkel und er nahm an seinem persönlichen Tisch Platz. Das Lokal war sein zweites Zuhause, zweimal täglich saß er bei José, genau so oft, wie er während der Regenzeit in seinem Bett lag. Der Wirt nannte ihm die Spezialitäten des Tages. Auf seine Empfehlungen konnte sich Burnie verlassen, selbst Leguanfleisch in schwarzer Molesauce war genießbar, wenn man an der dunkelbraunen Farbe keinen Anstoß nahm. Er entschied sich für Ceviche als Vorspeise, diesmal winzige Stücke eines rohen Barracuda mit einer Marinade aus Zitronensaft, Chili und Knoblauch. Später folgten Chalupas, höllisch scharfe Tortillas, mit Chorizo und Käse gefüllt. Dazu trank er mehrere Belikin aus eiskalten Dosen. Die Auswahl an Fischgerichten fand er hier herrlich, nur zum Frühstück hätte er gern echtes Brot gehabt, dunkel, körnig, etwas zum Reinbeißen. Zwei Tische weiter saß ein älteres Paar, das er als Nordeuropäer einschätzte, die ihren Lebensabend im warmen Klima verbrachten. Die Laute, die Burnie hören konnte, hielt er für Finnisch. In der Ecke lief die 57. Folge einer mexikanischen Seifenoper ohne englische Untertitel. Die Finnen schauten vom Bildschirm nur weg, um einen neuen Bissen auf die Gabel zu laden. Der Geschmack der Speisen entging ihnen genauso wie die Dialoge der Schauspieler.

José lamentierte wie so oft über die hohen Einkaufspreise, die sich durch den Transport auf die Insel ergaben. Wenn in der Hauptsaison sein Miradora vollbesetzt war, jammerte er auch – wegen der vielen Arbeit in der Küche und beim Service. Gut drauf war er immer, wenn er am Vormittag seine Einnahmen zur Bank trug, dann strahlte er und bleckte sein Puma-Gebiss. Bevor er die Rechnung brachte, fragte er wie üblich: „Tequila o ron? Yo invito, amigo." Der Stammgast entschied sich für ein Gläschen Rum aus dem Zuckerrohr, das auf dem Festland wuchs. „A su salud, José!" Spanische Wendungen wie diese hatte sich Burnie leicht gemerkt, ansonsten konnte er sich mit Englisch recht gut verständigen.

Es war nichts los auf dem Barrier Reef Drive und da er in den Nachtstunden um wenig beleuchtete Gegenden einen großen Bogen machte, ging er auf direktem Weg nach Hause. Er begegnete mehr streunenden Hunden und fauchenden Katzen als Fußgängern. Im zweiten Stock versetzte der helle Schein des Fernsehers die Wohnzimmerdecke in wechselnde Beleuchtung. Wieder ein langweiliger Tag vorüber, resümierte er. Er schaltete sein Notebook ein und holte die Morgenpost auf seinen Monitor. Auf der ersten Seite eine verhärmt aussehende Frau als mögliche neue Bundepräsidentin, über ihn keine Meldung. Das konnte nur bedeuten, dass er noch immer im Kosovo vermutet wurde. Er musste abwarten, bis die Polizei neue Ermittlungsergebnisse bekannt gab. Vorausgesetzt, sie hatte seinen Fall noch nicht zu den anderen verstaubenden Aktenordnern mit ungeklärten Fällen gelegt. Noch ein gefühlvoller Blick auf Gabis Rücken, dann schaltete er das Licht aus. Der Versuch, sich die Einzelhaft eines Leuchtturmwärters vorzustellen, ließ ihn rasch einschlafen.

Konzentrierte Kompetenz

Pünktlich um 14 Uhr betraten Ursula Gutleyb, in hochgeschlossener Bluse, weil sie die männliche Konzentration nicht beeinträchtigen wollte, und Sebastian Langsteininger, mit Papier und Stift bewaffnet, das Büro für ausgefeilte Ermittlungen. Vor der freien Wand, direkt unter dem abwesenden Bundespräsidentenbild stand eine Flipchart-Tafel, auf die Feiler mit sichtlichem Stolz zeigte. In der Mitte des leeren Blattes befand sich ein kleiner Kreis, darin die Buchstabenkombination „Bebo". Der Chefermittler reichte dem Auszubildenden einen Faserschreiber und ergriff mit bedeutungsvoller Stimme das Wort.

„Meine Kollegen, wir wollen in dieser lästigen Sache heute einen entscheidenden Schritt weiterkommen. Wir nehmen uns alle bisher bekannten Details und sämtliche Fahndungsansätze akribisch vor. Mit open end, so Leid`s mir tut. Herr Kollege, Sie notieren unsere Ergebnisse auf dem Flipchart. Ins Zentrum hab ich „Bebo" geschrieben, das Redaktionskürzel für den Vermissten. Damit der junge Mann die Materie auf Punkt und Beistrich kennen lernt, wird Frau Gutleyb kurz erklären, wann eine Person aus polizeilicher Sicht als vermisst gilt."

Seine Mimik erinnerte an einen zynischen Lehrer, der seine hinterhältigen Prüfungsfragen mit kaum verhehltem Genuss formuliert. Gutleyb ließ sich nicht aus der Ruhe bringen und legte wie eine Musterschülerin los.

„Eine Vermisstenfahndung wird unter drei Bedingungen eingeleitet: Die Person hat ihren gewohnten Lebenskreis verlassen, ihr Aufenthalt ist unbekannt und man muss Gefahr für Leib und Leben annehmen, was auch eine Suizidabsicht einschließt. Im vorliegenden Fall muss auch an eine berufsbedingte Gefährdung gedacht werden."

„Prima, Frau Kollegin. Wie Sie wissen, habe ich sehr bald die Fahndung durch eine Interpol-Meldung auf den Kosovo ausgeweitet.

Ergebnisse von dort unten gibt es noch immer nicht. Ich sag nur ein Wort dazu: Balkan."

Feiler fiel erst jetzt auf, dass sie noch immer vor dem Flipchart standen. Er arrangierte einen Sesselhalbkreis um das leere Protokoll. Da er nicht so recht wusste, womit sie beginnen sollten, fragte er die beiden nach ihrer Präferenz, was den Aufenthaltsort Bogners betreffe. Gutleyb jubelte still über die Blöße, die sich Feiler damit gab, und meinte eiskalt: „Wenn wir so vorgehen, machen wir einen Anfängerfehler. Es ist doch viel klüger, alle Möglichkeiten zu besprechen, ohne sie gleich zu bewerten. Darin bin ich mit meinem Kollegen einer Meinung. Wir haben nämlich gestern ein ausführliches Vorgespräch geführt."

Langsteininger blieb nichts anderes übrig, als zustimmend zu nicken, und hoffte, dass seine Mimik den Überraschungseffekt verbergen konnte. Den Chef bluffen und ihn wie einen Anfänger abkanzeln, das hatte sie drauf. Ihre Sätze schlugen wie Torpedos ein. Von ihr konnte der Innviertler noch so einiges lernen. Feilers Gesicht zeigte nun einen unverkennbaren Anflug von Wutröte. Er ärgerte sich über seine dilettantische Frage nach der Präferenz und kochte innerlich, weil Gutleyb ihn vor dem Youngster bloßstellte. Er starrte das weiße Papier an und meinte resignierend lakonisch: „Wir fangen also irgendwo an."

Gutleyb schaltete sich sogleich ein, weil ihr das unbeschriebene Blatt zunehmend unangenehmer wurde.

„Punkt 1: Bogner könnte in den Kosovo gefahren sein. Wir wissen von keinem Zugsunglück auf der Strecke nach Skopje. Er recherchiert dort über die Organhändler-Mafia und taucht nicht mehr auf. Entweder ist er ihr zu nahe gekommen und wurde letal eliminiert oder er wurde als Einnahmequelle festgehalten. Nach Bedarf hat man ihm das eine oder andere Organ entnommen, er dürfte ja bei guter Gesundheit gewesen sein. Brutal gesagt: Sein Körper wurde verwertet."

Feiler ergänzte in seiner herzhaften Art: „Und den Rest haben die Mafiosi an die Wachhunde der Klinik verfüttert."

„Diese Variante", setzte sie fort, „bedeutet für uns, wir werden nie mehr eine Spur finden."

„Entschuldigung, aber das sehe ich anders", schaltete sich der Innviertler ein. „Wenn wir einen einzigen Organempfänger finden, müssten wir durch eine Biopsie an die DNA Bogners kommen."

„Natürlich! Eine Spitzenidee, Herr Kollege! Könnte von mir sein", belobigte Feiler den Auszubildenden, während Gutleybs Staunen noch größer war als ihr offener Mund.

„Wir gehen dann zu Punkt 2 über, Frau Kollegin."

Sie war sogleich wieder bei der Sache und meinte: „Bleiben wir noch auf der Kosovo-Spur! Wenn Bogner sein Smartphone einmal aus den Augen gelassen hat, könnte eine andere Person mit seinem Handy das Bahnticket nach Skopje gebucht haben, um für die Ermittler die Reise vorzutäuschen."

„Wer kommt für eine solche Manipulation in Frage?", wollte Feiler erfahren.

„Unserem Wissensstand nach mehrere Personen. Deswegen notieren wir als Punkt 2 die Journalistin Sandra Böhm. Bei der Vermisstenanzeige hat sie emotional wie ein Teenie reagiert. Sie hat vermutlich durch Bogners Verschwinden beruflich enorm profitiert. Unter Punkt 3 müssen wir die angebliche Verlobte Adela Kucera führen, für die ein Mord aus Eifersucht oder aus Rache in Frage käme. Die beiden haben nicht zusammen gewohnt. Da dürfen wir nicht ausschließen, dass Bogner eine Zweite hatte, für die fleischlichen Genüsse sozusagen. Zur Erinnerung: Kucera kocht nur vegetarisch. Die Nummer 4 bekommt ein namentlich noch unbekanntes Redaktionsmitglied."

„Wie begründen Sie diese Vermutung?"

Sie zögerte nicht mit ihrer Antwort.

„Wir dürfen auf ein Motiv im Bereich der beruflichen Karriere nicht vergessen. Diese Annahme erstreckt sich auf einige Journalisten der Morgenpost, im Speziellen aber, wie schon gesagt, auf die Böhm, der ich einiges zutraue."

„Das leuchtet mir ein", stimmte Feiler zu.

„Wenn wir über Personen reden, die vom Verschwinden Bogners profitieren könnten, müssen wir auch an eine Person aus seinem früheren Privatleben denken, die sich für irgendetwas rächt."

„Kriegt die Nummer 5", fand Langsteininger, während Feiler betreten schwieg und heranschleichendes Ungemach ahnte. Er schluckte danach hörbar und sagte mit deprimiertem Tonfall: „Da kommt einiges zusammen und je mehr Punkte, desto mehr Arbeit haben wir."

In dieser Stimmungslage drängte sich ihm Punkt 6 auf.

„Wir sollten auch an einen Suizid denken, liebe Kollegen!"

„Natürlich, im Prinzip richtig", stimmte sie zu. „Aber wir kennen keinen Abschiedsbrief und dürfen nicht vergessen, dass ein Selbstmörder gefunden werden will – ich meine, seine Leiche."

Langsteininger, der durch das Protokollieren intensiv beschäftigt war, brachte an dieser Stelle ein: „Aber wir wissen auch, dass ein großer Fluss wie die Donau oder ein See einen toten Körper manchmal für immer behält. Begraben in den Wellen, wie die Dichter sagen."

„Trotzdem müssen wir den Suizid als 6. Möglichkeit in Betracht ziehen", entschied Feiler.

„Dann sollten wir der Vollständigkeit halber anführen", bemerkte Gutleyb mit humorvollem Tonfall, „dass er ein Erweckungserlebnis hatte, das seine Existenz im Innersten erschüttert hat. Der spontan Gewandelte hat sich vom weltlichen Leben abgewandt und ist als Laienbruder in ein Kloster eingetreten oder hat in der Einöde Albaniens ein Eremitendasein begonnen."

„Amen!", fügte Feiler unpassend hinzu und die anderen wussten nicht, ob sie lachen durften. Die angespannte Stille beendete Langsteininger mit einem Ausbruch seiner Chinesenallergie.

„Auch wenn ich jetzt in Rassismusverdacht gerate, will ich als Punkt 7 eine pietätlose Aktion von Chinesen vorschlagen. Diese kleinwüchsigen Weltmeister im Kopieren, wir brauchen da nur an den geistlosen Nachbau des einzigartigen Hallstatt denken, diese

Champions im Abkupfern arbeiten schon längst insgeheim an ihrer zweitklassigen Version der Körperwelten. Ohne Zweifel wollen sie ausgewachsene europäische Körper ein paar asiatischen Zwergleichen gegenüberstellen. Die Chinesen holen sie sich aus den Todeszellen und die Weißen werden entführt, ermordet und plastifiziert. Niemand kann den Bogner in einer asiatischen Körperschau erkennen, wenn ihm die Haut abgezogen wurde."

Die beiden Zuhörer dachten zwei Schrecksekunden nach, dann ergriff Feiler als Erster das Wort.

„Also, bei allem Respekt, da ist die Phantasie mit Ihnen durchgegangen. Sie schlagen Ihre abwegige Idee aus einem persönlichen Motiv vor, ohne dass Sie irgendeinen Anhaltspunkt haben. Das geht nicht, merken Sie sich das! Bei uns in Urfahr geht das schon gar nicht."

Gutleyb verhielt sich still und erhöhte durch ihr Schweigen den Druck auf ihren Schützling.

„Na, dann eben nicht!", gab der Innviertler klein bei, der die Ziffer 7 bereits angeschrieben hatte. Sogleich überraschte sie mit einer raffinierten Möglichkeit, welche das ramponierte Image der Abteilung aufpolieren könnte.

„Als vorläufig letzten Punkt schlage ich vor, dass Bogner simuliert. Er täuscht quasi sein Verschwinden vor, weil er damit einen uns unbekannten Zweck verfolgt. Vielleicht ist`s nicht mehr, als dass er die Fähigkeiten der Polizei testen will, wenn sie einen Untergetauchten suchen muss. Er macht sich einen Spaß aus diesem Versteckenspiel. Eine abgefeimte Pseudo-Aktion, die uns in die Irre führen soll. Journalisten ist schließlich alles zuzutrauen, wenn sie nach Schlagzeilen süchtig sind."

„Finde ich auch!", stimmte Feiler zu. „Wir haben nun sieben Erklärungsmodelle für Bogners Verschwinden vor uns. Wir sollten abschließend, obwohl bereits Dienstschluss ist, festlegen, welche Maßnahmen jeweils zu ergreifen sind."

Die anderen machten lange Gesichter, Gutleyb drängte auf ein rasches Vorgehen und begann unverzüglich.

„Im 1. Punkt wird die Polizei des Kosovo nochmals gebeten, Ermittlungen aufzunehmen. Chefredakteur Fuchs und Frau Böhm müssen getrennt einvernommen werden, falls der Täter oder die Täterin aus der Morgenpost kommt. Adela Kucera halte ich für nicht fähig, eine Leiche spurlos verschwinden zu lassen. Definitiv."

„Das heißt?" fragte Feiler.

„Sie gehört für mich nicht in den Kreis der Verdächtigen. Da wir für einen Konflikt in seinem früheren Privatleben noch keine Anhaltspunkte haben, bleibt der 5. Punkt genauso vage wie der Rückzug in ein Kloster. Schließlich haben wir noch den Suizid und das Versteckenspiel. Hier drängen sich meiner Einschätzung nach keine Maßnahmen auf, sondern wir müssen abwarten - "

„ - und Bier trinken! Am besten Rieder Bier", riss der Innviertler das Wort an sich.

Feiler grinste ihn hinterhältig an und sagte süffisant: "Ich gönne Ihnen schon ein paar Halbe. Aber morgen um 8 Uhr liegt das Protokoll feinsäuberlich getippt und ohne Rechtschreibfehler auf meinem Tisch."

Ob der Grantler jemals mit seinem Humorfasten aufhört, fragte sich Langsteininger Kopf schüttelnd, bevor er an seine lästige Arbeit ging.

Eine Corona gegen den Blues

In San Pedro lebte er in der Warteschleife. Am Ende der Welt hatte ihn der Blues. Die Tage zogen sich, manche verirrten sich in einer regennassen Sackgasse. Er suchte nach Beschäftigungen, während sich die Stunden dahinschleppten. Gegen die bohrende Langeweile, die sich mit Schüben der Ungeduld mischte, hatte er auf seinem Notebook keine Spiele zu Verfügung, nicht einmal ein Kreuzworträtsel fand er. Die ganzen digitalen Unterhaltungsprogramme hatte er gleich nach dem Kauf gelöscht. Voreilig, wie sich jetzt herausstellte. Er hatte sich nicht vorstellen können, einmal nichts zu tun zu haben. Warten zu müssen, bis er wieder an der Reihe war.

Bevor ich wie ein Jugendlicher in den Weiten des Internet herumsurfe, stelle ich mir selbst eine Aufgabe. Eine anspruchsvolle wollte er beginnen. Er ließ Musik von Springsteen laufen und machte sich daran, ein eigenes Kreuzworträtsel zusammenzustellen. Die ersten Lösungswörter kamen rasch wie auf einem Fließband daher, Tlaloc und Bruce, Sehnsucht, Mezcal, Ball, Donau, Herz, Regen und immer. Ihre Anordnung zu einem Rätsel hatte es aber in sich. Hundertmal schwieriger als ein fremdes Rätsel zu lösen, wusste er bald. Den Regengott der Azteken schob er mehrmals herum, bis er zum Vornamen von Springsteen und zur Donau passte. Auf das Gefühl des Vermissens wollte er auf keinen Fall verzichten und so beschäftigte ihn lange Zeit das sperrige Wort Sehnsucht, für das er passende Kombinationen brauchte. „Was für ein Ungetüm!" fluchte er genervt und blickte Rat suchend zur Kalla-Frau empor. Sie servierte ihm Gecko, Nacken, Kuss, Sex, Lust und mit Verzögerung noch ach, mit denen er mit Ausdauer herumprobierte, als es draußen klopfte.

Amini, niemand anderer. Er kannte den Takt ihres Knöchels und mit „Hi, Burnie!" erklang ihre sonore Stimme in der Tür.

„Du lässt dich in letzter Zeit nicht mehr bei mir blicken, so komme ich zu dir. Sag jetzt nicht, du hast keine Zeit!"

„Nein, nein! Ich habe viel Zeit", und noch mehr Langeweile, wollte er hinzufügen.

„Komm, wir setzen uns hinaus."

Amini fläzte sich in den Schaukelstuhl, Burnie nahm auf einem Sessel aus dem Wohnzimmer Platz.

„Ich habe auch etwas mitgebracht, für ein paar Stunden, wenn du willst. Bevor du ins Miradora gehst."

Er blickte sie erwartungsvoll an, bis sie aus ihrer Basttasche eine Flasche Rotwein und zwei lange Zigarren zog.

„Müßiggang ist aller Süchte Anfang", bemerkte er scherzhaft.

„Na, was sagst du?"

„Amini, ich weiß nicht, ob mir das gut tut. Ich habe noch nie eine Zigarre geraucht."

„Okay, dann rauche ich beide. Ich hab sowieso einen Nachholbedarf."

„Also, so hab ich das auch wieder nicht gemeint. Probieren will ich natürlich, ich bin doch kein Drückeberger."

„So ist`s recht, Gringo! Meine letzte war dran, da hat Mitch noch gelebt. Gemeinsam auf unserem Balkon, während der Regen prasselte. Aber was soll die Vergangenheit – hol einen Korkenzieher, Feuer und einen Aschenbecher. In einer Stunde ist die Melancholie versenkt und du dankst dem Wetter für deine gelöste Stimmung."

Er erhob sich und der Boss sang „Two hearts are better than one". Über den chilenischen Merlot freute sich Burnie ehrlich, die Zigarre beäugte er skeptisch. Ich werde nicht nein sagen, entschloss er sich, auch wenn`s mir morgen mies geht, macht doch nichts in dieser Zeit. Mit zwei zerkratzten Gläsern kam er auf den Balkon zurück und dachte sich, jetzt muss es endlich sein, es ist schon lange fällig.

„Amini", er reichte ihr ein gefülltes Glas, „du bist ein Schatz. Ich weiß gar nicht, was ich ohne dich täte."

„Ist schon gut, Burnie. Ich mag dich ein bisschen und fürchte mich vor dem Tag, an dem du wieder heimfliegst."

„Auf dein Wohl! Und jetzt gibst du mir Nachhilfe im Zigarrenrauchen."

„Okay, dann setz dich zu mir!"

Sie schnitt die äußerste Spitze ab und zündete auf Etappen ihre Zigarre an, wobei sich die Augenlider auf und zu bewegten.

„Ist eine Corona aus Honduras. Der Tabak lagert einige Jahre, bis er gerollt und in Zellophan gewickelt wird."

Burnie ging wie Amini vor und spürte nach wenigen Zügen die Wirkung im Kopf. Er wurde hellwach und glitt allmählich in eine heitere Gelassenheit, auf das Angenehmste angeregt durch glosende Tabakblätter. Stumm saß er ihr gegenüber und verglich die Veränderung an ihren Zigarren. Sie genoss es sichtlich, einen glühenden Phallus zwischen die Lippen zu klemmen.

„Holy moly!", rief sie mit glänzenden Augen und paffte winzige Wolken zur Holzdecke des Balkons.

„So eine Zigarre ist der Sex meines Alters. Was fühlst du beim ersten Mal, Burnie?"

„Einen neuartigen Genuss und wachen Kitzel, würde ich sagen. Auf alle Fälle eine besondere Erfahrung für mich."

Ihre Stimme klang nach Rauch und Lebensfreude, als sie mit einer angeblichen Legende begann.

„Irgendwo in diesen Breiten, irgendwann an einem Regennachmittag haben Männer getrocknete Blätter wilden Tabaks zu einer dicken Rolle gewälzt und mit einem starken Deckblatt zusammengehalten, das sie mit Zuckerrohrsirup festgeklebt haben. Nach dem Trocknen des Sirups haben sie die ungleichmäßigen Enden mit einem Messer abgeschnitten. An einem Ende haben sie einen brennenden Span so lange hingehalten, bis die Rolle zu glosen begann. Immer wieder zogen sie an der anderen Seite an und merkten, wie sich langsam ein Wohlgefühl einstellte. Ihre Hände hatten eine Beschäftigung bekommen, während die Männer auf einer Matte hockten und dem Regen zuhörten. Ihr Kopf wurde von einer nie gekannten Leichtigkeit eingenebelt. Sie vergaßen, wo sie saßen, was Langeweile bedeutete und wann sie zuletzt gearbeitet hatten. Am nächsten Tag wiederholte sich ihr Tun, wiederholte sich ihr Genuss."

„Mir scheint, Amini, eine Zigarre kann den Tag retten."

„Sicher, ganz sicher. Davon bin ich überzeugt. Was glaubst du eigentlich, welcher Europäer zuerst eine Zigarre geraucht hat?"

„Vermutlich Columbus."

„Richtig geraten."

„Erzähl mir noch was von Belize, Amini! Welche Leute wohnen in deinem Land?"

„Weiße Rentner wie du, aus Nordamerika oder Europa. In den wenigen Städten findest du nicht viele Inder und Chinesen. In der Mehrheit sind die Latinos und Kreolen, immer weniger gibt es jedoch die direkten Nachfahren der Maya. Mh, auf die Mennoniten hätte ich beinahe vergessen."

„Mennoniten? Ich kenne nur Meteoriten."

Sie lachte hellauf und erklärte: „Das sind eigenartige Leute mit bleicher Haut und weißblonden Haaren. Sie bleiben unter sich in ihren zerstreuten Siedlungen, wo manche auf Strom, Gas und Motoren verzichten. Lieber arbeiten sie mit Pferden. Sie leben wie im 19. Jahrhundert in Europa und sprechen eine alte Sprache, deren Namen ich nicht kenne. Aber sie sind fleißig und geschickt als Tischler oder Bauern. Ihre Kürbisse und ihr Mais schmecken ausgezeichnet. Ob sie wissen, dass die Götter den Menschen aus Mais geschaffen haben, wie unsere Mythologie erzählt?"

„Man kann also sagen, sie sind hier Außenseiter?"

„Nein, nicht unbedingt. Wir sind ja sehr tolerant, aber sie kapseln sich ab. Stell dir vor, sie tanzen nicht, erzählen keine Witze, Alkohol und Rauchen sind strengstens verboten. Sie halten unsere moderne Welt fern und ordnen sich ihrer Religion und ihren Traditionen unter."

„Sonderbare Vögel, meinst du nicht?"

„Finde ich auch. Verzichten auf die unschuldigsten Vergnügungen und degradieren den Sex zu einer Fortpflanzungsbegegnung."

Burnie amüsierte, mit welcher Betonung sie das gesagt hatte, bemühte sich aber sofort, dieses Thema vom Balkon zu verscheuchen.

„Darf ich dir nachschenken, Amini? Dein Merlot schmeckt mir ausgezeichnet. Passt gut zur Corona."

„Das freut mich. Schau, der Regen lässt nach und die Zigarre müssen wir bald ausdämpfen. Willst du noch eine rauchen?"

„Nein, danke, das wäre zu viel des Guten."

Sie wirkte zusehends müde vom Wein. Die Unterhaltung geriet ins Stocken.

„Willst du mit mir eine Telenovela anschauen? Jetzt läuft gerade eine", fragte sie.

„Nein, danke für die Einladung, ich brauche etwas Bewegung. Ich gehe zum Strand und schaue bei José vorbei."

„Auch gut. Ich bin dann oben, Burnie."

Er räumte anschließend auf und sprach zum Gabi-Double, was ihm der Boss einflüsterte.

„If you `re looking for love, honey, I`m tougher than the rest".

Als er wieder zurück war, war er durch das ungewohnte Nikotin hellwach. In seiner Anfangszeit als Journalist erfand er mit einem Kollegen zum Spaß Zeitungsenten, die sie nie veröffentlichten. Er setzte sich vor sein Notebook und begann eine Serie von solchen Geschichten, bis ihn die Müdigkeit stoppen würde.

Auf einer winzigen Koralleninsel im District Stann Creek hält sich der öffentlichkeitsscheue US-Schriftsteller Thomas Pynchon versteckt. Er habe das eiskalte New York im Winter ein für alle Mal satt und arbeite in Belize an einem neuen Manuskript. Der 78jährige Autor, von dem es seit mehr als 40 Jahren keine Fotos gibt, hat ein neues Gebiss und eine Vollglatze. Seit ihm der rechte Daumen fehlt, diktiert er seiner Frau Melanie, die gleichzeitig seine Agentin ist. Er wolle sich in den abgelegenen Siedlungen der Mennoniten umsehen. So leicht und ohne erkannt zu werden könne er das Leben des 19. Jahrhunderts kaum mehr studieren. Mehr sagte er über seine aktuelle Arbeit nicht. Er dementierte ganz entschieden, dass er in der Verfilmung seines Romans „Inherent Vice" persönlich aufgetreten sei. Ein Double habe wohl die kleine Rolle übernommen. Er beendete das kurze Gespräch mit dem Satz. „Es genügt der Welt, wenn sie meine Bücher kennt."

Die Idee vom Daumenverlust machte Burnie mit der nächsten Ente wieder gut.

Bei einem Ausflug in die Montañas Mayas im Süden des Landes nahm ein Reporter einen Anhalter mit. Der aufgelesene Biologe aus dem mexikanischen Merida war nach den internationalen Empfehlungen für Öko-Freaks gekleidet, allesamt in der Alternativ-Bibel „Ich möchte euch grün sein" veröffentlicht. Vor seinen dunklen, runden Augen hingen runde Nickelbrillen, ein beigefarbener Tropenhelm bewahrte ihn vor allem, was von oben herabfiel. Mit unnatürlicher Euphorie erzählte er während der Fahrt von einer bisher unbekannten Affenart. Die Tierchen seien mit den Guatemala-Brüllaffen verwandt, den Zoologen besser als Alouatta pigra bekannt. Ihr Beiname sage bereits alles über ihre behäbige Lebensweise aus, die von vielen Ruhepausen geprägt sei. Weil diese tagaktiven Tiere faul sind, konnte er ihnen so nahekommen, dass er ihren Daumen entdeckt habe. Ein solcher sei bei den anderen zwölf bekannten Arten von Brüllaffen in Mittel- und Südamerika nur in retinierten Ansätzen ausgeprägt. Zum Zeichen seiner Entdeckerfreude reckte er seinen linken Daumen mehrmals empor. Sein Angebot, mit ihm die Affenfamilie aufzusuchen, lehnte der Reporter mit seinem rechten Daumen ab. Er zeigte nach unten.

Zettelgefecht

Beim „Magentröster" verbiss sich Feiler in eine überlange Käsekrainer und drei handgeformte Semmeln, die durch die Beimengung von frischem Mühlviertler Bier den Weg durch seinen anspruchslos gewordenen Schlund fanden. Überhart fühlte er sich von Gabi bestraft, zur monatelangen, rigorosen Trennkost verurteilt und mehr als ungerecht behandelt. Max, der sich manchmal als grundgütig bezeichnete, sah seine Felle schon auf den Donauwellen dahinschwimmen und weil ihn der Zustand des Abgestempelten anstank, nahm er sich bei der zweiten Halbe vor, seine beleidigte bessere Hälfte zu versöhnen.

Wir gehen am Abend ins Kino, so sein Plan, da kann nichts schiefgehen. Ein lustiger Film wird sie aufheitern. Am besten einer mit einem unbeholfenen Polizisten, wie sie gerade so ins Kraut schießen. Über diesen Schatten spring ich ohne Anlauf, keine Frage. Sicher löst das Lachen ihre Zunge – wär` doch gelacht! Wär` schon froh, wenn sie nur irgendwas mit mir redet, damit der Stummfilm einmal zu Ende ist. Hat ja inzwischen eine Weltrekordlänge, dieses Schweigen daheim.

Als er die Wohnungstür aufsperrte, war Max Feiler allein zu Hause. Auf dem Küchentisch lag der dicke Notizblock, darauf als neue Eintragung ihre Frage „Wo hast du den Bernhard versteckt?". Am liebsten hätte er als Antwort „im Bermudadreieck" geschrieben. Von landestypischen Männerflüchen begleitet holte er den Bourbon aus dem Notfallschrank und blätterte in der gesammelten Zettelkommunikation der letzten Monate.

Er: Gabi, bitte, ich hab keine saubere Wäsche mehr.

Sie: Lies in der Bedienungsanleitung der Waschmaschine nach. Für Hemden gibt`s Reinigungsfirmen.

Er: Meine Mutter lädt uns am Sonntag zum Essen ein.

Sie: Ein eitriger Zahn verursacht gerade am Sonntag wahnsinnige Schmerzen. Aber innige Grüße an meine Schwiegermutter.

Er: Wann redest du wieder mit mir?

Sie: Wenn ich mit dem Nachdenken fertig bin. Zwischenergebnis: In der Moral-Skala liegst du gleichauf mit einem Mehlwurm.

Sie: Ich glaub dir nicht mehr, dass die Polizei einmal wegen sexueller Nötigung gegen Bernie ermittelt hat. Alles deine böswillige Erfindung!

Er: Kein Kommentar.

Er: Was macht man mit einem kaputten Reißverschluss?

Sie: Deine sexy Kollegin mit der 98er Oberweite gibt dir sicher gern einen Tipp.

Er: Muss ich mir in Zukunft mein Bier wirklich selber kaufen?

Sie: Alt genug bist du.

Er: Schläfst du gut allein?

Sie: Nerven stärkender Einzelschlaf, einfach himmlisch!

Sie: Wissen Bernhards Eltern mehr als die Polizei?

Er: Wer könnte schon mehr als wir in der Gerstnerstraße wissen?

Sie: Suchst du dir eine eigene Wohnung?

Er: Glaubst du, ich helfe deinem Anwalt? Nö!

Sie: Hast du schon einen?

Er: Wieder nö!

Er: Hast du deinen Geburtstag bei deinen Eltern gefeiert?

Sie: Na klar. Mama hat gesagt: Jeder Mann ist ersetzbar. Papa war gerade auf dem Klo.

Er: Ich möchte einen neuen Zeitplan fürs Bad.

Sie: Kommt nicht in Frage! Über das Bad bestimmt im Abendland immer die Frau.

Er: Haben dir meine Blumen gefallen?

Sie: Haben nach Tankstelle gerochen. Gefühlter Preis: 1,99.

Sein Permafrust machte ihn schwer wie eine volle Regentonne und seine Gedanken verirrten sich unseligerweise in den gemeinsamen Sommerurlaub in Kärnten. Sie waren Stammgäste in Seeboden und unternahmen jedes Jahr von dort aus eine Tretbootfahrt nach Millstatt, zum obligaten Kaiserschmarrn bei der dicken Wirtin. Im letzten Urlaub spürte Max zum ersten Mal eine nachlassende Harmonie beim ehelichen Tandem-Treten. Als er Gabis Passivität durch die Pedale bemerkte, redete sie sich auf einen schlimmen Knöchel aus, der dem Ehemann auf der Weiterfahrt all seine Kräfte abverlangte. Noch dazu war er nach einer halben Stunde im Boot bereits psychisch angeschlagen. Jeder Sportler weiß, wie sich ein emotionales Tief auf die körperliche Leistungsfähigkeit auswirkt. Da kann man stark sein wie ein ausgewachsener Karawankenbär, die Kräfte reichen niemals aus, um eine Psychoattacke spurlos wegzustecken. Wieder einmal holte nämlich Gabi auf der Höhe einer sanierungsbedürftigen Villa in Schönbrunnergelb einen erbarmungslosen

Stimmungskiller aus dem Textbuch ihrer Ehe: „Nächstes Jahr möcht` ich wieder nach Jesolo, Max!"

Nach diesem Satz kam es ihm vor, er müsse mit dem Boot eine Mühlviertler Steigung überwinden, die dicke Wirtin warte bereits auf einem Berg aus Millstätter Seewasser, der Palatschinkenteig liege in der heißen Pfanne für die entscheidenden Handgriffe der Köchin bereit und Gabi beschränke sich darauf, männlichen Schwimmern huldvoll zuzuwinken. „Wieder nach Jesolo!"

Obwohl, in der kritischen Erinnerung roch der letzte Schmarrn leicht angebrannt und der Zwetschkenröster war zu wässrig.

„Immer wieder, immer wieder, immer wieder – Je-so-lo!" dröhnte wie ein Ohrwurm in Feilers Kopf. In diesem Adriaparadies waren sie geschwommen, als daheim ein gewaltiges Hochwasser wütete und vielen Menschen, die an der Donau wohnten, das Wasser bis zum Hals stand. Bei Sonnenuntergang saßen sie täglich im selben Strandlokal und ein schlauer Dieb lag unauffällig auf der Lauer. Die Wellen rauschten, als Max seinen angeblichen Chianti trank. Gabi träumte, als die Sonne sank. Als es ans Bezahlen ging, war ihre Handtasche weg. Auf dem Carabinieriposten machte Max eine Anzeige, die noch vor seinen Augen in einer Ablage landete. Er kannte die Aufklärungsquote dieser Dorfgendarmen und wusste zu seinem Trost, Seeboden war auf absehbare Zeit gesichert.

Feiler schenkte sich ein weiteres Glas Bourbon ein, er strebte eine Komplettreinigung von innen an. Im letzten Licht der sinkenden Sonne kehrte eine dröhnende Maschine die Straße vor dem Wohnblock, in dem die Feilers seit vielen Jahren zu Hause waren. Der Asphalt wurde sauber und glänzte wie neu. Er hätte gern nur einmal eine winzige Kehrmaschine gehabt, die in seinem Kopf alle Bahnen, Tunnel und Serpentinen abfährt und von der Kriechspur der Erinnerung den ganzen Müll, die lästigen Scherben und den staubigen Dreck entfernt. Ein Apparat, der den anhaftenden Schlick aus den verwinkelten Fugen herauskratzen würde, bis er wieder ungebremst auf dem glatten Belag dahinbrausen konnte.

Willst du im Sommerurlaub nach Jesolo?

Max Feiler setzte in seiner Kellerstimmung alles auf eine Karte und sein Lockangebot auf ein unbeschriebenes Blatt. Ein Kniefall wie Jesolo konnte die Dauerverschnupfte unmöglich unbeeindruckt lassen, malte er sich aus. Er leerte die Flasche mit dem verbliebenen Reinigungstrunk und fiel bald darauf in einen tiefen Schlaf.

Eine weich gepolsterte Kabine zieht ihn nach unten. Er ist ins Wasser gefallen. Machtlos sinkt er tiefer und tiefer. Er reißt die Augen auf, zum matten Lichtschein hin. In unerreichbarer Nähe winkt dort eine Hand. Hektisch schlagen seine Arme und Beine aus. Ein Torkeln um eine schwankende Achse. Ein lautloser Kampf gegen den Abgrund. Die Bewegungen der Mädchenhand werden umso langsamer, je heftiger er ausschlägt. Sein Puls hämmert in Schädel und Hals. Die sanfte Schlinge des Wassers zieht sich allmählich zu. In zwei kurzen Stößen presst er Atemluft aus. Lässt sein Leben in die Stille ab. Die Hand ist weg, nicht mehr zu sehen. Das Bewusstsein trübt sich ein. Der Atemreiz lässt ihn nach Luft schnappen.

Panisches Erschrecken riss Feiler aus dem Schlaf. Er hustete wie ein Erstickender, saß gekrümmt im Fauteuil, kein Wasser ringsum, die Kehle ausgetrocknet. Er spürte etwas wie knirschenden Sand zwischen den Zähnen, die Ohren waren wieder frei. Kurzatmig verließ er den Sessel und riss das Fenster auf. Endlich wieder Luft zum gleichmäßigen Atmen. Der Angstschweiß trocknete nur langsam weg.

Wem gehörte die winkende Hand, fragte er sich.

Im Badezimmer blickte ihn ein erschöpfter Mann an. Graue Haare wie ein entblättertes Gestrüpp nach einem Windstoß. Seine Augen steckten unter dunklen Brauenbögen. Müde hielten sie sich über den Tränensäcken. Die Lider auf Halbmast. Die Nase schien noch länger als früher zu sein. Abwärts zu markante Taleinschnitte und kleine, dunkle Erhebungen auf der Landkarte seines Gesichts.

Feiler stand vor der Bühne des beginnenden Alters und feixte zum Spiegel: Wer furchterregend aussieht, kann selbst nicht ohne jede Furcht sein.

Der Morgen danach hatte es in sich, ein wahres Morgengrauen. Max Feiler spürte bis in die letzte Haarwurzel, dass er für die überstürzte

Komplettreinigung die falsche Dosis oder gar ein falsches Präparat verwendet hatte. Er war dermaßen neben der Spur, dass er von keinem harmlosen Schwips oder einem mittelgroßen Ziegel ausgehen durfte. Es musste ein regelrechter Rauschrausch gewesen sein, mit dem er die Nacht verbracht hatte. Potatio diabolica hätte der Befund eines Hobbymediziners lauten müssen, in der Laiensprache als teuflisches Saufen bekannt. Mit flackernden Augen fixierte er, noch im Bett liegend, die unruhige Deckenlampe, die ihm von Zeit zu Zeit entwischte. Als er sich aufrichtete, drohte sein angeknackster Kopf zu zerspringen. Im Bad schluckte er zwei Schmerztabletten gegen seinen Kater, dem er die Größe einer ausgewachsenen Raubkatze zugestand. Bier ist gesünder, fand er zu spät. Er hätte auf den Innviertler hören sollen. Max Feiler war schon wieder allein, quasi in schlechter Gesellschaft. Gabi arbeitete um diese Zeit bereits im Kindergarten und er sollte es ihr nach Möglichkeit noch heute gleichtun. Auf dem Notizblock fand er ihre Antwort: Heuer solo in Jesolo.

Die Morgenpost brachte keine einzige Zeile mehr über Bogner, dennoch wollte er sich aus einem lästigen Pflichtgefühl heraus nicht davor drücken, den Chefredakteur zu befragen. Als er die MoPo weglegte, fiel sein Blick auf den Platz, wo früher das Hochzeitsfoto in einem schlichten Silberrahmen hing. Schon vor längerer Zeit war das Foto verschwunden, doch der leere Rahmen blieb hängen. Er fragte sich damals, ob das Bild nur aus dem Rahmen gefallen war, quasi ein zufälliger Streich einer vergänglichen Materie. Oder war es vielmehr ein tiefer Nadelstich seiner rachsüchtigen Holden, ein Wandmal ihrer posttraumatischen Verbitterung. Er hatte für geistreiche Bosheiten ja stets ein offenes Herz, aber dieser eheweibliche Sadismus überstieg seine Schmerzgrenze. Als Feiler den leeren Rahmen entfernte, trug die Wand an derselben Stelle ein dünnes Rechteck. Einen blassen Trauerrand.

Eine beschwerliche Stunde später verließ er einigermaßen dienstfähig die Wohnung und fuhr direkt zur Redaktion. Im Foyer des Medienunternehmens fesselte ihn ein Monitor in der Dimension eines Schaufensters. Besucher konnten hier miterleben, wie die Morgenpost gemacht wird. Die Anzeige sprang im gleichmäßigen Rhythmus von Seite zu Seite und demonstrierte, wie im Laufe des Tages die redaktionellen Beiträge die Seiten füllten. Am Vormittag schienen noch viele weiße Flächen auf, eingespeichert waren die zahlreichen Werbeeinschaltungen und die Spalten für fix vergebene Kommentare. Im innenpolitischen Teil entdeckte Feiler ein reserviertes Feld mit dem Kürzel „LH", schwarz umrandet und noch ohne Textbeitrag. Dürfen die Leser denn niemals vergessen, fragte er sich unter wiederkehrenden Kopfschmerzen, wie der Landeshauptmann ausschaut?

Am Empfangsschalter zückte er grantig seinen Dienstausweis und verlangte ein unverzügliches Gespräch mit Chefredakteur Fuchs. Ein paar Minuten später begleitete ihn eine aufgeweckte junge Dame zu dessen Bürotür.

„Was kann ich für Sie tun, Herr Feiler?", erkundigte sich der Chefredakteur.

„Das Kommissariat Urfahr hat unlängst den Stand der Ermittlungen im Fall Bogner überprüft und sieht sich gezwungen, intensiver als bisher einer möglichen Spur in der Morgenpost nachzugehen. Ich betone, dass unser heutiges Gespräch informellen Charakter hat und mit größter Diskretion zu behandeln ist."

„Dann nehmen Sie Platz, Herr Feiler! Haben Sie einen konkreten Verdacht, der die Morgenpost betrifft?"

„Herr Fuchs", entgegnete Max Feiler ungehalten, „ich muss Sie darauf hinweisen, dass die Fragen nur von der Polizei gestellt werden. Sie sind die Fragerei zwar beruflich gewöhnt, aber ich kann nur Antworten von Ihnen brauchen."

Der Chefredakteur nickte.

„Nun gut! Wer hat die Agenden des Verschwundenen übernommen?"

„Sandra Böhm."

„Hat Frau Böhm sich dafür beworben oder sich irgendwie bemüht, den Posten Bogners zu bekommen?"

„Nein, die Geschäftsführung hat ihr die Stelle angeboten und sie hat zugesagt."

„Trauen Sie Frau Böhm, wie soll ich sagen, eine kriminelle Energie zu?"

Fuchs reagierte erstaunt und schüttelte heftig den Kopf.

„Überhaupt nicht. Diese junge Frau hat die Mentalität einer Kindergärtnerin. Lammfromm ist sie, Herr Feiler."

Der Chefermittler war in Versuchung, die Meinung des Chefredakteurs über Kindergärtnerinnen zu korrigieren, schließlich lebte er gerade neben einer speziellen Vertreterin dieses Berufsstandes. Die brave Lammseite hatte Gabi seit Bogners Verschwinden abgelegt, sie kam ihm mehr wie ein Wolf vor, der mit eiskalten Augen auf einem kahlen Hügel nervös auf und ab ging.

„Wenn Sie an Ihre Kolleginnen und Kollegen in aller Ruhe und möglichst unvoreingenommen denken, Herr Fuchs, gibt es jemanden, der vom Verschwinden Bogners außer Frau Böhm profitiert hat?"

Er fasste sich ans glatt rasierte Kinn und dachte eine Weile nach, dann schaute er Feiler wieder an.

„Also, mir fällt niemand ein. Und generell sollen Sie wissen, dass ich für das gesamte Redaktionsteam meine Hände ins Feuer lege."

Feiler gab sich zufrieden und verließ die Morgenpost ohne neue Erkenntnisse. Auf der Fahrt in die Gerstnerstraße resümierte er die Endlos-Causa Bogner mit zurückgekehrter Nüchternheit. Wir haben keine neue Spur, keine Leiche, die wie Bogner ausschaut, kein Motiv für ein Verbrechen, keinen irgendwie Verdächtigen und keinen Mitwisser. Gar nichts haben wir, außer dass ein Mann wie vom Erdboden verschluckt wurde. Wenn nicht bald ein Wunder geschieht, müssen wir Bogner als verschollen erklären und den Fall ad acta legen.

„Erlöse uns von dem Bösen und seinen Tätern", murmelte Feiler drei Mal, während er im Parterre auf den Paternoster wartete. Beim dritten Stoßgebet schwebte eine perfekt gestylte Ursula Gutleyb herab.

„Wohin des Weges, Frau Kollegin?", wollte ihr Vorgesetzter wissen.

„Wir haben einen Leichenfund, Herr Feiler."

„Das passt mir aber gerade gar nicht. Ich wollte Sie auf Ihre Befragung von Sandra Böhm vorbereiten."

„Nicht so wichtig jetzt. Tote haben Vorrang, auch wenn das absurd klingt."

„Wo liegt sie?"

„Wen meinen Sie?"

„Na, die Leiche natürlich!"

„Neben der Strecke der Mühlkreisbahn."

„Schon wieder die Mühlkreisbahn, ist ja eine richtige Todeslinie."

„Wie Sie meinen, Herr Feiler. Also, dann bis später!"

Sie wollte sich schon abwenden, als Feiler sie am Ärmel zurückhielt.

„Noch was! Wo ist der muntere Innviertler?"

„Er sitzt schon im Auto und kann`s nicht erwarten, die zweite Leiche seiner Laufbahn zu sehen."

„Na, dann gute Fahrt!"

Langsteininger gab Vollgas, während der rechte Stöckelschuh Ursula Gutleybs noch den Asphalt berührte. Er brauste mit Blaulicht und Folgetonhorn durch die Rudolfstraße wie der legendäre Kojak durch New York City. Bei jeder roten Ampel, die er ungebremst passieren konnte, entfuhr ihm ein selbstbewusstes „Entzückend", das er vom Lieutenant ungeniert übernommen hatte. Vor der ersten Puchenauer Kreuzung fiel ihm ein, dass kein Lolly in seinem Mund steckte. Ohne die Anwesenheit der aus Angst verstummten Vorgesetzten hätte er an der Tankstelle einen dieser Lutscher gekauft, die Kojak auf allen seinen Wegen durch seine City begleiteten. Sie fegten an Ottensheim und Walding vorbei, ließen Rottenegg rechts liegen und rasten mit quietschenden Reifen eine lange und kurvenreiche Steigung hinauf, die in dunkelgrauen Vorzeiten den Glück verheißenden Namen Saurüssel bekommen hatte. Seit dem westlichen Vorort von Walding fuhren sie parallel zur Bahnlinie. Auf manchen Abschnitten des Saurüssels kamen sich Straße und Geleise so nahe, dass sich Berufspendler auf ihrem Heimweg des Öfteren auf eine lustige

Wettfahrt mit der Lok einließen. Auf dem Saurüssel die Sau rauslassen, das zündete bei den Autofahrern einen wahren Adrenalinturbo auf dem Weg ins Mühlviertler Hopfenhochland hinauf. Das Gelände wies zwischen Rottenegg und der Haltestelle Lacken schließlich einen Höhenunterschied von 170 Metern auf, ein Experte würde von einer Adhäsionssteigung von 46 Promille sprechen.

Zwischen diesen Stationen lag also die Leiche. Nach ersten Erkenntnissen hatte sie in der Gegend von Lacken noch gelebt wie alle anderen Passagiere, die am frühen Morgen in die Landeshauptstadt unterwegs waren. Die tote Frau ist während der rasanten Talfahrt vermutlich aus dem Zug gestürzt oder gestoßen worden, so der Bericht der vor Ort wartenden Streifenpolizisten. Der übereifrige Innviertler konnte es kaum erwarten, die noch unverweste Leiche in Augenschein zu nehmen, während Gutleyb zuerst das abschüssige Terrain inspizierte. Sie wusste schließlich, was sie ihrem Modeschuh zumuten konnte, den ein kritischer Augenzeuge in Uniform einmal als Hemmschuh bezeichnete.

„Schau einmal nach, Sebastian, ob du einen Ausweis oder andere persönliche Dokumente findest!", lautete ihr erster gesprochener Satz, seit sie in Urfahr in das rasende Dienstauto gestiegen war.

„Mach ich prompt", bekam sie zur Antwort.

Ursula Gutleyb beobachtete ihren Schützling, wie er das Gesicht der Leiche betrachtete, ohne das eigene zu verziehen, und anschließend ihre Tasche durchsuchte. Er wartete einen vorbeifahrenden und grässlich pfeifenden Zug ab, dann überquerte er den Gleiskörper und stieg zu Gutleyb herauf.

„Also, was haben wir da? Einen Pensionistenausweis mit Foto. Das ist sie, Ursula! Ich hab ihr in die gebrochenen Augen geschaut. Gerlinde Scharinger, 62 Jahre alt, wenn ich mich nicht verrechnet hab. Wohnhaft in St. Martin."

„Gib die Tasche her! Ich will den Inhalt genauer überprüfen."

Gutleyb fand einen Schlüsselbund, einen winzigen Behälter für Medikamente, aber keine Fahrkarte der ÖBB. In einem Kuvert mit der Adresse eines praktischen Arztes lag ein Einweisungsschein in das

Linzer Allgemeine Krankenhaus. Ihr mutmaßlicher Hausarzt hatte in der für Laien unleserlichen Medizinerhandschrift einen Vermerk notiert, der von Langsteininger als Sturzgefahr, von Gutleyb jedoch als Suizidgefahr entschlüsselt wurde. Er argumentierte für seine Lesart mit dem tatsächlich eingetretenen Sturz aus dem fahrenden Zug, während sie aus der bevorstehenden Aufnahme im AKH eine Verzweiflungstat konstruierte, möglicherweise in Zusammenhang mit einer lebensbedrohlichen Erkrankung. Auch an eine Panikreaktion dachte sie, behielt aber die Möglichkeit für sich, die Tote ohne gültigen Fahrschein sei vor einem Kontrollor geflohen. Neben dem Gleiskörper entstand eine kurze Meinungsverschiedenheit, wie weiter vorzugehen sei. Der Nachwuchskriminalist aus dem Innviertel beteuerte, an der Leiche keinen Hinweis auf eine Fremdeinwirkung gefunden zu haben, sodass die Ausbildnerin, mit dem Rücken zu den gelangweilten Streifenpolizisten, im Scherz vorschlug, den nächsten Schritt durch Losentscheid festzulegen.

Eine knappe Minute später wurde der Alarm auf blind herabgestuft. Die Verständigung der liebevoll gerufenen Spusi zur Sicherung von relevanten Spuren wurde selbstredend verworfen und als Todesursache „Unfall nach unsachgemäßem Hantieren an einer Waggontür" offiziell festgelegt.

„Entweder", meinte Langsteininger, „war die Frau komplett durcheinander und hat in ihrer Verwirrtheit die Tür während der Talfahrt geöffnet oder sie wollte panikartig den Zug verlassen, ohne bis zum nächsten Halt zu warten."

„Man kann gar nicht genug aufpassen, wenn man mit der Eisenbahn unterwegs ist, hat schon meine Oma gesagt", stimmte Gutleyb zu.

„Das war kein Mord und keine fahrlässige Tötung, meine Kollegen", schloss Langsteininger den Einsatz wie ein alter Hase ab. „Benachrichtigt einen Bestatter und sucht nach Familienangehörigen. Hier ist die Tasche der Toten."

Der Kirchenbeitragszahler der beiden Uniformierten ergriff andächtig, den Blick zum Himmelsblau erhoben, das Wort. „Die Wege des Herrn sind unerfindlich und sein Ratschluss stößt uns Menschen in ein stilles Staunen. Gib der Armen die ewige -". Er stockte abrupt, weil der Warnpfiff einer heranbrausenden Lok die Polizisten aus der Gefahrenzone verscheuchte.

Der Innviertler verließ daraufhin zügig den Fundort an der Eisenbahnlinie ins obere Mühlviertel, während Ursula Gutleyb angespannt nach Tritten suchte, die für ihre citytauglichen Stöckelschuhe geeignet waren. Sie atmete erleichtert auf, als sie wieder im Auto saß, obwohl ihr die Herfahrt noch in den Knochen steckte.

„Ich sag dir eines, Sebastian. Wir hätten in dem Fall nichts Vernünftigeres machen können. So ein schlimmer Unfall ist den Angehörigen doch viel lieber als ein Selbstmord. Und gar ein Mord! Wer will schon eine Ermordete in der Familie?"

„Das ist sicher richtig, aber es könnte auch die Frage gestellt werden: Wer will in seiner Familie einen unentdeckten Mörder haben? Rund um den Innviertler Kobernaußerwald geistert schon lange ein Sprichwort herum: Ungeduldige Erben lassen gern sterben."

„Aber geh! So ein Zug ist doch ein viel zu riskanter Tatort. Wir arbeiten in unserem Kommissariat nur deshalb so erfolgreich, weil wir mit Augenmaß an die Herausforderungen unseres Berufes herangehen. Nur deshalb, weil eine Leiche im Gelände gefunden wird, muss man noch lange nicht Verdacht schöpfen und lauthals Mord und Totschlag rufen. Zum letzten Schnaufer kommt`s halt nicht nur im warmen Bett, die Leute sterben auch unterwegs. Ein für gesund gehaltener, harmloser Ausgang kann urplötzlich zum letzten Gang mutieren. Wie es dem Udo Jürgens passiert ist. Man geht von daheim fort, fühlt sich fit wie ein Laufschuh und kommt prompt nicht mehr zurück. Nicht so selten, dass man mitten im Leben die Outdoor-Patschen aufstellt, wie man da sagen könnte."

„Aber du musst mich auch verstehen, Ursula. Ich will doch nur, dass wir nichts übersehen. Diese Tote hab ich nur oberflächlich in Augenschein genommen."

„In unserem aktuellen Fall genügt`s vollkommen, das sagt mir mein Gespür. Und das lässt sich nicht so leicht täuschen. Aber selbst wenn, in unserer Dienststelle haben wir einen passenden Spruch, reimlos, aber sonst tadellos: Der Leichenwäscher macht die Endabnahme. Also wenn der einen Einstich oder ein Einschussloch entdeckt, informiert er uns diskret. Gegen eine entsprechende Belohnung, versteht sich."

„Was kriegt er denn?"

„Der Letzte war bei einem Großeinsatz dabei, ist im Hubschrauber mitgeflogen bei der Suche nach einem Bankräuber. Himmlisch war`s, soll er nach der Landung gesagt haben. Alsdann, Einsatz vorbei und jetzt fahren wir gemütlich nach Urfahr zurück, wir versäumen im Kommissariat doch nichts."

Den wahren Grund für Scharingers Tod sollte kein Polizist jemals herausfinden, hatte doch ihr Schutzengel an der Haltestelle Gerling die Abfahrt des Regionalzuges nach Linz/Urfahr versäumt, weil er sich durch eine teilweise Sonnenfinsternis ablenken ließ. Für ihn wäre es ein Leichtes gewesen, seinen Schützling mit einer sanften Handauflegung von der Türe fernzuhalten. Aber bevor der Zug in die bescheidene Station einfuhr, schob sich der Neumond vor die strahlende Sonne und verwandelte den kreisrunden Tageslichtspender in eine schmale Sichel. Die plötzliche Verdunkelung des Geländes raubte dem überraschten Schutzengel die naturgemäße Aufmerksamkeit. Wegen der außergewöhnlichen Konstellation im Universum trat die ahnungslose Frau unbeschützt ihre letzte Fahrt an und fiel Minuten später aus den Reihen der Lebenden.

In nachdenklichem Schweigen, das bis zum Ottensheimer Tunnel sporadisch der Verunglückten galt, fuhren sie hinter einem Übersiedlungsprofi-LKW nach. Gerlinde Scharinger wurde zur selben Zeit von einem anderen Wagen in ihren Heimatort überstellt.

„Wie bist du zu deinem Vornamen gekommen, Sebastian?", beendete Ursula die unangenehm gewordene Stille.

„Der war damals ziemlich selten, aber meinen Eltern hat der Wortklang gefallen. Der Heilige aber, der hat`s in sich, sag ich dir. Das war ein religiöser Fanatiker mit einer ungesunden Todessehnsucht, ganz ohne Übertreibung. Stell dir vor, Ursula, Bogenschützen eines unfrommen römischen Kaisers sollten ihn hinrichten, aber er hat`s überlebt. Eine fromme Witwe hat den Scheintoten gesundgepflegt. Kaum sind seine Wunden vernarbt, da baut er sich wieder vorm

Kaiser auf und bekennt sich zum christlichen Glauben. Ich sag nur: Lebensziel Märtyrer. Der Kaiser hat dazugelernt und den Bogenschützen nicht mehr vertraut, deshalb ist Sebastian im Circus Maximus erschlagen worden. Kein Wunder, dass so einer zum Patron der Sterbenden wird. Aber, wie du sicher weißt, er gilt auch als Schutzherr der Polizisten."

„Da schau her! Da könnt´ man glatt eine Kerze stiften an seinem Namenstag."

„Der ist am 20. Jänner. Und wie schaut`s bei dir aus? Gibt`s eine Heilige Ursula?"

„Natürlich. Sie war eine britannische Königstochter und hat lebenslange Jungfräulichkeit gelobt. Ein Engel legt ihr eines Tages nahe, nach Rom zu pilgern. Auf der Heimreise nach Deutschland werden ihre Begleiterinnen von den Hunnen ermordet. Ursula verweigert sich dem heidnischen Fürsten und wird deshalb getötet. Eine starke Frau, die man nur bewundern kann. In der Folge erscheint eine riesige Heerschar von Engeln und schlägt die Hunnen in die Flucht."

„Also hat sie für die Tugend ihr Leben geopfert. Eine starke Frau – da kann man als Mann schon nachdenklich werden!"

Enttäuschte Leona

„Hast du auf mich vergessen, Burnie?"

Leonas Erscheinen bei ihm war ihm sehr peinlich, weil er tatsächlich vergessen hatte. Er hatte ihr beim Besuch in Cahal Pech versprochen, wegen seines Zeitungsberichts nochmals zu ihr zu kommen und sie über ihr Hobby zu befragen.

„Wie könnte ich vergessen, was ich dir schulde. Komm herein und nimm Platz!"

Leona trug große, kreisrunde Ohrringe, die bei jeder Kopfbewegung gegen den Hals schlugen. Sie saß direkt gegenüber von Riveras Nackter und überlegte amüsiert, welche Bewandtnis es mit dem Bild haben könnte. Hing es schon länger an der Wand, weil es ein anderer Mieter zurückgelassen hatte, oder wurde es von Burnie dort angebracht, weil ...

„Du betrachtest das Bild so genau, Leona."

„Es ist außergewöhnlich, ich habe das Motiv noch nie gesehen."

„Wurde vom Mexikaner Rivera gemalt. Ich mag es sehr."

„Warum?"

„Es erinnert mich an eine Frau zu Hause."

Absolut keine Routineangelegenheit, spürte er, mit einer Unverheirateten über die Liebe seines Lebens zu sprechen.

„Also eine Herzenssache."

„Natürlich. Aber ich will dich nicht damit langweilen, Leona."

„Ist schon gut. Lassen wir das Bild nicht mehr als ein Bild sein und reden wir über die Maya, aber auch ein bisschen über das winzige Belize, damit deine Leser erfahren, wo ich daheim bin."

Bogner startete sein Notebook und bemerkte währenddessen seiner Besucherin gegenüber, wie froh er über die guten Englisch-Kenntnisse der Bevölkerung sei.

„Kein Wunder, Burnie. Bis 1981 hieß unser Land British-Honduras. Die Queen ist trotz der Unabhängigkeit noch immer unser Staatsoberhaupt", erklärte Leona.

„Lang lebe Elizabeth!", vermerkte er ironisch.

„Wer im fernen London auf dem Thron hockt, ist uns in Belize völlig egal. Ob eine Greisin, ein junger Bursch oder ein heimlicher Transvestit, es füllt höchstens eine knappe Zeile in unserem einzigen Geschichtsbuch."

„Seid ihr noch immer schlecht zu sprechen auf die Europäer?"

„Und wie! Unsere Leidenszeit, ich meine jetzt die der Maya, beginnt mit den Spaniern, diesen katholischen Zerstörern. Die herrlichsten alten Gebäude haben sie ruiniert und das Material für ihre so genannten Gotteshäuser verwendet. Man sollte die Spolien von ihren Kirchen wieder entfernen, als kleines Zeichen ihrer unbestreitbaren Schuld."

Leona steigerte sich in eine Erregung, die bei ihm Unbehagen auslöste. Er hatte einen solchen Ausbruch nicht erwartet und machte ein betretenes Gesicht.

„Ihre Krankheiten haben sie uns gebracht, diese Unterdrücker. Sie haben uns gezwungen, Religion und Sprache anzunehmen. Kannst du Spanisch, Burnie?"

„Fast gar nicht."

„Eine Sprache mit doppeltem Boden, kommt mir vor."

Sie heftete ihren Blick auf Riveras Bild und setzte gleich mit ihrer aufgebrachten Rede fort.

„Nur ein Beispiel: La esposa heißt die Ehegattin, hat aber noch eine andere Bedeutung, nämlich Handschelle. Interessant, oder nicht?"

Hat sie deshalb das Frauenbild wieder betrachtet, überlegte Burnie.

„Aber Leona, wie sollte es da zu einer Verwechslung kommen?", fragte er schmunzelnd.

„Du weißt schon, wie ich es meine. Noch existieren – ich betone: noch – zwei Sprachen aus der ältesten Vergangenheit. Im Süden wird die Sprache der Garifuna gesprochen, von hunderttausend Menschen, soviel ich weiß. Yukatek, unseren Maya-Dialekt, können noch ein paar Tausend Bewohner. Er wird wahrscheinlich bald aussterben."

„Was könnte das Aussterben verhindern?"

„Ein Schulfach für unsere alte Kultur mitsamt ihrer Sprache. Die Kinder lernen das nicht mehr. Sie können die Schrift der Maya nicht lesen und verstehen auch den Kalender nicht. Nur mehr die alten Leute sprechen zu einem geringen Prozentsatz das Yukatek und der Staat hat kein Geld für die Pflege der kostbarsten Schätze unseres Volkes. Burnie, es ist zum Verzweifeln, wenn man die kulturellen Leistungen der Ahnen bewundert wie ich und zusehen muss, wie unsere Traditionen verloren gehen. Viele alte Siedlungen haben zum Glück überlebt, wenn sie vom Regenwald überwuchert wurden. Aber jetzt befinden wir uns in einer Phase, in der kein Urwald konservierend helfen kann."

Dann schwieg sie. Mit ihren dunklen Augen schaute sie ihn traurig an. Die Rolle einer Klagemauer wollte er sogleich wieder abschütteln.

„Leona, ich verspreche dir einen Bericht über deine Arbeit und einen zweiten über eure Notlage. Aber Geld müsst ihr selbst auftreiben. Das braucht ihr, um das alte Wissen an die Jugend weiterzugeben."

„Ich verstehe. Wäre auch das erste Mal, dass uns Europa unterstützt. Ich kopiere dir trotzdem das Wichtigste über Cahal Pech für deine Veröffentlichung. Vielleicht geschieht ein kleines Wunder."

Er rang nach passenden Worten und fand nichts Tröstendes.

„Bitte, glaub nicht, dass ich mit einem Zeitungsbericht sehr viel bewegen kann!"

Sie ließ ihren Kopf und ihre Ohrringe hängen und verabschiedete sich mit „Kulakin!", was auch immer es bedeuten sollte.

Jetzt hätte er gerne eine Corona geraucht.

Alte Zeiten

Die Aussicht von Feilers Büro konnte auch bei Jüngeren als ihn an der Lebensfreude rütteln.

Der Heimatdichter Franz Stelzhamer, so hat der Jüngling aus dem Innviertel einmal erwähnt, durfte in Ried direkt zum Triumph-Geschäft hinunterspechteln. Der Local Hero der Heimatdichtung hatte pfeilgerade die elegante Sinnlichkeit dieser Schaufensterpuppen im Visier. Alle paar Monate neue Dessous! Die ganze Statue auf dem nach ihm benannten Platz musste so richtig erotisch aufgeladen sein.

Und was sah der Abteilungsleiter Max Feiler, der hartgesottene Profiler, wenn er auf seinem winzigen Balkon an der Ecke zur Ferihumerstraße stand? Den Friedhof von Urfahr, Länge mal Breite. Ein Grabstein neben dem anderen, lauter Tote lagen da unten. Nichts als Skelette, Totenschädel und allerlei Gerippe ruhten zu Füßen Feilers. Vor über 200 Jahren war dort noch ein idyllischer Klostergarten mit Ausblick auf die Donau, den uralten Grenzfluss. Seit seiner Schulzeit wusste Feiler, welche Völker vor der Donau Halt machten. Die Römer waren die Ersten, vom Dickicht der Mühlviertler Wälder hielten sie sich schlauerweise fern. In einer abgewandelten Form hielt sich der Mythos eines urtümlichen Menschenschlages bis in die jüngste Zeit, wurde doch das Autokennzeichen UU nur offiziell als Urfahr- Umgebung gelesen. Inoffiziell sprach man landauf, landab von Urwald-Umgebung, auch wenn es ursprünglich ein hochnäsiger Scherz eines Linzers gewesen sein dürfte. Napoleon besetzte 1800 nur Linz, weil die Österreicher Urfahr erfolgreich verteidigten. Ab 1945 waren in Linz drüben die Amis und in Urfahr die Russen. Die Donau bildete zehn Jahre lang eine streng bewachte Zonengrenze. Wäre jemand von Linz nach Urfahr herübergeschwommen, wäre er von den Russen erschossen worden. Feilers Balkon hatte eine Ähnlichkeit mit einem Grenzposten, und wenn er auf seine Befindlichkeit hörte und an seine Zukunft dachte, spürte er etwas Grenzhaftes. Würde er jemandem seine Lage anvertrauen, bekäme er wahrscheinlich zur aufmunternden Antwort: Es kann nur noch besser werden. Und Feiler würde sich dieser vagen Hoffnung hingeben, weil er wusste, es musste sich was ändern.

Genau wie die Zeiten, die sich ständig ändern, ob man wollte oder nicht. Was kann man da schon machen? Das Paprikaschnitzel, das sie ihm unlängst in einem Linzer Traditionsgasthof serviert haben, war für seinen Geschmack viel zu mild, quasi auf dem Sprung zur Schonkost. Ob er in Zukunft wieder ein feuriges Zigeunerschnitzel auf der Karte findet, fragte er den Kellner, einen Inländer. Sagte der nicht glatt: „Das Zigeunerschnitzel ist politisch nicht mehr anständig".

„Warum?", wollte der erstaunte Feiler gleich wissen.

„Es diskriminiert."

Beinahe hätte Max Feiler sich verschluckt, so eine Wirkung hatte der politische Nachhilfeunterricht auf ihn. Wie wenn schon jemals einer von den Sinti oder Roma dort so ein Schnitzel bestellt hätte. Beim Zigeunerspieß ließ er sich das abrupte Verschwinden schon eher einreden, schließlich riecht es da ein bisserl nach Martyrium über offenem Feuer. Beim nächsten Bier fragte er sich, wie lang`s die köstlichen Zigeunerräder noch geben darf, dieses scharfe, nach einer kühlen Halbe fordernde Knabbergebäck. Kann doch ein böser Mensch wie ein Polizist an die Räder denken, die ein Roma flaucht. Der Schulwart, fiel ihm zum Drüberstreuen ein, war damals bei allen Kindern nur der Liliputaner, weil er mit seiner Schulter locker die Tischhöhe erreichte, ohne Schemelunterstützung. Hat gereicht zum Putzen und zum Jausenverkaufen. Bestimmt hat inzwischen eine Ethik-Kommission einen Pflichtausdruck für die vertikalen Nachzügler gefunden. Ist schon eine Zeit des sprachlichen Umbruchs, wenn vertraute Wörter auf die Schwarze Liste gesetzt werden. Man hat sie in jahrzehntelanger Übung lieb gewonnen und plötzlich soll man von ihnen lassen. Also wenn das nicht den stärksten Neger umhaut. Ist jetzt wahrscheinlich schon wieder ein Fauxpas!

Manchmal kam er sich wie ein Donaufisch vor, der voll Ungewissheit in einem Netz zappelte. Würde man ihn wieder ins gewohnte Wasser zurückwerfen oder würde ihm noch an Bord der Kopf abgeschlagen? Er wusste, er konnte manchmal unangenehm sein, aber er fühlte sich nie unwohl dabei. Und was ihm beruflich Erfolg einbrachte, konnte im Privatleben doch nicht ganz falsch sein. Mit jedem Tag nervte es ihn mehr, dass seine Stimmung (im Kommissariat sagten sie immer Laune dazu) von zwei Menschen abhing. Wobei, genau genommen und ganz nüchtern betrachtet, ein schiefer Haussegen und seine nervlichen Konsequenzen ja bei Gott nichts Außergewöhnliches sind. Das kommt allemal in den besten Familien vor, und zwar nicht nur an den verlängerten Wochenenden. Aber dieser unsichtbare Dritte, der wie ein Partisan auf seine Chance lauerte, ohne dass Feiler ahnen konnte, welches Ziel Bogner verfolgte, dieser unberechenbare Gegner warf einen finsteren Schatten auf sein Leben. Dagegen war die Sonnenfinsternis nicht mehr als eine kurze Stromunterbrechung. Er werde demnächst für die Behörde und die Öffentlichkeit die Akte Bogner schließen, nahm er sich wieder einmal vor und verließ den mickrigen Balkon, diesen Aussichtsplatz für Nekrophile.

Telefonisch bat er Ursula Gutleyb zu sich, die bei der Gelegenheit ihren Bericht über den Unfalltod an der Bahnstrecke mitbrachte.

„Nehmen S` Platz, geschätzte Kollegin! Was ist das jetzt für eine Leiche gewesen?", begann er ohne Umschweife.

„Es wird noch im persönlichen Umfeld ermittelt, aber wenn keine sensationelle Wendung mehr eintritt, kann ich lapidar feststellen: Wer aus einem fahrenden Zug aussteigt, bricht sich das Genick. Da hilft nicht einmal der umsichtigste Schutzengel."

„So, so. Na gut, dass wenigstens der Fall eindeutig ist. Aber auf die leidige Sache Bogner muss ich noch einmal zurückkommen. Unlängst war ich bei der Morgenpost und hab den Chefredakteur befragt. Aus taktischen Gründen sage ich jetzt nicht, welches Ergebnis die Unterredung hatte. Sie sollen nämlich ganz unbeeinflusst mit Frau Böhm reden – ohne den Innviertler. Der soll von mir aus die verrückten Skulpturen an der Donaulände studieren. Ist auch keine Erholung und lässt ihn vielleicht vor der Ausdrucksfähigkeit moderner Künstler schaudern. Oder wollen S` dem Youngster die Grottenbahn auf dem Pöstlingberg empfehlen, diese internationale Attraktion unserer Stadt?"

„Ist seine Entscheidung, was er macht. Der Sebastian ist alt genug. Ich rufe gleich die Böhm an und vereinbare einen Termin mit ihr."

„Ich freue mich auf ein zeitnahes Ergebnis", schloss Feiler das Gespräch und Gutleyb dachte sich im Weggehen: Was soll jetzt dieser Satz bedeuten? Will er nur ein ihm genehmes Ergebnis, um sich freuen zu können, oder darf`s die Wahrheit sein? Und überhaupt, wie nahe an welcher Zeit sollte das Ergebnis sein?

Bevor die Journalistin im Polizeikommissariat Urfahr erschien, verpasste Ursula dem Innviertler eine spezielle Dienstzeitphase, die den nüchternen Namen Zeitausgleich trug. Er habe in den letzten Wochen oft gute Arbeit geleistet und das solle bei aller Hektik auch einmal offen ausgesprochen werden. Außerdem werde sich heute nichts mehr tun, also könne er früher Schluss machen. Sie wünschte ihm den inflationär gebrauchten „Schönen Tag noch", der vermutlich bald nach dem extrascharfen „Tschüss!" aus deutschen Landen in das wehrlose Oberösterreichisch eingedrungen war. Sebastian schwankte in seiner Befindlichkeit zwischen Freude und Hinauswurf, als er auf den Paternoster wartete.

Minuten später saß Sandra Böhm in Gutleybs Büro. Wortlos betrachtete die Polizistin die Journalistin des Auflagenriesen Morgenpost. Die Beamtin war neugierig, ob sich Böhm seit der Auseinandersetzung mit Adela Kucera verändert hatte. Unter ihre Zeitungsartikel setzte sie manchmal das Kürzel „BöSa". Da musste man kein Schurke sein, um an Böses von der Böhm zu denken. Auf jenes unausgesprochene Stichwort hin schrillte ihr Handy und Gutleybs Blick verfinsterte sich auf die Stufe „erheblich indigniert". Böhm brachte das Störphone zum Verstummen und beendete die allgemeine Wortlosigkeit mit einem aufrichtig gemeinten „Tut mir Leid, ich hab total darauf vergessen. Voll peinlich."

„Na gut, dann können wir endlich anfangen. Wird auch Zeit. Frau Böhm, Sie haben den Job von Bogner übernommen. Haben Sie vor seinem Verschwinden schon diesen Berufswunsch gehabt?"

Die Befragte riss ihre ungeschminkten Augen auf. Mit einer solchen Frage hatte sie nicht gerechnet.

„Mein Ziel war schon damals, eine kritische Journalistin zu werden, die vor keinem Wespennest zurückschreckt."

„Da liegen Sie ganz auf Bogners Linie. Wie hat er denn gearbeitet? Ich meine seinen Stil."

„Er hat sich nicht gern in die Karten schauen lassen. Sie müssen wissen, dass eine heiße Story ganz schnell beim Teufel ist, wenn man als Aufdecker zu viel plaudert."

„Und im speziellen Fall des illegalen Organhandels? Wie schätzen Sie heute die damalige Situation ein, als er urplötzlich verschwunden ist?"

„Ich kann mir inzwischen, weil ich mich in seinem Metier einigermaßen auskenne, also ich kann mir heute gut vorstellen, dass er in den Kosovo eine falsche Spur gelegt hat. Wenn man nur bedenkt, dass er sein Smartphone nicht mitgenommen hat, also das muss einem doch zu denken geben."

„Interessant, was Sie sagen. Und wo vermuten Sie ihn heute?"

„Absolut keine Ahnung. Es gibt viele Möglichkeiten und noch mehr Spekulationen."

„Welche zum Beispiel?"

„Er könnte an einem Organhändlerskandal dran sein, aber nicht im Kosovo, sondern in Asien oder Afrika. Oder er liegt irgendwo auf der Lauer, bis sich was Sensationelles ereignet. Eines können wir auf alle Fälle ausschließen: Auf einen Kriegsschauplatz ist er sicher nicht gegangen, das hat ihn niemals gereizt."

„Aha. Wie kommen Sie eigentlich zu Ihren heiklen Themen, über die Sie recherchieren?"

„Das ist nicht schwierig, ich seh` manchmal einen dampfenden Berg an heißen Erdäpfeln vor mir. Dann beginnen aber die Mühen der Ebenen. Zähe Knochenarbeit, für die man die Ausdauer einer Ameise braucht."

„Was meinen Sie damit?"

„Weil ich keine Fakten erfinden darf, brauche ich hieb- und stichfeste Informationen. Und diese erhalte ich oft nur durch eingeweihte Informanten. Mindestens zwei, damit ein verlässliches Bild entsteht. Und an solche Informanten muss man erst einmal rankommen, ihr Vertrauen gewinnen und so weiter."

„Ich verstehe. Enthüllungen brauchen also eine lange Vorbereitungszeit."

„Genau."

„Können Sie mir, ganz privat gefragt, ein Thema nennen, das Ihnen heikel vorkommt?"

„Natürlich. So auf Anhieb sag` ich: Wer ernennt die BIO-Prüfer?"

„Aha! Klingt interessant, aber vermutlich sind Sie an einer ganz anderen Sache dran."

„Richtig."

Böhm lächelte dazu die Polizistin geheimnisvoll an und überlegte, wie weit sie in diesem harmlosen Gespräch gehen sollte. Sie recherchierte gerade über die Arbeit von Polizeiärzten, die oft Misshandlungen durch die Exekutive deckten. Einen Informanten hatte sie in einem anderen Bundesland bereits gefunden, aber sie wusste nicht, was sie von Gutleyb halten sollte, also schwieg sie.

„Kehren wir zu Bogner zurück, Frau Böhm. Ist Ihnen ein älterer, privater Konflikt bekannt, in den er einmal verwickelt gewesen sein könnte?"

Nach einer Pause antwortete sie: „Wenn ich so nachdenke – nein. Da fällt mir nichts ein, außerdem bin ich erst zweieinhalb Jahre bei der MoPo. In der ganzen Zeit war er mit dieser frommen Tschechin beisammen."

„Über die wir aber nur reden, wenn Sie darauf bestehen."

Böhm lachte meckernd, Gutleyb verstand.

„Haben Sie in letzter Zeit eine Information erhalten, die uns bei der Suche nach Bogner weiterhelfen kann?"

„Absolut nichts Neues. Überhaupt habe ich den Eindruck, die meisten in der Redaktion glauben, dass er nie mehr zur Morgenpost zurückkommt."

„Ach! Das finde ich merkwürdig, Frau Böhm."

„Ja, wissen Sie, der eine meint, Bogner ist hochverschuldet untergetaucht und lebt unter einem neuen Namen in Südamerika. Eine andere vermutet ihn in einem indischen Ashram, wieder andere glauben, er fährt auf einem Motorrad von der Mongolei bis zum Berg Athos. Eine Route, die noch keiner eingeschlagen hat. Mit einem Wort, die wildesten Ideen sind schon aufgetaucht, aber genauso schnell wieder verschwunden."

„Wie der Bogner", warf Gutleyb ein.

„Genau. Frau Gutleyb, ich möchte Sie um etwas ersuchen. Ich weiß, es mag in Ihren Ohren ungeheuerlich klingen, aber wenn Sie bedenken, dass ich mit ihm zwei Jahre zusammengearbeitet habe und dass die MoPo seine berufliche Heimat ist - "

Sie wurde unvermittelt von der Polizistin unterbrochen.

„Sie können einen aber auf die Folter spannen, Frau Böhm."

„Entschuldigung, aber ich kann mit meinem Anliegen doch nicht wie mit einer lockeren Tür ins Haus fallen. Also, könnten Sie sich vorstellen, Sie informieren mich exklusiv, wenn es wichtige Neuigkeiten über Bogner gibt?"

Böhm blickte angespannt in das Gesicht der Polizistin, die sich den verständlichen Wunsch reiflich überlegte. Dann räusperte sie sich und meinte: „Ich kann mir das vorstellen, aber ich bestehe auf einer Gegenleistung."

„Welche meinen Sie?", fragte Böhm.

„Ich habe Insiderinformationen bei Ihnen gut, wenn es sich bei einer Ermittlung einmal spießen sollte."

„Einverstanden, Frau Gutleyb. Wir Frauen sollten doch zusammenarbeiten."

„Wunderbar! Dann verbleiben wir so. Danke, dass Sie sich Zeit genommen haben."

„Keine neuen Erkenntnisse im Fall Bogner nach dem Gespräch mit Sandra Böhm.

Es grüßt U.G."

Mehr als dieses E-Mail an Feiler war die Sache nicht wert, dann beendete sie mit dem Gefühl von Zufriedenheit ihr Tagewerk.

Feiler saß währenddessen vor seinem laufenden Computer, wodurch er sich quasi in einer Arbeitssituation fühlte. Wir könnten streng genommen auch von einem Pseudostress sprechen, wenn man bedenkt, was die alten Griechen mit diesem Wort alles gemeint haben. „Ich täusche", „ich belüge", „ich betrüge" haben sie mit „pseudo" zum Ausdruck gebracht.

Freilich soll sich jetzt niemand unmoralischen Phantasien hingeben und annehmen, Max Feiler, getrennt vom Ehebett und den dort angesiedelten beglückenden Nachtaktivitäten mit seiner Ehegattin, würde sich an unzüchtigen Texten oder gar an verwerflichen Abbildungen humaner Fortpflanzungsorgane aus dem Internet ergötzen. Von solchen Vergnügungen ließ er die Finger, sie waren seine Sache nicht. Er blätterte manchmal in der Datenbank für Fahndungen, besonders wenn er den Kontrollblick des abwesenden Bundespräsidenten spürte, er studierte Kinoprogramme in der festen Überzeugung, jeder Kriminalfilm diene der beruflichen Fortbildung und das Eintrittsgeld müsste steuerlich absetzbar sein, und hin und wieder schaute er sich zum Ausgleich das Freizeitangebot für seriöse Singles an. Für die Abendgestaltung traf er diesmal seine Entscheidung aus dem Bauch heraus. Ein würgendes Hungergefühl belästigte ihn schon geraume Zeit. Dazu noch ein Durst, hundertmal schlimmer als Heimweh. Also beschloss er, den PC herunter- und rasch zum Lindbauer zu fahren, bekannt für seine gute heimische Küche. Das Gasthaus im alten Stil hat seine Einrichtung original erhalten, es steht länger als ein Jahrhundert an der Eisenbahnbrücke über die Donau, die seit 1900 Urfahr mit Linz verbindet. Mitten im Verzehr eines gut gewürzten Weinbeuschels war Feiler gerade, als ein Mann vor ihm stehen blieb, der offensichtlich gerade vom Pissoir zurückkam, wie man an seinem Hosentürlkontrollgriff erkennen konnte. Einen begnadeten Esser, der er von Jugendbeinen an war, konnten derlei Störungen nie und nimmer von einer geschmackvollen Mahlzeit abhalten. Unverdrossen führte er ein größeres Stück von dem herrlichen Knödel, der ihn in seiner Sanftheit an Gabi von früher erinnerte, zum Mund und dankte den himmlischen Mächten, dass der Koch kein Polizist geworden war. Schließlich sollte man bei seiner Berufswahl auch daran denken, welche Portion an Gutem für die Mitmenschen bei der Ausübung abfällt. In dieser kulinarischen Gefasstheit gönnte er sich den nächsten Bissen und tat so, als sei die Gestalt vor seinem Tisch ein Taxifahrer auf der Suche nach einem Fahrgast.

„Wie lang haben wir uns nicht mehr gesehen, Max? Müssen mindestens zehn Jahre her sein, du altes Haus."

Der namentlich Angesprochene jonglierte den unübertrefflichen Semmelknödel im Mund hin und her, schaute den Mann so kurz wie möglich ahnungslos an und versank wieder in der Welt des absoluten Geschmacks.

„Lass dir das Beuschel weiter schmecken, Max! In der Zwischenzeit hörst du mir ganz einfach zu. Wenn`s bei dir noch immer nicht geklingelt hat: Der Willi steht vor dir."

Max hob für einen Moment seinen grantigen Blick, dann war er wieder auf seinen Teller konzentriert.

„Mein letzte Hilfe für dein Gedächtnis heißt: Zeltfest in Untergeng."

Max konnte es nicht ertragen, bei lebenserhaltenden Maßnahmen gestört zu werden, und jetzt traf ihn die Erwähnung von Untergeng dermaßen, als würde ihm ein ungelernter Kellner den halbvollen Teller entreißen. Also schob er die Beuschelhälfte schweren Herzens weg, prüfte den Störenfried mit strengem Beamtenblick und knurrte: „Du bist also der Willi, wie du behauptest. Wie oft hab ich dich festgenommen?"

Willi prustete wie ein Nilpferd und hörte erst zu lachen auf, als er ohne zu fragen an Feilers Tisch Platz nahm.

„Wie in alten Zeiten! Du warst schon damals ein Schlitzohr, ich kann mich noch gut erinnern. Bertl, bring uns zwei Halbe auf meine Rechnung! So ein Wiedersehen muss gefeiert werden."

Entweder ich mache gute Miene zum unangenehmen Spiel oder ich brauche einen Pseudo-Großeinsatz wegen irgendeines Attentats, überlegte der arg gestresste Feiler, der noch immer nicht zum Plaudern aufgelegt war.

„Ja, diese Zeltfeste! Legendär! Ich glaube, es gibt sie noch", klinkte er sich gezwungenermaßen in das aufgedrängte Thema ein und wollte sich augenblicklich erheben.

Willi drückte Feiler auf seinen Sitzplatz nieder und verkündete ihm freudestrahlend: „Sowieso! Wo denkst du hin, Max! Sie finden noch immer zwischen unserer Kirche und dem Sportplatz statt."

Hierauf begannen Stunden unter dem Motto „Weißt du noch?" und in Gesellschaft von Gläsern in verschiedenen Größen.

„War schon ein genialer Deal von dir", schwärmte Willi davon, dass die Feuerwehrfeste ohne das Mitwirken von Max in Zivil lahme Enten geworden wären.

„Wir haben immer dafür gesorgt, dass du anständig bewirtet wirst, und du hast dafür garantiert, dass uns keine Polizeistreife stört."

„So eine Sperrstunde bei einem Zelt ohne Türen ist sowieso ein Witz", ergänzte Max.

„Und die Gäste haben sich nach Herzenslust von ihrer natürlichsten Seite zeigen können. Einmal ganz ungezwungen die Sau rauslassen, sowas braucht doch ein richtiger Mann hin und wieder."

„Aber geh, war doch alles harmlos! Wenn man das mit so einem moralbefreiten Swingerclub oder einer Hormonsauna vergleicht! Das bisserl Grapschen und der Kellnerin statt einem Trinkgeld den einladenden Popsch tätscheln, das war doch nur eine gut gemeinte Belohnung ohne jeden Belästigungsvorsatz. Ich glaub sogar, das regt heut` keine Religionslehrerin mehr auf."

„Max, eigentlich hab ich an richtige Handgreiflichkeiten gedacht."

„Jessas! Wie kann ich das vergessen, Willi! Untergeng gegen Obergeng, die Keilerei schlechthin, für die ein umgestoßener Mostkrug als Auslöser schon genügt hat."

„Genau! Ist ja phänomenal, diese uralte Rivalität. Untergeng hat halt einen Ortskern mit dem Wasserwirt am Genger Ring, die Kirche und bald einen Kindergarten, während Obergeng nicht mehr als eine Ansammlung von Wohn- und Bauernhäusern aufweisen kann. Die Spötteleien haben sich die Obergenger nie gefallen lassen und so ist es zu den unvermeidlichen Raufsporteinlagen gekommen. Die haben sich manchmal bis ins Bett der Großen Rodl gleich hinter dem Sportplatz verlagert."

„Ich weiß noch gut, die Burschen aus Kammerschlag waren immer tat- und schlagkräftig auf Seite der Obergenger. Bei dem Ortsnamen auch kein Wunder. Wenn man so zurückdenkt: Herrliche Zeiten! Richtig glasige Augen könnt` ich kriegen. Obwohl: Wer jetzt glaubt, beim Zeltfest in Untergeng ist es zugegangen wie unter Gangstern, der liegt weit daneben. Immer der sportliche Gedanke im Vordergrund! Und dazu gehören halt ein paar ausgeschlagene Zähne und blaue Flecken."

„Genau meine Rede, Max. Bin gleich wieder bei dir, kurzer Boxenstopp, du weißt schon."

Bis zu Willis Rückkehr verweilte Max mit seinen Gedanken allein im Mühlviertel, in seinen unergründlichen Orten und auf seinen windumtosten Hügeln, wo die urwüchsige Energie pulsierte. In dieser begnadeten Region der Kraftplätze konnte ein Feinsinniger noch immer spüren, warum damals die Römer, die Franzosen und sogar die Amerikaner einen Respektabstand von diesem Landesteil gehalten haben.

„Kennst meinen Wahlspruch, Max?", knüpfte Willi später mit einer typischen Promille-Frage an das Zeltfest an.

Max beließ es bei einem „Ha?", ohne auf eine Antwort neugierig zu sein.

„Am vollen Tresen kann die Welt genesen. Ganz meine Überzeugung, Max."

„Du musst es ja wissen. Was machst denn so beruflich?"

„Brief- und Verantwortungsträger in Plesching am See. Ich hab gern mit Menschen zu tun, deshalb mag ich meine Arbeit."

„Aber du bringst die Poststücke doch nur bis vor die Tür."

„Ich mach` auch Ausnahmen, dann stell` ich persönlich zu."

„Welche Ausnahmen sind das?"

„Das geschieht spontan. Wenn ich mit meinem Auto anhalte, wird manchmal die Haustür geöffnet. Dann bring ich die Post hinein und bleib dort ein Weilchen."

„Eine Kaffeepause oder so", vermutete Max.

„Nein, eine Entspannung mit einer vernachlässigten Frau."

„Aha, diese Frauen sind allein zu Hause."

„Na klar. Und sie haben nicht viel an, nur einen Kimono oder irgendetwas Leichtes."

„Machst Aktfotos von Frauen beim Öffnen der Poststücke?"

Er lachte hellauf und schüttelte den Kopf.

„Mein berufliches Motto lautet: Die Post bringt allen was und manchen Frauen mehr als das."

Willi grinste süffisant dazu.

„Und du bist gar nicht wählerisch?"

„Natürlich, Rothaarige werden von mir bevorzugt. Freut auch die Friseure in Plesching und Umgebung."

Satz reihte sich an Satz aus Willis Briefträgerlatein und Max wusste nicht, was er von diesem angeblich willigen Lustzusteller halten sollte.

„Bist schon einmal auf eine Perücke hereingefallen, Willi?", stichelte er.

„Hier leben nur ehrliche Weiber."

„Und daheim wartet eine Angetraute auf dich?"

„Woher denn! Trautes Heim, Mann allein."

„Dann geht`s dir wahrscheinlich genauso mies wie mir."

„Das musst mir schon erklären", forderte ihn der Postler auf.

„Die Meine ist bös auf mich, extrem bös und schwer beleidigt, schon seit Monaten. Sie hat sich in den Kopf gesetzt, dass ich eine Busenfreundin im Büro hab. Deswegen redet sie nicht mehr mit mir."

Max blickte traurig und Willi kommentierte angestrengt artikulierend, seit seine Zunge wie in einer Halfpipe hin und her schlingerte.

„Schau – schau – eine schweig – same Frau."

„Ich bin innerlich zerrissen, Willi. Hab mich karrieremäßig in den gehobenen Polizeidienst hinaufgearbeitet und das private Glück ist in diesem Dings – ich mein dieses Dings mit dem Henkel, du weißt schon."

Willi kam ihm freudestrahlend zu Hilfe und servierte das Lösungswort: „Eimer!"

„Genau! Privatleben im Eimer. Eine richtige Scheiße! Noch zwei Viertel Rot, Bertl!"

„Max, jetzt sag mir eins: Was wartest noch länger? Fang dir was mit der Bürofrau an, dann ist die Leidenszeit vorbei."

„Hast du eine Ahnung, du Postler! Ich sag nur so viel: äußere Erscheinung: Sexbombe – Innenleben: eiserne Jungfrau. Die lässt keinen Mann an sich ran."

„Verdacht auf Lebse?", stolperte aus seinem Mund.

„Was weiß schon ein Vorgesetzter."

„Klingt beschissen – dein Zustand."

„Da geht`s der rostigen Eisenbahnbruckn noch besser, kommt mir manchmal vor beim Drüberfahren."

„So ein Pech aber auch, was du hast."

Die beiden Promillanten waren inzwischen die letzten Gäste im Lindbauer und wurden von weit geöffneten Fenstern schon seit geraumer Zeit aufgefordert, die Rechnung zu begleichen und den Weg in die finstere Nacht hinaus anzutreten. Bis die beiden die eindringende Kälte spürten, verging eine gute halbe Stunde, so fürsorglich wärmte sie der Alkohol. Willi gelang es routiniert, sein Dienstmoped zu starten. Max stieg wankend in sein Auto, wo der leidgeprüfte Profiler auf der Stelle einschlief.

So war Birgit

In einer längeren Regenpause saß Bogner auf der nass glänzenden Nobody und fragte sich zum hundertsten Mal, wann der Tag X kommen werde, der Tag der Heimkehr. Der Steg war menschenleer, schwere Wolken am Horizont stellten weitere Niederschläge in Aussicht. Er schloss die Augen und ließ sich von den lebhaften Wellen schaukeln. Die Bewegung führte ihn unversehens in den Garten der Kindheit zurück, als er mit seiner Schwester die waghalsigsten Spiele ausprobierte. Vor fünfzehn Jahren hatte er Birgits rote Wangen zum letzten Mal gesehen. Die Erinnerung an die Kindheit überfiel ihn mit einem Ansturm von Sentimentalität.

Zur Erntezeit veranstalteten Buben und Mädchen einmal im Jahr einen Wettbewerb auf einem sanft geneigten Hang, der von Apfelbäumen gesäumt war. Sie erfanden für sich kein leichtes Spiel, mit dem sportlichen Ernst von Erwachsenen legten sie die Regeln fest. Sie kennzeichneten nacheinander stehende Bäume mit Bändern und ermittelten durchs Los, mit welchem Fahrrad die Teilnehmer starten durften. Alle sollten gleiche Chancen vorfinden, Buben wie Mädchen, die als Erste den Hang hinunterfuhren. Sieger war, wer die meisten Äpfel in einem Weidenkorb sammelte, der am Lenker befestigt war. Niemand durfte zwischen Start und Ziel die Wiese mit einem Fuß oder einen Baumstamm mit der Hand berühren. Auch das Umrunden führte zur Disqualifikation. Wer schlau war, fuhr möglichst langsam, um unter die erreichbaren Äpfel zu gelangen. Seine Schwester stellte sich viel geschickter an als die anderen Mädchen. Keine sonst hatte den Mut, unter einem Zweig beide Hände loszulassen und zur selben Zeit nach zwei Äpfeln zu greifen.

Bei ihren Unternehmungen trieb sie das Rad mit größter Anstrengung auf die Hügel in der Umgebung, um die gewonnene Höhe für mutige Abfahrten zu nutzen. Mit geröteten Wangen schlingerte sie durch die Kurven, ihre langen Haare wehten im Fahrtwind wie eine ausgefranste Fahne. Nur Feiglinge bremsen, betonte sie, wenn sie verletzt nach Hause humpelte. Ein kaputtes Rad nahm sie tragischer als ein blutiges Knie. Sie biss die Zähne zusammen, wenn sie verarztet werden musste.

„Du bist doch ein Mädchen!", hielten ihr Mutter und Großmutter täglich vor, doch sie meinte nur: „Mir gefällt´s so, wie ich bin. Also lasst mich, ihr könnt mich nicht ändern".

Der Vater fragte sich insgeheim immer wieder, ob Birgit nicht besser als Bub hätte zur Welt kommen sollen.

Speziellen Mut holte sie sich beim Lesen. Eine ansehnliche Karl-May-Sammlung stand in Großmutters Wohnung und Birgit verschlang Äpfel zusammen mit den Abenteuern Winnetous und seiner weißen Brüder. Sie bewunderte diese Helden genauso wie ihre Oma, die von der Lektüre richtiggehend aufgewühlt wurde. Den letzten Band der Winnetou-Trilogie nahm die Großmutter jedoch niemals zur Hand, sie wollte ihrem altersschwachen Herzen die Aufregung durch den Tod des Helden ersparen.

„Oma, bitte, glaub mir", lauteten die oft gesprochenen Beruhigungssätze des Mädchens, „Karl May hat sich geirrt. Er war doch niemals in Amerika, also hat er seinen Tod für das Buch erfunden. Winnetou ist in Wirklichkeit unsterblich". So blieb der Häuptling der Apachen für die Großmutter am Leben und Birgit unterließ es, ihr von der Tragik des dritten Bandes zu erzählen. Auch die Stürze mit dem Fahrrad wurden Großmutter vorenthalten, man schonte ihr Herz, so gut es ging. Birgit blieb der Wildfang in der gesamten Verwandtschaft, bis sie sich in Christoph verliebte. An der Seite des angehenden Sportlehrers legte sie das Unbändige allmählich ab, sie ließ es zu, reifer und ruhiger zu werden. Wenn sie damals nicht nach Italien gefahren wären, dachte sich Bogner, hätte ich heute noch eine Schwester. Euphorisch waren sie in ihre erste gemeinsame Reise gestartet, als Ziel nannten sie den Gardasee. Christoph hatte von Bergstraßen dort gehört, die bei Motorradfahrern beliebt waren. Er fuhr mit Birgit an ihrem letzten Tag das Massiv des Monte Baldo ab, sie waren bei bestem Wetter auf den Serpentinenstraßen unterwegs. Auf der Talfahrt flogen sie aus einer engen Kurve und waren auf der Stelle tot, wie Augenzeugen berichteten.

Ach Birgit, sinnierte ihr Bruder, du hattest gerötete Wangen in deiner letzten Stunde, unterwegs hinunter nach Mori.

Ihr Todestag stand in den nächsten Wochen bevor. Bogner hoffte, dann wieder zu Hause zu sein.

Vor zehn Jahren hatte Gabi mit ihm gebrochen.

Von einem Tag auf den anderen, ohne Erklärung.

Einfach aus.

Seit zehn Jahren brannten in ihm zwei Feuer. Das helle für Gabi, das qualmende Wutfeuer für die Revanche an ihrem Polizisten.

Zehn Jahre braucht ein Heranwachsender, um einigermaßen vernünftig zu werden, bei Bernhard Bogner war diese Wartezeit vergeblich. Er übte sich darin, ohne sie zu leben, aber es gelang ihm nicht. Und die Distanz von der Karibik steigerte seine Sehnsucht noch.

„I wish I were blind when I see you with your man". Als er sie mit ihm zum letzten Mal in der Stadt gesehen hatte, entschied er sich für sein Vorhaben. Er musste endlich das tun, wovon er nicht lassen konnte. Er tauchte ab, ohne eine Spur zu hinterlassen, und wartete auf den passenden Moment, um mit einer Enthüllung nach Linz zurückzukehren. Der Skandal würde Feiler seinen Job kosten und Gabi die Augen öffnen über diese Ikone der Niedertracht. Alles Weitere würde sich ergeben.

Wir hatten herrliche Tage, dachte Bogner zurück, aber keine gemeinsamen Jahre. Noch keine.

Am Tag X würde er der Morgenpost die Rückkehr samt Knalleffekt ankündigen und tags darauf für Schlagzeilen sorgen.

U-Boot Bogner wieder aufgetaucht.

Verschwundener Journalist noch am Leben.

Rätsel um Verschollenen geklärt.

Bogners Versteck: Belize!

Ein Regenschauer vertrieb ihn ins Miradora, wo José trotz Touristenflaute die Stellung hielt. Der einzige Gast bestellte ein Bier und entschied sich für das Essen, das José ihm empfahl. Damit war er immer gut bedient. Zum Abschied von San Pedro würde er Amini und Leona ins Miradora einladen. Die enttäuschte Hobbyarchäologin wartete hoffentlich auf ein Zeichen von ihm.

Was wird passieren, wenn ich heimkomme, begann er nachzudenken. In meiner Vorstellung bekreuzigt sich Adela in frommer Verzückung. Mit maiandächtigem Blick verkündet sie gewiss, zum Dank für die Errettung eine Wallfahrt zu unternehmen. Nach Polen oder Kroatien, Hauptsache zu einer Maria. Adela, die Frau für Zwischendurch. Gefehlt hat sie mir in San Pedro höchstens in einsamen Nächten, die in der Karibik von Natur aus lang sind. Und langweilig, wenn man allein ist.

Mama und Papa werden sich riesig freuen, wenn ich wieder in ihrer Nähe bin und ihre Ungewissheit vorüber ist. War schon schwer genug für sie nach Birgits Tod.

„Einen großen Rum, José! Bring mir einen vom besten!"

Das Wiedersehen mit Gabi kann ich mir überhaupt nicht vorstellen. Da hab ich jetzt schon ein mulmiges Gefühl. Sie wird mir wahrscheinlich vorwerfen, warum es so viele Jahre gedauert hat. Aber sie war in derselben Zeit die vermutlich brave Ehefrau und hat mich wie einen Aussätzigen gemieden. Ob sie sich jemals gefragt hat, ob ihr Leben an der Seite des Polizisten überhaupt stimmt? Sie wird sich verändert haben, aber es ist nie zu spät für einen zweiten Anfang. Hoffe ich zumindest.

„José, ich habe eine spannende Zukunft vor mir, wenn ich wieder daheim bin."

„Aber du kommst hoffentlich eines Tages wieder, Burnie."

Suche eingestellt

Sie: Wenn du nicht bald ausziehst, übersiedle ich zu meinen Eltern.

Das Zettelgefecht ging in die nächste Runde und war auf gutem Weg, einen klassischen Rosenkriegscharakter anzunehmen. Der frühstückslose Feiler brummte ein grantiges „Meinetwegen" in Richtung Trauerrand an der leeren Wand. Meinetwegen, soll sie doch nach Pseudopolis verduften, wie sein alter Lateinlehrer die Stadt Leonding immer nannte. Schüler von dort sollten sich ja nicht einbilden, in einer richtigen Stadt zu wohnen, dozierte er lautstark, sie seien im Bezirk Linz-Land zu Hause. Da brauche es keine weitere Erklärung, Linz-Land spreche für sich. Wenn man ein paar Bauerndörfer zusammenschließe und geschmacklose Frauenfiguren aufstelle, werde noch lange keine Stadt daraus. An der Entwicklung des alten Rom könne man erkennen, was für das Entstehen einer respektablen Stadt notwendig sei. Der Imperativ, wie ihn viele Schüler wegen seines Befehlstons gerne nannten, wurde wegen seiner konträren Ansichten über die Notengebung von der Schulleitung regelmäßig gemaßregelt, genoss jedoch größten Respekt, weil er sich was traute.

Feiler entschied sich wie in Schülerzeiten für das goldene Schweigen und verzichtete auf eine Eintragung im Notizblock.

Nach einem entspannenden Frühstück auf dem Grünmarkt traf er sich mit Ursula Gutleyb in seinem Büro.

„Frau Kollegin, nach längerem Nachdenken habe ich entschieden, die leidige Causa Bogner ad acta zu legen. Die Medien und mit ihnen die gesamte Öffentlichkeit warten auf unseren Abschlussbericht und ich kann mir gut vorstellen, dass Sie die Pressekonferenz einberufen und selbstverständlich auch leiten. Ich bin da nicht so wichtig."

Wow! dachte sich Gutleyb und schaute ihren Chef wortlos und perplex an, während er sich in der Gesprächspause nervös an der linken Wange zu kratzen begann. Der Körper eines Menschen ist nun einmal als ein redseliges Wesen bekannt, er teilt uns dauernd etwas mit. Schließt jemand den Mund wie Feiler in dieser Situation, bleiben die Worte aus. Aber die hundsgemeine Körpersprache verstummt nie. Sie verriet gerade seine fürchterliche Verlegenheit in dieser haarigen Sache Bernhard Bogner. Jetzt tritt ein unbekannter Charakterzug zu Tage, kam Ursula Gutleyb in den Sinn. Die Bequemlichkeit hat durch ihn ohnedies ein unverwechselbares Gesicht bekommen, wie Dietrich-Dieter einmal treffend festgestellt hat. Jetzt gesellt sich die Feigheit dazu. Aus purer Feigheit will der Feiler nicht an die Öffentlichkeit! Das muss man sich von einem Vorgesetzten einmal vorstellen.

Abfuhr! entschied sie sich und entgegnete mit entschlossener Stimme: „Herr Feiler, ich habe in dieser Sache wenig zu sagen und noch weniger gearbeitet. Die Fäden sind immer bei Ihnen zusammengelaufen, Sie kennen alle Details und wollen doch vermeiden, dass sich die Medien wundern, warum eine unbedeutende Polizistin wie ich einigermaßen brisante Informationen weitergibt."

Er wurde in seinem imposanten Ledersessel allmählich kleiner und sie legte noch eine gehäufte Schaufel nach.

„Die meisten Journalisten sehen die Polizeiarbeit sehr kritisch und deshalb frage ich Sie: Wollen Sie in der Presse lesen, ob jetzt der Abteilungsleiter Feiler auch verschwunden ist?"

„Natürlich nicht, Frau Kollegin", antwortete er mit dünner Stimme und bösem Blick.

„Wenn Sie nicht wollen, Frau Gutleyb, dann muss ich das machen. Ich hab nur gemeint, die Urfahrer Abteilung Leib und Leben soll ein neues, attraktives Gesicht in der Öffentlichkeit bekommen."

Die Pressekonferenz verlief harmlos und dauerte nur wenige Minuten. Max Feiler ging ausführlich auf die wenigen Fakten im Fall des verschwundenen Journalisten der Morgenpost ein und betonte, monatelange und intensive Ermittlungsarbeiten des Polizeikommissariats Urfahr hätten keinerlei Beweise für den Aufenthaltsort Bernhard Bogner zu Tage gefördert. Die Fahndung über Interpol, im Besonderen im Kosovo, sei ergebnislos verlaufen. Die Suche sei vor kurzem eingestellt worden und der Fall gehe an das zuständige Bezirksgericht Urfahr weiter, durch das seiner Einschätzung nach eine Todeserklärung nach Ablauf der gesetzlich vorgesehenen Frist von zehn Jahren bekannt gemacht werde. Unter den vier Medienvertretern befand sich Sandra Böhm, die Nachfolgerin Bogners bei der Morgenpost. Sie wickelte Feiler überaus geschickt um ihren Finger und lockte ihm seine Vermutung über Bogners Schicksal heraus. Er könne sich gut vorstellen, dass der bekannte Aufdecker einer verbrecherischen Organisation in die Quere gekommen sei und vor seinem gewaltsamen Tod aller brauchbaren Organe beraubt worden sei. Die einzigen Spuren würden sich im Körper der anonymen Empfänger irgendwo auf der Welt verstecken.

Feilers Mutmaßungen lieferten den Journalisten ausreichend Stoff für die Reanimation der Bogner-Story, sodass sie allesamt zufrieden das Kommissariat in der Gerstnerstraße verließen.

Der Zwillingscoup

Amini stand auf der Freitreppe ihres Hauses und hielt nach dem Wetter Ausschau, als ihr Untermieter zu seiner Wohnung hinaufging.

„Burnie, wenn mich nicht alles täuscht, ist bald Schluss mit der Regenzeit. Die Wolken zeigen einen anderen Farbton, ihnen fehlt die schwere Last der letzten Monate. Bald vorbei mit dem Warten und der Langeweile."

„Möge der Regengott deine Hoffnung teilen, Amini. War für mich eine verdammt lange Zeit."

„Ach, weißt du, unsere Gelassenheit ist bei dir noch immer nicht angekommen. Stell dir vor, die Zeit geht an dir wie eine schöne Frau vorüber. Du drehst deinen Kopf nach ihr und möchtest, dass sie für dich stehenbleibt. Sie geht jedoch gleichmäßig weiter und so rufst du ihr nach. Siehe da, sie dreht sich kurz nach dir um und was siehst du?"

Amini ließ ihm Zeit für eine Antwort.

„Eine Junge, die mir zum Abschied winkt, würde ich sagen."

„Mag sein. Meiner Meinung nach ist es eine Alte, die dich mit ernsthaftem Blick einlädt, ihr zu folgen."

„Amini, schreib einmal deine Lebensweisheiten auf, ich möchte sie gern veröffentlichen. Als Titel könnte ich mir Karibische Inselphilosophie vorstellen."

„Ach was, Burnie, solche Sachen kennt doch jeder, der hier sein Leben verbringt. Wir haben viel Zeit zum Nachdenken und so füllt sich allmählich ein Fischernetz mit Erfahrungen aus den verschiedensten Gewässern."

„Wir zu Hause haben diese Besinnung, ich nenn`s jetzt so, verloren, weil wir viel schneller leben. Viel zu schnell, meinen manche."

„Ich glaub schon lange, Burnie, dass es uns besser geht."

„Da hast du sicher Recht, Amini. Wir führen ein ziemlich verrücktes Leben."

„Dann überleg dir, wo du in Zukunft sein willst."

„Das mache ich. Garantiert!"

Er setzte sich anschließend vor Riveras Nackte, die ihm noch immer Freude brachte, Vorfreude auf die Heimkehr und das erhoffte Wiedersehen. Mehr als ein halbes Jahr lebte er jetzt auf der Koralleninsel, die zuerst von Händlern der Maya besiedelt wurde, bis spanische Eroberer und später britische Piraten über das tropische Paradies herfielen.

„Polizei gibt Bogner auf" lautete die vergleichsweise harmlose Schlagzeile über Feilers Pressekonferenz in Urfahr. Die Augen des Abgeschriebenen flogen über die Zeilen der Morgenpost, die er im Internet fand. Mit der Rückkehr des Enthüllungsjournalisten werde nicht mehr gerechnet, er sei Opfer eines Verbrechens geworden. Bogners Jubelschrei ließ den Gecko die Flucht hinter den Kleiderschrank ergreifen. Der Feiler wird fürchterlich erschrecken, wenn ich zu Hause auftauche, quasi auferstanden wie der verarmte Lazarus. Zu seinem Gaudium fand Bogner im Gratisblatt, er sei medizinisch verwertet worden. Sämtliche brauchbaren Organe und andere Körperteile würden in vermögenden Empfängern weiterleben. Er sei wie ein Ersatzteillager geplündert worden und eine noch unbekannte ausländische Organhandelsmafia habe sich dabei bereichert. Seine Hinterbliebenen müssten sich noch zehn Jahre gedulden, bis das zuständige Gericht von seinem Tod überzeugt sei.

Die Spekulationen über seine Auslöschung amüsierten ihn köstlich und er verfasste postwendend ein E-Mail an Chefredakteur Fuchs, in dem er auf interne Redaktionsgepflogenheiten nicht vergaß, um mögliche Zweifel an seiner Identität zu zerstreuen.

„Ich werde", so schrieb er an Fuchs, *„bei meiner baldigen Rückkehr die Beweggründe für mein Verschwinden nach Belize erklären und die illegalen Machenschaften eines leitenden Beamten des Polizeikommissariats Urfahr aufdecken. Wie leicht es ist, die Polizei zu*

düpieren, will ich für mich behalten, schließlich möchte ich Krimi-nellen keine Tipps für das Untertauchen geben. Ich hoffe, auch wei-terhin für die Morgenpost arbeiten zu können, und grüße alle zu Hause, die sich um mich Sorgen gemacht haben.

Euer Bebo, derzeit noch in San Pedro."

Am Ende der Regenzeit hatte Bogner im Nu alle Hände voll zu tun. Auf der Bank informierte er die bezaubernde Trina De Merida über seine bevorstehende Heimreise und hob ausreichend Bargeld ab, um den Rückflug bezahlen zu können. Seine Kreditkarte hatte er in Linz gelassen, weil ihre Verwendung in Belize eindeutige Spuren hinterlassen hätte.

Am nächsten Abend saß er mit Amini und einer äußerst reservierten Leona im Miradora. Er vermutete, sie habe nur wegen der erhofften Zeitungsberichte über ihr Hobby zugesagt. José strengte sich in der Küche ganz besonders an, die Flasche Calafia roja stellte sich als die richtige Wahl heraus. Bogner ließ sich die auf unbestimmte Zeit letzten Ceviche genauso schmecken wie die als Überraschung ser-vierten Albondigas, die sich als Fleischbällchen in scharfer Chilisau-ce zu erkennen gaben. Die Stimmung war gedrückt, weil Leona in ernsthafter Stille verharrte und Amini über Burnies Abreise aufrich-tig traurig war. Also bemühte er sich um ihr Verständnis für seine Entscheidung und begann seinen ausufernden Erklärungsversuch.

„Ihr habt euch wahrscheinlich inzwischen an mich gewöhnt und ich bin froh, euch gefunden zu haben. Aber jetzt hat sich in meiner Heimatstadt etwas ereignet, wovon ich euch erzählen möchte. Ich muss nach Hause. Für wie lange und ob für immer, wird sich zeigen.

Vor mehr als zehn Jahren habe ich mich in eine Frau verliebt, die mir ein Polizist genommen hat. Er hat vermutlich seinen Beruf ver-wendet, um mich auszubooten und die Frau zu heiraten."

Amini unterbrach ihn: „Polizisten sind Gauner in Uniform, das wis-sen wir in Belize nur zu gut. Nicht wahr, Leona?"

Die Angesprochene nickte wortlos und er setzte fort. „Seit ihrer Hochzeit hat sie mich wie einen Aussätzigen gemieden und ich habe dem Polizisten unablässig auf die Finger geschaut.

Durch meinen Beruf ist das nicht so schwierig. Alle auffindbaren Fakten habe ich über ihn und seine Arbeit gesammelt – mit derselben Leidenschaft, mit der ich an seine Frau gedacht habe. Jahrelang hat er sich nichts zuschulden kommen lassen. Jahrelang hat es mir einen Stich gegeben, wenn ich die Frau zufällig gesehen habe. In der Zwischenzeit habe ich ein Verhältnis mit einer recht anhänglichen Frau begonnen, weil ich einen Schlussstrich ziehen wollte. Aber es ging nicht. Die bedauernswerte Adela hatte nie eine richtige Chance. Es war immer die andere da und stärker. Sie hat in unsere Beziehung hereingeragt wie eine gebirgige Landzunge ins ruhige Meer, das von den Felsen zurückgeworfen wird."

Amini und Leona warteten gespannt. Die eine hoffte auf den Tod des Polizisten, die andere vermutete eine Scheidung.

„Ich kann euch gar nicht sagen, wie froh ich über einen Bankraub im Vorjahr bin. Er hat den richtigen Stein ins Rollen gebracht. Damals ist in dem Stadtteil, in dem ich wohne, eine Bank von einem Mann überfallen worden, dessen Gesichtszüge trotz eines dünnen Strumpfes auf den Bildern der Überwachungskamera erkennbar waren. Der Räuber hat viel Geld erbeutet und ist spurlos verschwunden. Nach den Aufzeichnungen wurde ein Fahndungsfoto veröffentlicht und bald darauf wurde in Linz ein Mann verhaftet. Der Verdächtige war ein eingewanderter Italiener aus den Abruzzen. Das ist ein Gebirgszug nördlich von Rom. Aber der Mann musste wieder freigelassen werden."

„Versteh ich nicht", kommentierte Amini kopfschüttelnd.

„Ich kann es erklären, Amini. Dieser Paolo arbeitete in einer Fabrik, wo elektronische Bauteile hergestellt werden. Die Fertigung der teuren Werkstücke wurde durch Videokameras überwacht und deshalb hatte er für die Tatzeit ein einwandfreies Alibi. Die Suche nach dem wahren Täter brachte bis heute kein Ergebnis. Sie wurde schließlich eingestellt."

Die akribische Leona hielt sich nicht mehr zurück und meinte: „Du verwirrst uns, Burnie. Was hat das alles mit dir zu tun?"

„Nur schön langsam, Leona! Ich weiß, was du meinst. Mehrere Wochen nach dem Bankraub meldet sich Paolo bei mir und sagt, er wolle mir etwas anvertrauen. Wir treffen uns bei einem uralten, unbewohnten Turm am Stadtrand und er erzählt mir eine Geschichte, die aus einem Gangsterfilm mit korrupten Polizisten stammen könnte. Seine ledige Mutter habe in einem Abruzzendorf Zwillinge zur Welt gebracht, Buben, die einander zum Verwechseln ähnlich sahen. Massimo, so hieß der andere, habe sie nach dem Abstillen zur Adoption freigegeben. Er sei irgendwo in Spanien aufgezogen worden und habe den Namen der Zieheltern erhalten. Vor ihrem Tod habe die Mutter Paolo die Existenz eines Zwillingsbruders gestanden und mitgeteilt, wo er zu finden sei. Paolo habe ihn besucht und zum ersten Mal seit der Säuglingszeit gesehen. Während der jüngsten Wirtschaftskrise in Spanien sei Massimo arbeitslos geworden und auf die Idee gekommen, das unbekannte Doppelgängertum für einen Banküberfall zu nützen. Paolo war nach langem Zögern bereit, dem unschuldig in Not geratenen Bruder zu helfen. Am Verbrechen selbst würde er nicht beteiligt sein."

Burnie nahm den nächsten Schluck Calafia und widmete sich sogleich wieder den neugierig lauschenden Frauen.

„Nun, der Bankraub gelang und Massimo entkam unbehelligt nach Spanien. Aber ein Polizist namens Feiler schöpfte als Erster den Verdacht, dass Zwillinge am Werk waren. Er verhörte Paolo ein zweites Mal allein und bot ihm an, was auf der ganzen Welt Erpressung genannt wird: Er werde die Ermittlungen einstellen, wenn er die Hälfte des geraubten Geldes erhalte. Paolo ging auf den Deal ein, weil er Massimo vor dem Gefängnis bewahren wollte. Als er dem Polizisten das Geld gab, drohte Feiler ihm mit Konsequenzen, die Paolo nicht mehr ruhig schlafen ließen. Ihn verlangte nach Sicherheit und so wandte er sich an mich, weil ich ihm als Enthüllungsjournalist bekannt war. Paolo begnügte sich damit, dass ich die Wahrheit kenne, falls ihm etwas zustoßen sollte. Der Polizist sollte nämlich keinesfalls ungestraft davonkommen."

„Eine abenteuerliche Geschichte, Burnie", fand Amini. „Und was hast du vor, wenn du zu Hause bist?"

„Ich werde ohne Rücksicht auf den hilfreichen Paolo die Sache aufdecken. Er wird der Mittäterschaft angeklagt werden, aber mildernde Umstände vom Gericht zugestanden bekommen, wenn er gegen den Polizisten aussagt. Wichtig ist die Anklage gegen Feiler wegen Amtsmissbrauch, Erpressung und Unterschlagung von Ermittlungsergebnissen. Vor der Presse hat er vor kurzem gemeint, ich sei wahrscheinlich nicht mehr am Leben. Er wird sich bald wundern, wozu ein Scheintoter in der Lage ist.

Und bei dieser längst fälligen Aufräumaktion werde ich endlich erfahren, auf welch fiese Tour er mir damals die Gabi ausgespannt hat.

Darf ich euch zum Abschied Brandy oder einen Rum bestellen?"

Leona schaute Amini kurz an und die Ältere sagte mit einem Augenzwinkern: „Wenn schon, dann beides für uns beide, Burnie!"

Der Gringo erhob darauf sein Glas und eröffnete seinen Gästen, er werde wieder nach San Pedro kommen. Aber zu zweit.

Am Ende des Tages

„**Endlich! Bogner kommt zurück**", titelte die Morgenpost, gewohnt zurückhaltend. Österreichische Fernsehprogramme zogen Breaking News über den TV-Schirm. Der braun gebrannte Totgeglaubte löste mit seiner Ankunft einen ungeahnten Medienrummel aus. In seinen Interviews auf dem Linzer Flughafen äußerte sich Bogner präzise über seinen Aufenthalt in Belize, aber nur knapp über seine Vorwürfe gegen einen leitenden Polizeibeamten, ohne dessen Namen zu nennen. Mit seinem Verschwinden habe er bestimmte Menschen provozieren wollen und er hoffe, dass es ihm gelungen sei. Er werde umgehend eine Sachverhaltsdarstellung, die er in seinem Notebook bei sich habe, an die Staatsanwaltschaft weiterleiten. Im Übrigen freue er sich auf das Wiedersehen mit seinen Eltern und er wünsche sich, weiterhin für seine Zeitung, die Morgenpost, arbeiten zu dürfen. Dann fuhr er mit einem Taxi weg.

Einen Tag später wurde Max Feiler von der Polizeidirektion suspendiert und Ursula Gutleyb interimistisch mit der Leitung der Abteilung Leib und Leben betraut. Die provisorische Chefin murmelte an ihrem ersten Tag regelmäßig „Nur mit der Ruhe" wie ein Mantra vor sich hin, wenn sie von einer zur nächsten Entscheidung eilte. Sie leitete die Übersiedlung in Feilers Büro in die Wege, ließ Dietrich-Dieter den Pistolenknauf und das Türschild entfernen und am ehemaligen Bundespräsidentenplatz den Text der Bundeshymne aufhängen, selbstverständlich in der Gender-Version. Bei mir, nahm sie sich entschlossen vor, wird die Gleichberechtigung verwirklicht und gelebt. Da haben erfolgreiche Heimatsänger und andere Retro-Männer null Chance. Weil kein dringlicher Ermittlungseinsatz störte, bestellte sie ihren jungen Kollegen am Nachmittag in ihr neues Büro.

„Gratuliere, Ursula! Ist ja schnell gegangen mit deinem Karrieresprung", begrüßte er die neue Abteilungsleiterin. „Du musst heute in einer echten LandderBerge-Stimmung sein", meinte er nicht ohne Ironie.

„Willst mir zur Beförderung die Bundeshymne singen, Sebastian?“, nahm sie schmunzelnd den Ball auf.

„Würd` ich gern, aber den neuen Text beherrsch` ich noch nicht - wenn man das Wort beherrschen einer engagierten Frau gegenüber überhaupt verwenden darf.“

„Wirst aber die geschlechtergerechte Hymne unbedingt lernen müssen. Für ein passables Ausbildungszeugnis, sag ich jetzt allen Ernstes.“

Der Innviertler wartete vergeblich auf ihr Augenzwinkern.

„Hab schon verstanden, Ursula. Was ich dem Feiler nicht alles zu verdanken hab. Aber es war natürlich höchste Eisenbahn, dass dieser Schlot von einem Vorgesetzten aus der Komfortzone gestoßen wird, wenn er sich solche, gelinde gesagt, Gaunereien erlaubt hat. Was wird aus diesem Moralzwerg bloß werden, wenn er seine Haftstrafe verbüßt hat?“

„Sebastian, da hör ich doch kein Mitgefühl im Unterton deiner Stimme? So eine tief sitzende Solidarität von Mann zu Mann?“

„Aber überhaupt nicht! Was denkst du denn von mir, wo wir uns schon so lange kennen?“

„Na gut! Man sollte keine Angst vor einem Fehler haben, hat mir der Feiler einmal empfohlen. Und im selben Atemzug hat er hinzugefügt: Nur sollte man beim nächsten Mal bessere Fehler machen. Auf diesen Nachsatz hat er wohl vergessen.“

„Der wird ja glatt aus dem Staatsdienst entlassen, oder?“

„Keine Frage. Die Kolleginnen und Kollegen im Bad Ischler Strafposten werden unter sich bleiben. Max is too bad for good Ischl, werden sie sich denken. Aber wo kann er wirklich in unserer Branche arbeiten? Ich vermute, eine Securityfirma könnte ihn einstellen.“

„Ah ja. Dann könnte er den Linzer Maibaum bewachen, damit er nicht mehr gestohlen wird und vom Bürgermeister ausgelöst werden muss. Oder er wird als Sicherheitsbeauftragter aufs Rieder Volksfest geschickt.“

„Und wenn er sich bewähren sollte, steigt er zum Senior Consultant auf", redete sie seine Zukunft schön.

„Immer noch besser, als in einem Archiv des Innenministeriums die Dienstzeit mit der Option Staublunge abzusitzen."

„Sebastian, wir haben lange genug über den Feiler geredet. Du hast ab sofort mein altes Büro zur alleinigen Verfügung, bis du wieder in dein geliebtes Innviertel zurückmusst. In wenigen Wochen schon."

Sie schaute ihn an, als erwarte sie ein ehrliches Bedauern aus seinem Mund.

„Es sind nur mehr fünf Wochen, dann packe ich meine paar Siebensachen zusammen. Wenn du mich spontan fragst", er schwieg für einen Moment des Nachdenkens, „möchte ich am liebsten in deiner Nähe bleiben. Vielleicht suche ich doch einmal um meine Versetzung nach Urfahr an. Aber ich will mich noch nicht entscheiden. Zuerst schaue ich, was mich daheim in Ried erwartet."

„Ich verstehe", sagte sie mit einer Stimme, die von Enttäuschung nicht ganz frei war.

Depressive Niedergeschlagenheit lähmte hinfort den ehemaligen Leiter der Abteilung „Leib und Leben", dem zuerst sämtliche Medien und anschließend die Justiz sein Standbein in der Gesellschaft wegzogen. Auf seinem ersten Freigang, so sein Vorsatz nach dem Urteilsspruch, wird er den „Magentröster" aufsuchen und dem Ferdl, dem umsichtigen Organisator des Wurstglücks, den Würdigungspreis für nachhaltigen Seelentrost verleihen. Nach der Haftentlassung plant er die Gründung eines Männerasyls, um seinen Leidensgenossen einen Ort der Einkehr und des Austausches zu bieten, mit Catering vom „Magentröster".

Nach dem ernüchternden Wiedersehen mit Bernhard Bogner, den sie erfolglos als ihren Verlobten verehrte, wurde Adela Kucera von der überfälligen Erkenntnis erschüttert, dass sie Bernhards Schiff auf ihrer gemeinsamen Passage stets nur im schwankenden Beiboot begleiten durfte. Was die Verlassene ihrem verehrten Antonius von Padua nach ihrer Trennung von Bernhard vorbrachte, kann zum Schutz des Heiligen nicht preisgegeben werden.

Gabi Feiler setzte wegen des öffentlichen Skandals alle Hebel in Bewegung, eine Blitzscheidung von ihrem Pseudo-Polizisten zu erreichen und ihren unbescholtenen Mädchennamen zurückzubekommen.

Durch einen Anruf in der Redaktion der Morgenpost konnte sie ein Treffen mit Bernhard Bogner vereinbaren, das in schwindelerregender Höhe über den Dächern der Linzer Innenstadt stattfand, wo den Besuchern in den Sommermonaten für keine niedrige Eintrittsgebühr ein Höhenrausch versprochen wurde. Sie begegneten einander nach vielen Jahren der arglistig herbeigeführten Trennung auf der obersten Plattform eines Aussichtsturms, der wie ein hölzerner Campanile in den wolkenlosen Himmel schaute.

Als der Langzeitvermisste nach den unzähligen Stufen atemlos auf die oben wartende, glückstrahlende Gabi zuging, begrüßte sie ihn mit den Worten: „Bernie, was du für Sachen machst!"

Er schloss sie daraufhin wortlos in seine Arme und glaubte sich am Ziel seiner Wünsche.

Nachbemerkung

Sämtliche Akteure und die mit ihnen verbundenen Ereignisse sind fiktiv.

Weder die Linzer Tageszeitung „Morgenpost" noch das Polizeikommissariat im Linzer Stadtteil Urfahr existieren in der Realität. Die topographischen Namen entstammen Plänen und Karten, die das mittelamerikanische Belize, die Stadt Linz und das Mühlviertel darstellen.

FSC
www.fsc.org
MIX
Papier | Fördert
gute Waldnutzung
FSC® C083411

Zeitfracht Medien GmbH
Ferdinand-Jühlke-Straße 7
99095 Erfurt, Deutschland
produktsicherheit@kolibri360.de